누보로망 연구

김치수

1940년 전북 고창에서 태어났다. 서울대학교 문리대 불문과를 졸업하고 같은 과 대학원에서 석사학위를, 프랑스 프로방스 대학에서 「소설의 구조」로 박사학위를 받았다. 1966년 『중앙일보』 신춘문예 평론 부문 입선으로 등단하였고, 『산문시대』와 『68문학』 『문학과지성』 동인으로 활동하였다. 1979년부터 2006년까지 이화여대 불문과 교수를 역임, 2011년부터 2013년까지 이화학술원 석좌교수로 재직하였고, 2014년 10월 지병으로 타계했다.

저서로는 『화해와 사랑』(유고집) 『상처와 치유』 『문학의 목소리』 『삶의 허상과 소설의 진실』 『공감의 비평을 위하여』 『문학과 비평의 구조』 『박경리와 이청준』 『문학사회학을 위하여』 『한국소설의 공간』 등의 평론집과 『누보로망 연구』(공저) 『표현인문학』(공저) 『현대 기호학의 발전』(공저) 등의 학술서가 있다. 역서로는 알랭 로브그리예의 『누보로망을 위하여』, 미셸 뷔토르의 『새로운 소설을 찾아서』, 르네 지라르의 『낭만적 거짓과 소설적 진실』(공역), 마르트 로베르의 『기원의 소설, 소설의 기원』(공역), 알랭 푸르니에의 『대장 몬느』, 에밀 졸라의 『나나』 등이 있다. 현대문학상(1983), 팔봉비평문학상(1992), 올해의 예술상(2006), 대산문학상(2010) 등을 수상했다.

김치수 문학전집 9

누보로망 연구

펴낸날 2016년 12월 30일

지은이 김치수·고광단·권은미·송기정·유효숙
펴낸이 주일우
펴낸곳 ㈜**문학과지성사**
등록번호 제1993-000098호
주소 04034 서울 마포구 잔다리로7길 18(서교동 377-20)
전화 02) 338-7224
팩스 02) 323-4180(편집) / 02) 338-7221(영업)
전자우편 moonji@moonji.com
홈페이지 www.moonji.com

ⓒ 김치수, 2016. Printed in Seoul, Korea

ISBN 978-89-320-2793-7 04800

이 책은 〈오뚜기재단〉의 학술도서 연구비의 지원을 받아 발간되었습니다.

이 도서의 국립중앙도서관 출판예정도서목록(CIP)은 서지정보유통지원시스템 홈페이지(http://seoji.nl.go.kr)와 국가자료공동목록시스템(http://www.nl.go.kr/kolisnet)에서 이용하실 수 있습니다. (CIP제어번호: CIP2016031597)

김치수 문학전집 9

누보로망 연구

김치수·고광단·권은미·송기정·유효숙

문학과지성사

김치수 문학전집을 엮으며

여기 한 비평가가 있다. 김치수(1940~2014)는 문학 이론과 실제 비평, 외국 문학과 한국 문학 사이의 아름다운 소통을 이루어낸 비평가였다. 그는 '문학사회학'과 '구조주의'와 '누보로망'의 이론을 소개하면서 한국 문학 텍스트의 깊이 속에서 공감의 비평을 일구어냈다. 그의 비평에서 골드만과 염상섭과 이청준이 동급의 비평적 성찰의 대상이 되는 것은 자연스러웠다. 문학 이론들의 역사적 상대성을 사유했기 때문에 그의 비평은 작품을 지도하기보다는 읽기의 행복과 함께했다. 그에게 문학을 읽는 것은 작가와 독자와의 동시적 대화였다. 믿음직함과 섬세함이라는 덕목을 두루 지녔던 그는, 동료들에게 훈훈하고 한결같은 문학적 우정의 상징이었다. 2014년 그가 타계했을 때, 한국 문학은 가장 친밀하고 겸손한 동행자를 잃었다.

김치수의 사유는 입장을 밝히는 것이 아니라 입장의 조건과 맥락을 탐색하는 것이었으며, 비평이 타자의 정신과 삶을 이해하려는 대화적 움직임이라는 것을 확인시켜주었다. 그의 문학적 여정은 텍스트의 숨은 욕망에 대한 심층적인 분석에서부터, 텍스트와 사회구조의 대응을 읽어내고 문학과 사회의 경계면 너머 그늘의 논리까지 사유함으로써 당대의 구조적 핵심을 통찰하는 데까지 이르고 있다. 그의 비평은 '문학'과 '지성'의 상호 연관에 바탕 한 인문적 성찰을 통해 사회문화적 현실에 대한 비평적 실천을 도모한 4·19 세대의 문학 정신이 갖는 현재성을 증거한다. 그는 권력의 폭력과 역사의 배반보다 더 깊고 끈질긴 문학의 힘을 믿었던 비평가였다.

이제 김치수의 비평을 우리가 다시 돌아보는 것은 한국 문학 비평의 한 시대를 정리하는 작업이 아니라, 한국 문학의 미래를 탐문하는 일이다. 그가 남겨놓은 글들을 다시 읽고 그의 1주기에 맞추어 〈김치수 문학전집〉(전 10권)으로 묶고 펴내는 일을 시작하는 것은 내일의 한국 문학을 위한 우리의 가슴 벅찬 의무이다. 최선을 다한 문학적 인간의 아름다움 앞에서 어떤 비평적 수사도 무력할 것이나, 한국 문학 비평의 귀중한 자산인 이 전집을 미래를 위한 희망의 거점으로 남겨두고자 한다.

2015년 10월
김치수 문학전집 간행위원회

교육부에서 20세기 문명의 인문학적 연구 프로그램에 '누보로망'이 나왔을 때 우리는 선뜻 그 연구 프로젝트를 맡겠다고 나서지 못했다. 그것은 이 프로젝트가 1년 안에 연구를 끝내야 하는 단기 과제였기 때문이었다. 두번째 해에 다시 이 프로젝트를 공모했을 때 우리는 최종 보고서 제출 이후에도 1년쯤의 시간을 가질 수 있다는 것을 알고 이 프로젝트를 맡았다. 여러 분야에서 현대 문학을 전공한 우리는 1950~1960년대 프랑스 소설에 새로운 반성을 가져온 '누보로망'이 20세기 문명의 중요한 현상이라는 것을 인식하고 20세기가 가기 전에 그에 관한 정리를 할 필요가 있다는 데 공감하고 공동의 연구를 할 수 있었다.

문학사에서 한 시기의 흐름을 주도한 '누보로망'이 그 한 세대 후에는 역사 속으로 사라지고 있지만, 그것이 제기한 소설의 반성은 소설을 보다 복합적이고 풍요로운 세계로 이끌고 있고, 또 20세기 말의 포스트모더니즘 문학에 지대한 영향을 미치고 있다. 우리는 이 방대한 작업을 적은 분량으로 마무리 짓기 위해서 연구 기간을 반년 연장하면서까지 모든 노력을 기울였다. 그 결과 아쉬운 대로 누보로망의 기원에서부터 전개 과정에 관한 역사적 고찰과 누보로망의 세계와 기법, 그리고 그 운동을 주도한 작가들의 개인별 소설 세계를 통일적인 관점에서 구명할 수 있었다. 여기에서 아쉬운 점은 누보로망 작가로 분류될 수 있는 사람을 모두 망라하지 못한 점과 중요한 작품에 관한 개별적인 연구를 병행하지 못한 점이다. 제한된 시간에 모든 연구를 다 할 수 없다는 것을 체험하면서 그 연구가 여기에서 끝나는 것이 아니라 지금부터 시작하는 것이라고 스스로 위안을 삼았다. 실제로 우리는 이 연구가 중요 작품에 대한 개별적 연구의 토대가 되기를 바란다.

인문 분야에서 여러 사람의 공동 연구는 자주 만나서 토론을 하고 각자가 쓴 원고를 통일해서 새로 집필해야 하는 어려움이 있다. 그것은 예상보다 많은 시간과 노력을 요구하는 일이다. 이 연구를 가능하도록 재정적으로 지원해주고 우리들의 더딘 작업을 안내로 기다려준 한국학술진흥재단의 박석무 이사장을 비롯한 여러분들에게 감사의 뜻을 전하고 싶고, 이 책의 출판을 맡아주신 서울대학교출판부 안상형 부장님을 비롯한 여러분들에게 감사의 말씀을 드리고 싶다. 그리고 이 책의 교정을 보아준 이화여대 박사과정 이혜지 씨에게 고마운 마음을 전하고 싶다.

2001년 3월

김치수 · 고광단 · 권은미 · 송기정 · 유효숙

차례

일러두기

1. 문학과지성사판 〈김치수 문학전집〉은 간행위원회의 협의에 따라, 문학사회학과 구조주의, 누보로망 등을
바탕으로 한 문학이론서와 비평적 성찰의 평론집을 선별해 10권으로 기획되었다.
2. 원본 복원에 충실하되 '한글 맞춤법'과 '외래어 표기법'은 국립국어원에 따라 바꾸었다.

I

가장 건강한 한국 문학 비평가인 김현수에게 누보로망은 어떤 장이었을까? 이국적이면서 황당한 상상력이 개입되어 있는 문학가 아닐 수 없다. 누보로망이란 무엇인가? 의식인가, 사건인가? 어쩌면 그것은 의식 ... 시간들이 아닐까? 도도한 대하(大河)로 합류되기를 스스로 거부한 저류(底流)들의 김상들은 외침을 한숨소리가 아니었음에도 그 반향은 크고 한 매료를 이루어 꽃피웠음에도 ...

서론

1947년 나탈리 사로트N. Sarraute가 『어느 미지인의 초상』을 발표했을 때 장 폴 사르트르J. P. Sartre가 그 책의 서문에서 '앙티로망anti-roman' 이라는 이름을 붙인 이후 '시선학파école du regard' '누보로망nouveau-roman' 등 다양하게 이름 붙여진 누보로망은 1954년 로브그리예A. Robbe-Grillet의 『고무지우개Les Gommes』를 출발점으로 하여 1967년 클로드 시몽Cl. Simon의 『역사Histoire』에 이르기까지 약 10년 동안 그 전성기를 누리며, 프랑스뿐만 아니라 전 세계의 문학계에 많은 화제와 관심을 불러일으켰다. 누보로망이 처음부터 관심의 대상이 된 것은 그것이 기존의 소설 개념을 거부하고 새로운 소설의 개념을 창조함으로써 전혀 다른 소설을 표방하고 나섰기 때문이다. 소설의 전통적인 구성 요소인 주인공과 이야기, 그리고 그것을 대단원으로 끝낼 수 있는 구성 원리 등을 거부하고 사물화된 작중인물의 일상적 모습을 상세하게 보고하고자 한 누보로망은 새로운 사실주의적 기법을 통해서 소설이란 재미있는 이야기여야 한다는 종래의 관념을 깨뜨렸다. 그것은 기성 독자들에게 충격적으로 받아들여졌다. 그들의 주장은 인간의 조건들이 달라진 현대의 상황에서 있는 그대로의 인간의 모습을 제시하려한다는 정신을 반영하고 있다. 이러한 정신은 당대의 진보적인 비평가들에게 환영을 받았고, 영화에서의 누벨바그 운동과 맞물려서 프랑스 문학 운동의 주류를 형성하기에 이른다.

그러나 초기의 이들은 다른 문학 운동에서 볼 수 있었던 것처럼 공동의 선언문을 갖고 있는 것도 아니고 스스로 누보로망 작가를 자처한 것도 아니기 때문에 누가 누보로망 작가이고 어떤 작품이 누보로망에 속하는지 규정할 수 없다. 그래서 처음에 언론기관에서 편의상 당대의 전위 작가에게 부여했던 이 명칭이 공식화된 것은 1971년 스리지-라-살Cerisy-la-Salle에서 '누보로망, 어제와 오늘Nouveau roman, hier et aujourd'hui'이라는 국제 학술 대회가 열리고 거기에서 발표된 글이 같은 제목으로 이듬해 출판되면서부터이다. 그러나 여기에는 사무엘 베케트S. Beckett와 마르그리트 뒤라스M. Duras가 참여하지도 않고 동의하지도 않아서 이 명칭의 공식화가 곧 그 운동 전체를 포괄할 수 있게 된 것은 아니었다. 그렇지만 이 때부터 명칭의 공식화가 이루어진 것은 사실이다.

그들의 도전적이고 공격적인 문학 운동은 10여 년 동안 전 세계의 문학계를 뒤흔들어놓았으나 그 이후에는 그들의 작업이 참신성을 잃기 시작했고 영향력을 발휘할 수 없게 되었다.

누보로망은 1985년 클로드 시몽이 노벨문학상을 받음으로써 그 역사적 역할과 문학적 성과에 대해서 객관적 평가를 받은 셈이지만, 재미있는 문학을 찾는 독자들의 요구에 부응하지 못하고 의식 있는 문학에 관심을 갖는 대학의 독자들에게만 연구의 대상이 되고 있다.

문학사적으로 본다면 누보로망도 문학에 있어서 일종의 모더니즘 운동의 맥락을 벗어날 수 없다. 그것은 누보로망이 소설에 대한 소설의 반성에서 출발하고 있기 때문이다. 왜 이러한 반성이 있을 수밖에 없느냐 하는 문제는 앞으로 소설의 변화를 예측하고 그것의 진정한 의미를 알게 하는 데 크게 기여할 것으로 기대된다. 그런 점에서 그들이 거부하고 있는 소설적 개념과 사용하고 있는 개념들을 분석하고 공통적으로 사용하고 있는 소설적 기법들에 관해서 연구하는 것은 그들의 세계를 이해하는 데 필요할 뿐만 아니라 소설의 변화가 어떤 내적 요구에 근거를 두고 있는지 밝히는 데 필수적인 작업이다. 오늘날 회화에서 그림의 틀을 벗어나려 하고 설치 미술이 개발되고 퍼포먼스가 예술의 범주로 들어오고 있는 현상을 설명하는 데도 이러한 연구가 도움을 줄 것으로 기대된다.

모든 문학 연구는 근본적으로는 작품 연구이고 작가 연구이다. 더구나 누보로망처럼 서로 공통점을 갖고 있기보다는 상이점을 많이 가지고 있는 경우에는 개개의 작가와 작품이 가지고 있는 독창성을 알아내는 일이 무엇보다 선행되어야 한다. 문학에 대한 정신이 공통점을 지니고 있다고 해서 작가의 세계나 작품의 세계가 공통성을 갖고 있는 것은 아니다. 서로 다른 세계를 가지고 있고 서로 다른 기법을 사용하고 있으면서도 소설의 반성이라는 공동의 목표를 달성하고 이를 구현할 수 있다는 것은 작가와 작품의 독창성이 어디에 토대를 두고 있는지 밝혀야 알 수 있기 때문이다.

누보로망에 관한 연구는 여기에 부록으로 들어 있는 참고문헌 목록에 잘 드러나 있듯이, 1970년대 이후 대학의 학위 논문으로 연구된 것이 가장 많은 비중을 차지한다. 1950년대 누보로망을 어떻게 정의할 수 있을까 모색하는 시기에는 각종 문학지나 종합지에서 누보로망에 관한 특집을 꾸민다. 그것은 많은 비평가, 연구자 들의 도움을 받고 있으나 단편적인 연구에 지나지 않을 뿐이다. 따라서 작가에 대한 개별 연구나 누보로망 일반에 대한 연구는 20세기의 문학이 변화하는 시대 속에서 어떤 역할과 의미를 갖게 되는지 아는 데 꼭 필요한 과정이다.

21세기를 눈앞에 두고 영상 운동의 시대가 도래할 것이라는 전망이 팽배한 현실에서 활자 운동의 꽃이었던 소설이란 무엇이고 어떻게 변화할 수 있는지 알기 위해서도 누보로망에 대한 마지막 점검은 필요할 것으로 보인다. 누보로망이 소설의 무덤인가 아니면 새로운 꽃핌을 위한 자기반성인가 분석하고 해석해볼 필요가 있다. 이 연구는 문학의 위상을 점검하고 확립하는 데 기여하는 방향에서 이루어질 것이다.

Ⅱ

서양 소설사에서의 누보로망

모더니즘 탄생까지의 소설의 발전 과정

오늘날 '문학'이라고 할 때 대개의 경우 '소설'을 떠올리게 된다. 프랑스의 누보로망 작가인 미셸 뷔토르M. Butor는 "소설 형식만큼이나 그 힘이 강력한 문학 형식은 현재로는 존재하지 않는다"라고 했으며, 독일의 현대 작가 오토 플라케O. Flake 역시 소설을 "우리 시대의 정신적 표현 수단"이라고까지 평가했다. 그러나 소설이 문학의 주류가 된 것은 19세기 중반의 일이다.

　문학을 서사, 서정, 극 장르로 나눌 때, 서정 장르가 삶에 대한 인식을 주체의 내면성을 통해 드러낸다는 점에서 내용과 형식이 밀접하게 결합되어 있고, 극 장르가 이야기 내용을 배우의 연기를 통해 전달함으로써 내용과 형식이 통일된 가운데 표현되는 데 반해, 서사 장르는 하나의 '이야기'가 서사적 거리를 두고 '매개체'에 의해 전달된다는 점에서 앞의 두 장르와 구별된다. 즉 서사 장르는 내용과 형식이 상대적으로 자율적인 두 개의 층위를 두고 있다. 이러한 서사 장르의 대표적 위치를 차지하는 소설은 '이야기'가 '화자'를 통해, 즉 언어라는 매체를 통해 표현된다. 그런데 여기서 이야기와 언어 형식은 상대적으로 자율성을 띠기는 하지만 서로 복잡하게 연결되어 있다. 소설이 현실의 재현이라는 이야기의 내용에 중점을 두는 미메시스의 리얼리즘 소설과 서술 기법의 구조와 형식에 중점을 두는 모더니즘 소설로 극단적으로 나누어볼 수도 있으나, 일반적으로 볼 때, 소설이란 내용, 곧 현실과 역사를 토대로 한 상상력에 의거하여 삶에 대한 총체적 인식을 작품이라는 새로운 질서의 세계로 변형, 창조한 형식이다.

그런데 소설의 기본적인 특질이 '이야기'와 '서술'에 있음을 고려하여 많은 소설 이론가들은 그 기원을 고대의 서사시에서 찾고 있다. 이런 견해에 반대하는 사람들에게 동의해서가 아니라 소설이 서사시에서 직접 유래한다고 보기 어려움에도 불구하고, 그래도 대부분의 이론가들은 소설이 근대 초기에 서사시의 계승 형식으로 대두되었다는 사실에 합의하고 있다. 소설을 '부르주아의 대서사시'라고 한 헤겔G. Hegel 미학에 근거한 루카치G. Lukács의 주장이 그 대표적인 예라 할 수 있다. 물론 이 두 형식이 시대적으로 계승 관계에 있는 것은 아니다. 소설이 등장한 후에도 운문의 서사시가 씌어졌으며 서사시가 지배적인 시기에도 소설의 초기적 형식이 존재했기 때문이다. 그러나 서사시가 서서히 퇴조하고 소설이 득세하는 시점이 존재한다는 점은 이러한 계승 관계를 인정하게 한다. 소설이 서사시와는 다른 시대적 배경에서 다른 사회적 요구에 대한 해답으로 등장한 것이라는 점을 두고, 소설 장르의 발전 과정을 살펴보기 위해서는 헤겔 및 루카치가 주장하는 역사 철학적 내지 종교적 관점에서의 접근이 필요하다.

헤겔은 서사시와 소설의 대립을 시성과 산문성, 즉 영웅적이며 서사시적인 세계 상황과 시민적이며 산문적인 상황의 대립으로 보았다. 호머의 서사시에 나타나는 영웅적 개인은 그 개인이 소속하고 있는 도덕적 전체에서 유리되어 있는 것이 아니라, 이 전체와의 본질적 일치에 의해서만 자기를 인식한다는 것이며, 이러한 개인과 사회 사이의 직접적 관계가 서사시적 시성의 본질로 파악되었다. 반면에 근대 이후 부르주아의 시민 사회는 개인과 사회의 직접성이 붕괴된 산문성이 지배하는 사회로 파악되고 있다. 헤겔과 마찬가지로 루카치는 미리 예정된 조화 속에서 행복하게 현존하는 삶의 총체성은 서사적 운문이 형상화해야 할 성질의 것이라고 한 데 반해, 총체성을 잃은 모순의 세계 속에서 그 총체성을 찾아 나서는 고뇌는 산문이 갖는 자유분방한 유연성과 리듬 없는 결합만이 그릴 수 있다고 했다. 버지니아 울프V. Woolf(1882~1941) 역시 "산문은 아마도 현대적 삶의 복합성과 난해성에 가장 적합한 도구일 것이다"라고 했다.

그런데 루카치에 따르면 서사시와 소설은 각각 그것을 낳은 가치 체계와 그것이 만들어낸 개인의 성격에 의해 결정되는 문예 장르이다. 서사시의 우주관을 결정하는 가치 체계는 완벽하고 원만하기 때문에 하나의 유기적 전체를 구성하고 있으며 그 전체의 어느 한 부분도 그 자체 속에 폐쇄된 세계를 가질 수가 없지만, 소설에서는 이 총체성이 깨어지고 삶의 의미가 문제성을 띠게 되어 개인은 외부 세계로부터 소외된 상태에 빠진 채 독자적 세계를 구축하게 된다. 또한 서사시의 주인공이 개인이 아닌 공동체이며 한 개인의 운명보다 공동체의 운명을 그 주제로 삼고 있는 데 비해, 소설은 외부 세계로부터 소외되었으나 내면성이라는 자율적 삶을 부여받은 개인들을 주인공으로 삼는다. 그는 "소설은 신이 떠나버린 세계의 서사시다"라는 종교적 관점을 첨가하여 소설의 기원을 설명하고 있다. 즉 중세 신앙의 통일성이 붕괴된 이후 서구 사회가 개인주의적 각성을 하게 됨에 따라, 이 총체성이 깨지게 된 소외된 상태에서 자율적인 삶을 외로이 영위하지 않을 수 없는 수많은 개인들을 그 대상으로 삼게 된 결과 소설이 발생하게 되었다는 것이다. 그는 세르반테스M. Cervantes(1547~1616)의 『돈키호테*Dn Quichotte*』(1605~1615)를 근대 소설의 효시로 보았다. 즉 서사시를 중세의 봉건주의 및 그 종교적 특성의 산물로, 그리고 소설을 시민 사회의 성립과 개인주의 사조 팽창의 산물로 규정하고 있다. 소설에 대한 이러한 견해는 서사시를 천상적, 종교적인 것으로, 그리고 소설을 사실적, 민주주의적으로 파악한 토마스 만T. Mann(1875~1955)이나 산문을 민주주의적 특성으로 파악한 버지니아 울프에 이르기까지 이어져오고 있다.

여기에서 우리는 루카치가 말하는 서사시의 후예로서 근대 소설이 탄생하기 이전 단계인 초기 소설 형태를 우선 살펴보고자 한다. 프랑스에서 '소설le roman'이라는 명칭이 생긴 것은 12세기 중엽으로, 이는 당시 고대 로마인의 문학적 언어인 라틴어에 대해 속어의 변형인 로망어le roman로 씌어진 모든 이야기를 지칭하는 것으로, 초기에는 운문 형식으로 씌어졌으나 13세기 이후 산문으로 씌어졌다. 당시 사제들은 라틴어를 잘 모르는 궁정인들을 위해 고대의 신화적 전설이나 영웅담을 로망어로 번역하였다. 또한 구전되어오던 북유럽 지역의 전설들이, 그리고 중세 후기에는 궁정을 중심으로 귀부인들과 기사들을 주인공으로 하는 이야기들이 로망어로 씌어지게 되었다. 이렇듯이 '로망어로 씌어진 이야기'라는 언어적 명칭이 나중에 로망, 즉 '소설'이란 하나의 장르를 지칭하게 된다. 프랑스에서는 그 언어적 특성에 따른 명칭으로 시작하여 초기 소설 형태를 지칭하였으며, 또 근대 소설의 장르 자체를 지칭하게 된 이 '로망'이라 불리는 것들은, 영어권에서는 '로맨스romance'와 '근대 소설novel'로 구별되어 있다. 따라서 그 구별을 명확히 하기 위해 이 초기 형태의 소설을 '로맨스'라 부르기로 제안한다. 그것은 대개 황당무계하고 가공적인 이야기들로 현실성을 무시한 순수한 상상력의 산물이다. 이러한 로맨스의 무상성은 초기 소설이 어떤 장르의 지배도 보호도 없이 탄생한 주변적 존재로서, 브왈로N. Boileau(1636~1711) 등 고전주의 문학이론가들에 이르기까지 문학 장르로 취급되지도 못했던 이유가 되었지만, 또한 소설이 어떤 규제에서도 자유롭게 발전할 수 있었던 이유이기도 했다.

로맨스란 현실에서 벗어나 상상력 속에서 벌어지는 영웅적 삶을 꿈꾸는 인간들이 갖는 하나의 경향을 반영하는 도피주의 문학이다. 승리로 끝나는 모험과 영웅적인 주인공의 이야기인 이러한 로맨스와는 반대로, 근대 소설은 비영웅적인 주인공들이 현실 속에서 겪는 환멸의 과정을 이야기한다. 로맨스가 독자들의 상상력에 호소하고 그들을 미망에 찬 세계 속에서 경탄하게 했다면, 근대 소설은 이러한 로맨스의 토대를 불신케 함으로써 독자들을 현실로 되돌아가게 만든다. 1785년, 영국의 평론가 클래러 리브Cl. Reeve는 『시대와 국가와 풍습을 통한 로맨스의 발전』이라는 저서를 통해 로맨스와 소설을 구별하고자 했다. 이에 따르면 "로맨스는 가공적인 인물이나 사건을 다루는 영웅 이야기다. 반면에 소설은 현실적인 인생이나 풍습, 그리고 그것이 씌어진 시대를 그린 것이다. 로맨스는 우아하고 품위 있는 언어를 사용하며 결코 일어난 적이 없거나 일어날 것 같지 않은 일을 묘사한다. 반면에 소설은 날마다 우리 눈앞에서 진행되는 일이나 우리의 친구나 우리 자신에게 일어날 수 있는 일들에 관한 친근한 이야기를 해준다." 또 『로맨스Romance』라는 연구서를 쓴 길리언 비어G. Beer는 "소설은 알려진 세계를 표현하고 해석하는 일에 더욱 집착하고 있는 데 비해 로맨스는 그 세계의 숨은 꿈을 명백히 드러내는 일에 집착하고 있다. 로맨스는 욕망을 실현하는 일과 늘 관련되어 있기 때문에 영웅적인 것, 목가적인 것, 이국 취향, 신비로운 것, 아동기 및 정열적인 연애 등의 여러 가지 형식을 취한다"라고 했다.

시대적 배경에 있어서 후기 봉건시대의 산물이었던 로맨스에 반해 시민 사회의 산물인 소설은, 시민 사회의 새로운 계급으로 등장한 부르주아들이 봉건 사회의 질서에서 자유로워지기 위해서, 보다 솔직하고 보다 거침없이 현실 사회를 반영해주는 새로운 문학 형태를 필요로 했던 사회적 변화에 적절히 부응하려는 작가들의 욕구에서 나왔다고 볼 수 있다. 로맨스에 등장하는 인물들이 시종일관 어떤 이념이나 덕목, 혹은 악덕만을 대표하는 알레고리적인 불변의 인물이었음에 반해, 근대 소설의 주인공들은 내면적 자율성을 부여받아 주위의 인물이나 환경에 대해 일련의 사회적 반응을 보이며 자신의 운명을 스스로 개척하려는 적극적 자세를 보이는 인물로 시간의 흐름에 따라 변하고 성장하는 인물이 된다. 그리고 로맨스가 환상성을 띤 이상 추구형이라면 소설은 개연성을 띤 현실주의의 성격을 띤다.

최초의 근대 서양 소설이라고 불리는 세르반테스의 『돈키호테』는 바로 이 로맨스에 대한 패러디로서 생겨난 것이다. 당시 지배적인 설화 형식이던 기사도 이야기인 로맨스, 영웅주의의 과장된 표현과 감상성 등으로 특징지어지던 '로맨스 정신'에 대한 반동으로 나온 것이 바로 '아이러니' 기법에 의한 근대 소설이라고 할 수 있다. 로맨스에서 볼 수 있던 과대 포장된 영웅들의 모험담이 소설에서는 현실과 직면하여 보잘것없는 한 초라한 인물들의 아이러니컬한 삶을 드러내는 것이다. 돈키호테는 자신이 기사도 소설에서 읽은 로마네스크한 세계를 현실 속에 옮겨놓으려는 꿈에 사로잡혀 모험을 떠난다. 하지만 온갖 고초를 겪은 후 기진맥진한 상태로 집으로 돌아온 그는 당시의 산문적 현실과 기사도적 몽상을 합일시킬 수 없음을 인정하는 것으로 그의 삶을 마감한다. 그런데 이 소설에서 돈키호테의 이러한 허황됨을 비판하는 사제 등 주위 인물에게서 도리어 평범하고 세속적인 측면만을, 그리고 돈키호테에게서 방랑하는 기사의 정신적 위대함을 볼 수 있다는 점, 그리고 바로 그 사제가 훌륭한 기사도 소설도 있다는 주장을 펼친다는 점, 그리고 작가 세르반테스가 『돈키호테』 이후 쓴 그의 마지막 소설이 더할 나위 없이 아름다운 기사도 소설이라는 점을 미루어 볼 때, 작가가 이 작품에서 기사도 소설에 대한 풍자만 강조하는 것은 아니라는 사실을 알 수 있다. 더군다나 돈키호테가 주장하듯 기사도 소설의 현실성 여부와는 무관하게 그러한 책의 독서를 통해 독자들이 얻는 욕망의 실현은 책이, 즉 소설이 무엇인가 하는 근원적 물음으로 이어지면서 이 소설을 모든 소설적 물음의 원형으로 간주하게 만든다. 또한 소설에 있어서 아이러니는 근대 소설의 탄생뿐만 아니라 현대 소설로의 발전 과정에서도 큰 역할을 담당하게 된다.

이러한 『돈키혼테』와 동일한 맥락에서 프랑스에서는 17세기 초 샤를르 소렐Ch. Sorel(1599~1674)이 『프랑시옹의 익살스런 이야기*La vraie* *histoire comique de Francion*』(1623)와 『엉뚱한 목동*Le berger extravagant*』(1628)을 쓰게 된다. 그런데 이 『엉뚱한 목동』은 1633년도 판에서 '반소설 또는 목동 리지스의 이야기L'anti-roman ou l'histoire du berger Lysis'라는 제목으로 바뀌는데, 이는 당시 오노레 뒤르페H. d'Urfé(1567~1625)의 『아스트레*Astrée*』(1608~1627)와 같은 중세적 기사도의 사랑에 필적하는 사랑의 신비주의를 펼치던 목가적 소설에 대한 풍자였던 것이다. 여기서 말하는 반소설이란 바로 반(反)로맨스 경향으로, 이는 그 후 폴 스카롱P. Scarron(1610~1660)이 순회 극단을 중심으로 적나라한 시골 생활의 관찰에 바탕을 두고 쓴 희극적 사실주의 소설인『배우 이야기*Roman comique*』(1651~1657), 그리고 고대 로마의 시인 베르길리우스virgile의 『아에네이스*Enéide*』를 우스꽝스럽게 풍자한 『변장한 베르길리우스*Virgile Travesti*』(1648~1652) 등으로 이어진다.

이러한 소설들은 당시 귀족들의 살롱을 중심으로 이루어지던 인위적이고 잘난척하는 관념적 소설에 대해, 서민이나 하층민 들이 출입하는 카바레를 중심으로 저속함과 상스러움을 오히려 내세우며 적나라한 현실을 사실적으로 묘사했던 것이다. 그러나 소렐과 스카롱의 작품들은 17세기 초 프랑스에서 풍미했던 기사도 전통을 잇는 로마네스크romanesque한 소설들에 대한 패러디이긴 했으나 '프레시오지테préciosité'라는 그 시대적 분위기를 공유하고 있었다. 소렐의 소설들이 당시의 플라토닉한 사랑을 풍자하고 그 허구성을 폭로하면서 드러내고자 한 것은 외견상 고상하고 우아해 보이는 삶의 이면에 있는 인간의 진부함과 추악함이었다. 그리고 이러한 풍자를 통해 진정으로 귀족적인 덕목을 추구하고자 한 것이다. 또한 스카롱이 떠돌이 배우들의 이야기를 통해 떠돌이 기사들의 모험을 풍자하기는 했으나, 그 공상적인 취향에서는 기사도 소설과 공통점을 지니고 있었다.

17세기 중엽, 이러한 로마네스크한 로맨스의 잔재는 상당 부분 있었으나 라 파이에트 부인Mme de La Fayette(1634~1693)이 익명으로 발표한『클레브 공작부인La princesse de Clève』(1678)은 소설의 새로운 시대를 열게 된다. 이 소설은 루이 14세를 정점으로 하는 절도와 규칙에 복종하는 절대 왕권의 문학적 번역이라 할 수 있는 고전주의 연극에 밀려 열세에 처해 있던 소설 장르를 '삼일치'의 규칙과 같은 고전주의 미학 속으로 끌어들였다. 우리는 이 작품 속에서 심리적 분석의 경향과 외적 사건들의 상대적 감소, 그리고 절제된 문체 등 고전주의 소설의 특징을 잘 볼 수 있다. 그러나 심리 분석 소설의 원형으로 꼽히는 이 작품은 고전주의가 내세우는 보편적이고 관념적인 인간 본성의 탐색이라는 전제 속에서 몇몇 전형적 인물들의 심리 분석에 그쳤다.

18세기에 들어 과학의 발전과 함께 새로운 세계의 지평이 열리고, 소설은 구체적 상황 속에서 다양화되어가는 상대적 인간관을 드러내며 새로운 도약을 하게 된다. 물론 프랑스에서 18세기는 계몽주의 철학자들의 시기로 문학은 그들의 철학적 사상을 담는 그릇으로 사용되는 경향이 있었지만, 당시 스페인 및 영국 소설의 영향으로 소설의 발전에 한 획을 긋게 된다. 르 사쥬Le Sage(1668~1747)의『절름발이 악마 Diable boiteux』(1707)와『질 블라스Gil Blas』(1715~1735)는 스페인식의 악당 소설로서, 장황할 정도로 세밀한 관찰과 다양한 풍속과 인물들을 묘사하는 사실적 소설의 모델이 되고 있다.

이러한 장편 모험 소설 속에서 주인공들은 가능한 모든 모험을 경험하고 다양한 사회적 배경을 거치며 세월의 변모를 통해 온갖 우여곡절을 겪는다. 그러나 이 모험소설의 경우 이들이 경험하는 사회에 대한 묘사는 그 풍속이나 습관에 대한 외면적인 세부 묘사에 그칠 뿐, 그 속에서의 심각한 사회적 문제점이나 인생의 깊이, 또는 복잡한 심리적 동기에는 별 관심을 두지 않는다. 때로 생생하고 정확하게 현실을 반영한 장면도 있으나, 이는 단지 흥미로운 모험이나 감상적인 사건들 사이에 삽입된 풍자적인 소묘에 지나지 않았던 것이다.

그런데 구체적인 역사적, 사회적 배경 속에서 시간의 흐름에 따라 반응하고 변화해가는 인간들의 모습을 그린다는 것이 소설의 본질적 요소이다. 따라서 진정한 의미에서의 근대 소설은 산업혁명 이후 산업 부르주아들이 전면에 나서게 된 18세기 중엽에 이르러서야 대두되기 시작했으며, 자연히 일찍이 산업혁명을 맞은 영국에서 먼저 나타나게 된다. 바로 이런 의미에서 세르반테스의 『돈키호테』와는 또 다른 측면에서 근대 소설의 시초로 영국 작가 대니얼 디포D. Defoe(1660~1731)의 『로빈슨 크루소Robinson Crusoe』(1719)를 들게 된다.

대니얼 디포와 더불어 18세기 초 영국 작가들인 사무엘 리처드슨S. Richardson(1689~1761)과 헨리 필딩H. Fielding(1707~1754)을 영국 최초의 본격적인 근대 소설가로 꼽는 이안 와트I. Watt는 그의 저서 『근대 소설의 발생The rise of the novel: Studies in Defoe, Richardson, and Fieldin』(1963)에서, 근대 소설의 발생이 어느 한 개인의 공헌에 의한 것이 아니라, 18세기 초 영국 중산층 서민들의 정치적, 경제적 부상으로 그들의 지적, 도덕적 수준에 맞는 새로운 문학 형식의 요구에 부응한 한 현상이라고 파악하고 있다. 즉 디포의 『로빈슨 크루소』는 그것이 비록 공상적 배경 속에서 벌어지기는 해도 철저한 사실주의에 입각하여 현실적 사실과 경제적 개인주의를 추구하는 주인공의 모험을 다룬 소설로, 새로이 부상하는 시민계급의 가치관을 잘 표현하고 있다. 또한 리처드슨의 『파멜라*Pamela*』(1740)는 귀족 바람둥이의 유혹에 대한 프티부르주아 여성의 확고한 도덕적 태도를 그린 서간체소설이다. 그는 여기서 서간체 형식을 통해 인간 심리의 미묘한 움직임과 복잡한 양상을 세밀하게 묘사함으로써 소설을 인간의 내면적 삶에 대한 탐구의 길로 들어서게 했다. 이 소설은 당시의 개인주의적 성향이나 중상주의적 가치관에 따른 경제적 성공과 사회적 지위 향상에 대한 동경을 갖고 있던 프티부르주아 독자들의 욕망을 간접적으로나마 실현시켜준 것으로 상당한 성공을 거두었다. 이 소설은 리처드슨의 도덕적 개혁 의지가 당시의 중상주의적 가치관과 조화를 이룬 작품이라고 볼 수 있다. 당시 영국의 사회적 변동에 따른 가치관의 변화를 사실적으로 가장 잘 드러낼 수 있기 위해서는 이러한 소설 장르의 대두가 필연적인 현상이었다고 할 수 있다.

한편 필딩은 리처드슨의 감상적 덕행을 거부하며 영국 부르주아들의 위선적 도덕을 폭로하며 새로운 리얼리즘을 내세웠다. 1742년 필딩은 『조셉 앤드루즈의 모험*Adventures of Joseph Andrews*』을 발표하면서 제목 후반에 "세르반테스의 방식을 모방하여 쓴"것이라고 명시했다. 이 작품은 그보다 2년 전에 나온 리처드슨의 『파멜라』를 풍자하고자 한 것이다. 또한 그의 소설 『톰 존스*Tom Jones*』(1749)는 18권에 달하는 방대한 소설로, 사생아인 주인공의 온갖 모험을 그려나가는 과정에서 18세기 영국 사회의 모든 계층을 전부 보여주며 리처드슨의 도덕적 감상주의를 풍자적으로 비판하며 당시 영국 부르주아들의 위선이라는 또 다른 영국 사회를 드러냈다. 뿐만 아니라 그는 이 작품에서 다양한 이야기를 복잡하게 구성하고, 또 화자의 개입 등을 통해 소설적 환상을 파괴하면서 이 소설을 하나의 아이러니소설로 만들었다.

18세기 영국 소설은 로렌스 스턴L. Sterne(1713~1768)과 함께 소설 형식의 발전에 새로운 전기를 마련하게 된다. 아홉 권에 달하는 방대한 소설 『트리스트럼 샌디의 삶과 의견들The Life and Opinion of Tristram Shandy』(1760~1767)에서 그는 사건과 이야기 중심의 당시 소설에 대한 비판적 풍자를 가하게 되는데, 주인공의 성격을 그려나가는 과정 속에서 다양한 작가의 견해를 펼치고 있다. 수많은 부수적 이야기들과 인물들로 중심 이야기가 사라지는 이 소설에서 스턴은 작가의 서술 행위와 서술물 사이에 벌어지는 상호 관계를 의식적으로 드러내기도 하고, 또 백지 페이지를 두는 등 인쇄상의 새로운 시도를 통해 글쓰기가 갖는 창조적 기법을 전면에 드러내면서, 독자로 하여금 상상력을 발휘하도록 요구하고 있었다. 이 소설은 20세기 소설 장르의 혁신에 하나의 선구자 역할을 했다고 평가되고 있다. 이렇듯 소설은 기존의 형태에 대한 다각도에서의 비판적 풍자를 통해 그 영역을 넓혀갔음을 알 수 있다.

이러한 영국 소설의 발전은 프랑스 소설에 많은 영향을 끼쳤다. 리처드슨의 두번째 서간체소설 『클라리사Clarissa』가 1748년 간행되었을 때, 프랑스에서는 아베 프레보Abbé Prévost(1697~1763)가 이를 프랑스어로 번역했으며 디드로D. Diderot(1713~1784)는 『리처드슨 예찬론Eloge de Richardson』(1762)을 썼다. 그때까지만 해도 프랑스에서 소설이란 어떤 전범도 없고 규칙도 없는 경시받던 장르였다. 디드로 역시 "그것을 읽는 것은 취미에도 품성에도 아주 위험한 공상적이고 쓸데없는 사건을 모아놓은 것"으로 파악했다. 따라서 "정신을 고양시키고 영혼을 감동시키고, 도처에서 선에 대한 사랑을 고취시키는 리처드슨의 작품"은 소설이라 불릴 것이 아니라 다른 명칭을 붙여야 된다고까지 말했다.

철학자이며 사상가, 미술비평가, 극작가이기도 했던 18세기의 누보로 망이라 할 수 있는 디드로는 소설, 『운명론자 자크*Jacques le fataliste et son maître*』(1773, 1796 출판)를 통해 기존의 소설 개념과는 다른 소설을 제 시함으로써 소설 장르의 영역을 더욱 확장시키게 되었다.

1765년경, 스턴의 『트리스트럼 샌디』를 읽고 착상을 얻어 쓰게 되 었다는 이 소설은 고전주의 소설의 관념적, 보편적 성격 탐구나 그 이 후의 다양한 시공간을 주파하는 모험소설도 아니었다. 리처드슨의 소 설에 나오는 인물들의 경험과 갈등이 누구나 일상생활에서 체험할 수 있는 평범한 성격의 것이라는 그 사실주의적인 측면을 높이 평가한 디드로는, 자신의 소설에서도 평범한 인물들의 이야기를 온갖 세부적 인 것에 대한 묘사나 그들의 구체적인 현실에 적합한 그들의 언어로 들려주었다는 점에서, 그리고 허구적인 이야기를 실제로 일어난 것처 럼 꾸미는 온갖 서술 기법들, 고백록, 회상록, 사건 목격자의 보고 등 의 방법을 도입했다는 점에서 사실주의소설의 기틀을 마련했다고 볼 수 있다.

하지만 이 소설의 진정한 소설사적 의미는 이런 사실주의 소설의 테 두리를 넘어서는 데 있다. 소설이 '이야기'와 '화자'로 구성된 것이라 면 이 소설은 이 두 요소의 전통적 개념을 뒤집는 것이었다. 기존의 소설은 1인칭이든 3인칭이든 한 사람의 화자가 연대순에 따라 논리적 일관성이 있는 이야기를 풀어나갔다. 그러나 이 소설에서는 서두부터 과거 작가가 만드는 허구적 세계 속으로 따라가던 수동적 독자가 아 니라, 끊임없는 질문을 통해 작품의 창작 과정에 직접 참여하여 작가 로 하여금 글쓰기의 문제를 재검토하게 만드는 적극적인 독자의 존재 를 끌어들인다. 또한 여러 화자가 교대로 제각각의 이야기를 함으로써 다양한 관점에서 현실을 묘사하는 동시에 이야기의 불연속성을 드러내고 있다. 그리고 소설을 이끌어가는 작가로서의 화자 역시 전통적 서술 기능 이외에 현대 서사학에서 말하는 증언 기능, 친교 기능, 관리 기능, 이념적 기능 등 다양한 부차적 기능까지 맡게 하면서 빈번하게 작가의 개입과 독자의 질문을 병행해놓음으로써 소설의 형성 과정 자체를 문제 삼도록 만들었다. 이는 당시 소설이 로마네스크한 허구적 세계를 마치 진실인 양 독자들에게 일방적으로 제시하던 경향을 풍자하고, 그리하여 소설적 환상을 파괴하기 위한 것이라 볼 수 있다. 사실주의적 소설의 토대가 된다 할 수 있는 등장인물들의 이름이 대개 주인, 농부 등 그 기능으로만 표현되고 있다는 것, 시간적·공간적 일관성이 종종 무시되고 있다는 점, 수많은 우화와 교훈담의 나열로 인한 상징성 등은 위에서 일차적으로 언급한 사실주의적 토대가 소설 내에서 반박하고 있음을 보여준다. 따라서 이 소설은 19세기 사실주의 소설의 토대를 마련했을 뿐만 아니라 이야기의 불연속성과 의미의 불확실성 등을 통해 현실에 대한 근원적 인식으로서의 소설이 단일한 의미로 환원될 수 없음을 주장하고, 그리하여 새로운 의미 추구, 모험으로서의 글쓰기를 제시한다는 점에서 20세기 누보로망 소설 작업의 선구자적 역할을 했다고 볼 수 있다.

디드로뿐만 아니라 18세기 프랑스에서는 아베 프레보가 『마농 레스코Manon Lescaut』(1731)에서 층위가 다른 여러 이야기를 교묘히 연결시키는 서사 기법을 실험하면서 정념의 극한을 그려내었으며, 라클로Ch. de Laclos(1741~1802)는 서간체 형식으로 된 『위험한 관계La liaison dangereuse』(1782)를 통해 인간 내부에 대한 섬세한 심리적 분석을 가하는 등 소설의 영역을 넓혀가고 있었다.

19세기에 들어 프랑스에서 가속화되어가는 산업화 과정은 다양한 사회 계층을 만들어냈으며, 계층 간의 갈등 등 사회적 문제가 심화되면서 이를 그려내는 사회 연구가 소설 속으로 들어오게 되었다. 소설이 원래 규칙이 없는 자유로운 장르라는 내적 조건과 함께 인쇄술의 발달 및 산업혁명으로 인한 각종 교통수단의 발전, 신문의 간행과 교육의 보급 등이 소설의 발전을 가능케 했다.

한 개인의 욕망이 시대적 상황 속에서 어떻게 전개, 변화되는지를 마치 거울을 들고 거리를 돌아다니듯 비치는 대로 그린다는 스탕달 Stendhal(1783~1842)의 낭만적 사실주의에서, 한 사회의 호적부와 경쟁이라도 하듯 수많은 인물들을 등장시켜 그들의 사회적 역사를 쓰려는 발자크H. de Balzac(1799~1850)의 총체소설에 이르기까지 소설은 그 부를 증가시켜갔다. 그런데 19세기 중반 '사실주의'란 기치를 내걸고 등장한 일련의 군소 작가들의 작업은 새로운 부르주아 사회의 다양한 모습을 생생하게 전해주는 기록적 문학이었다. 그것은 새로운 문물에 대한 회화적 묘사, 다양한 신종 직종의 제시, 지방색의 묘사 등 생생한 묘사로 사회 구석구석에서 벌어지고 있는 인간사 전체에 대한 사회학적 연구로 이루어졌다. 그러나 진정한 사실주의 미학을 이룬 것은 이들보다 선구자적 역할을 했던 스탕달과 발자크, 그리고 그 후 플로베르G. Flaubert(1821~1880)를 통해서였다. 그들은 우연적 모험이라든가 표면적 사실이 아니라, 주인공들의 개인적 의식의 심각한 모순이나 갈등을 깊은 사회적, 계급적 갈등의 표현으로 나타낼 수 있었던 것이다. 뛰어난 재능의 이들 작가들은 르포르타주 성격의 에피소드들을 보고하는 단순한 사실주의자들이 아니라, 사회적 현실 속에서 개개인의 내적 진실 사이의 근본적 대립과 갈등을 파악하는 작가의 시대적 의식을 드러내는 작업을 했다. 그리하여 이들은 구체적이고도 사실적인 표현을 통해 보편성을 획득할 수 있는 예술적 차원을 이룩했다.

그런데 발자크가 『인간 희극La comédie humaine』이라는 19세기 중반 프랑스 사회의 재현이라는 거대한 역사를 그려나감에 있어서 자신의 직관을 통해 해석, 설명해나간 것에 반해, 플로베르는 그 당시 부르주아 사회의 모순을 무감동, 무개인성이라는 사실주의 원칙에 근거해 가장 정확한 언어적 등가물로 구축해내는 데 주력했다. 허영에 찬 부르주아 사회의 위선을 전지적 시점과 화자의 시점으로 이동해가며, 또 세세한 외적 묘사와 인물들의 내면세계를 결합시켜나감으로써 그 언어 속에서만 유일한 현실이 있다는 그의 언어관은 그대로 현대적 글쓰기의 한 모범을 보여주었다.

그 이후 소설은 다윈의 진화론과 오귀스트 콩트A. Comte의 실증주의 철학, 텐H. Taine의 인종·시대·장소에 따른 결정론의 영향으로 실증적, 생물학적, 결정론적 인간관에 바탕을 두게 된다. 졸라E. Zola의 『실험소설론Le roman expérimental』(1880)과 함께 소설 속에서 인간의 삶이 분석, 실험을 거쳐 증명되기에 이른다. 그런데 산업화가 한창이던 19세기 말 하층민들의 생활이 그 비참함을 더해감에 따라 자연주의 작가들의 작품 속에 펼쳐지는 인간들의 삶은 생리학적, 경제적, 역사적 숙명 속에 갇혀버린 것 같았다. 그러나 졸라와 같은 위대한 자연주의 작가들의 작품은 비참한 현실에 대한 세세한 고발 이상의 것이 된다. 그들이 인간의 운명을 그릴 때 보여주는 객관적인 묘사 속에 들어 있는 처참한 인간들에 대한 연민의 정과 환상 없는 삶의 진실과 마주한 비극적 감정은 이들 작품에 웅장함과 비장함을 더해준다. 그러나 비참한 현실에 대한 과도한 표현은 결국 브뤼티에르Brunetière가 말했듯이 '자연주의의 파산'을 가져왔고 소설은 더 이상 새로이 개척해야 할 영역을 잃은 듯 보였다. 소설은 말해야 할 것을 전부 말해버린 낡은 장르라는 에드몽 드 공쿠르E. de Goncourt(1822~1896)의 지적처럼 당시 자연주의 소설가들 스스로가 소설 장르의 소재가 소진되었다고 파악했다.

1890년에서 모더니즘이 나타난 1910, 1920년경까지 소설은 소설 장르가 위기에 처했다는 인식 속에서, 그러나 위대한 소설가가 나타나지는 않은 채 전통 소설의 기법들을 완성시킨 동시에 리얼리즘소설의 한계를 나타낸 시기였다. 발자크가 작중인물들의 거주지나 의복, 습관들에 대한 세밀한 묘사를 통해 당시 사회의 근원적인 문제점들을 통찰해낸 것에 비해, 그리고 졸라가 비참한 하층민들의 생활상을 통해 삶에 대한 비극적 인식과 인간에 대한 연민을 드러낼 수 있었던 것에 비해, 그들의 후계자들은 발자크의 상징성이나 졸라의 통찰에 이르지 못한채 단순한 관찰자에 머물렀다. 인물의 감정, 가정과 도시 생활 및 지방 생활의 각종 풍속도, 사회 계급, 이국 정서 등 다양한 심리적·사회적·회화적 주제를 전통적 기법들을 사용하여 완벽하게 그려낼 뿐이었다. 객관적 현실에 대한 착실하고 정확하고도 숙련된 묘사는 장식적이고 인공적인 문체였을 뿐이며, 소설의 도입부나 인물의 소개 방식, 환경의 묘사나 시간의 전개 등은 유형화에 빠져서 더 이상 풍요로운 창조의 영역에 속할 수 없게 되었다.

19세기 말 진보와 과학, 그리고 합리성이 이 세계를 해석할 수 있는 보편적 열쇠로 여겨지던 시대는 자본주의가 심화됨에 따라 악화되어간 자본과 노동의 갈등 및 새로운 과학적 발견 등으로 서서히 마감되고, 20세기가 시작되면서 새로운 사상들이 나타나게 되었다. 1907년 베르그송H. Bergson의 『창조적 진화Évolution créative』의 출판과 함께 직관의 중요성이 부각되었으며, 1915년 프로이트S. Freud의 『정신분석학 입문Introduction à la psychanalyse』과 함께 무의식의 존재가 밝혀지고 또 니체F. Nietzsche의 주장에 힘입어 반지성주의, 비합리주의가 대두되었다. 현실은 더 이상 재현의 개념에 의한 사실주의적 방식으로는 파악될 수 없을 정도로 복잡하게 드러나게 되었다. 드가 이후의 인상파와 피카소의 큐비즘 등 현대 회화에서 나타나듯이 객관적 현실의 재생이 아닌 작가 자신의 자율적 창조, 전통적 원근법의 파괴, 그리고 드뷔시에게서 보여지는 것 같은 전통 음악의 논리적 선율의 전개에 대한 반동 등 예술 형식 전반에 걸쳐 새로운 움직임이 일기 시작했다. 그런데 프랑스에서 문학의 영역에 이러한 새로운 움직임이 생겨나게 된 근저에는 자연주의의 결정론적 인간관으로부터, 그리고 언어의 조형미와 회화적 측면만을 강조한 파르나스 유파의 시로부터 새로운 출구를 찾아 보이지 않는 미지의 세계를 탐색하려는 상징주의 시의 대두와 맞닿아 있다. 이는 사회적 현실이라는 참조물, 그리고 최소한의 논리적 언어가 필요한 소설 장르 자체에 대한 거부로 이어지게 된다. 상징주의의 대두와 함께 소설도 어느 정도 작중인물의 행위의 동기나 묘사, 사회적, 심리적 연구에서 벗어났다고는 하나, 소설이란 인간의 체험을 조직하고 질서를 부여하는 기본적 고정의 산물이라는 것이다. 특히 상징주의를 잇는 초현실주의자들의 경우 소설에 대한 거부는 더욱 강화되는데, 소설 속의 이야기가 아무리 논리적인 인과성을 파괴하는 것이라 해도, 그것은 사회적 담화와 연결되어 있으며 사회적 체계 속에 포함되어 있다는 것이다. 여기서 20세기 초반, 소설의 위기와 함께 모더니즘 문학의 논의가 시작되는 것이다.

아방가르드 정신과 소설의 형식적 탐구

군사 용어에서 유래한 아방가르드avant-garde는 군대에서 부대를 선도하는 전초로서 적을 탐지하기 위해 위험을 무릅쓰고 전장을 탐색하는 전방 부대를 지칭하였지만, 오늘날에는 실험적이고 진보적인 성향의 예술을 지칭하는 광의의 의미로 사용되고 있다. 『문학과 예술의 사회사』에서 하우저A. Hauser는 반전통적이고 개혁적이며 새로운 것을 추구하는 예술은 모두 어느 정도는 전위적이라 불릴 권리가 있다고 전제하며, 진정한 아방가르드의 가장 본질적인 표지는 그들에게서 삶과 예술 사이의 경계가 무너져야 한다는 요구에 있다고 주장했다. 미학이나 예술 이론에서 아방가르드적이란 수식어가 붙는 경우는 공인된 창작 기법에 부합되지 않는 혁신적인 방법의 모색과 적용을 의미한다.

아방가르드란 용어는 1차 세계대전 이후 기성의 관념이나 유파를 부정하여 파괴하고 새로운 것을 이룩하려던 혁신적 예술운동에서 폭넓게 사용되어왔다. 예술운동이 사회적·예술적 기류로서의 운동을 의미한다고 할 때, 전위 운동이란 이러한 실험적이고 진보적인 경향의 예술적 풍토를 이루게 하는 사회적·예술적 움직임을 지칭한다. 1910년대부터 1930년대까지 전위 운동은 미술·음악·건축·문학·연극·영화 등의 다양한 예술 분야에 걸쳐 폭넓게 진행되었으며, 아방가르드 예술의 특성은 미학적인 도전, 그리고 주류를 이루는 기존 예술 체계의 거부라 할 수 있다. 즉 20세기 초반에 유럽에서 진행된 전위 운동은 시대의 주류를 이루던 사실주의적 경향의 예술 풍토에 대한 반기라 할 것이다.

예술가란 자기 시대와 사회를 앞서가면서 새로운 세계의 비전을 제시하는 사람이라 할 때, 아방가르드는 예술에 내재한 한 본성이라고도 볼 수 있을 것이다. 아방가르드는 전통적인 것과 기존의 것에 대한 반항이다. 아방가르드의 특징은 스스로 기존 전통의 속박과 방해를 받고 있다고 느끼며, 미래의 새로운 예술의 주류들에 개방되어 있다는 점에 있다. 새로운 정신의 도래는 새로운 예술 형식의 탄생을 야기한다. 하지만 이러한 새로운 예술이 기존 예술의 하나로 받아들여지는 순간, 더 이상 그 예술은 전위예술이라 불릴 수 없다. 새로운 경향의 새로운 실험적 예술이 새로운 형태의 전위예술로 대체되기 때문이다.

20세기 초의 이러한 '전위적이고 실험적인' 문학을 '모더니즘' 문학이라 칭하는 것은 주로 영·미 문학에서이다. 루카치가 자신의 리얼리즘 소설 이론과의 대비로서 논한 '전위주의avantgardismus'를 영어권에서 다소 포괄적이고 모호하게 번역하여 '모더니즘'이라 부르게 되었는데, 이 용어는 일반적으로 조이스J. Joyce, 울프, 포크너W. Faukner 등의 활약으로 하나의 뚜렷한 전위적 소설 군단을 형성했던 1910년에서 1930년 사이의 영·미 소설의 경향을 지칭하는 것으로 사용되었다. 그러나 프랑스에서는 19세기 말에는 상징주의, 그리고 20세기 초에는 초현실주의라는 좀더 세분된 용어로 그 당시의 새로운 문학의 경향을 각각 지칭하고 있었다. 이러한 상징주의와 초현실주의의 움직임은 19세기 사실주의와 자연주의에 대한, 특히 소설 장르에 대한 문제제기로 나타났다. 따라서 프랑스에서 영·미 계열의 '모더니즘 소설'에 상응하는 것으로는 19세기 리얼리즘 문학에 반대하는, 그러나 문제시되는, 소설 장르에 있어서 새로운 가능성을 탐색하는 소설이라 할 수 있고, 그 움직임은 1910년 이후 프루스트M. Proust와 지드A. Gide를 중심으로 전개되었다.

나탈리 사로트가 말하듯 소설이란 끊임없이 변모해가는 하나의 형태이기에 어느 시대나 전위적 정신에 의한 새로운 소설이 있었다. 앞서 살펴보았듯이 소설의 발전 과잉이란 각 시대마다 그 시대의 아방가르드들에 의한 새로운 내용적·형식적 탐색의 과정이었으며, 이러한 탐구란 자의적 성격의 것이 아니라 그 시대의 정신을 표출하기 위한 내적 필연성에 의한 것이었다.

20세기 들어 모더니즘 소설과 함께 형식상의 문제들이 더욱 첨예하게 제기된 것은 새로운 시대적 문제점들을 전통적 서술·기법으로는 표현할 수 없다는 인식에서 유래한다. 모더니즘 소설가들에게 있어서 중요한 것은 볼프강 카이저W. Kayser가 말한 것처럼 서술 가능한 '표현 형식들'의 탐구가 아니라 '표현 불가능성'에 직면한 '소설 세계의 표현 가능성'을 어떻게 찾을 수 있을 것인가라는 문제였다. 여기서 카프카 F. Kafka(1883~1924)의 소설은 아주 의미심장하다. 일상생활의 사실적 배경 속에서 일어나는 사건들은 끝까지 설명 불가능한 것으로 남는다. 더 이상 인간의 합리적인 상상력이나 인과관계에 따라 설명할 수 없는 세계, 그 앞에서 인간은 완벽한 무능력을 보일 뿐인 세계를 보여 주는 것이다. 모더니즘 소설가들은 이러한 새로운 사회적·심리적 현실을 표현하기 위해서 새로운 소설 형식의 필요성을 느끼고 있었던 것이다.

새로이 인식된 현실은 더 이상 사실주의 기법으로는 파악될 수 없을 정도로 복잡하게 느껴졌으며, 오직 상대적 인식만이 가능할 뿐, 모호하고 불확실한 것이다. 인간의 불완전한 시각에 의지한 관찰만으로는 세계의 핵심에 도달할 수 없다는 입장이었다. 그래서 제기된 문제가 화자와 시점의 문제였다. 어떤 시점을 지닌 화자가 말하는가는 바로 세상을 보는 시각이며 실제를 어떻게 파악하는가라는 인식론적 문제이다. 이제는 과거의 초월적 화자, 즉 전지적 화자가 갖던 주어진 세계의 총체성에 대한 전망이나 발생한 일의 전후 관계에 대한 통찰 등의 특권적 위치를 가질 수 없다. 모더니즘 소설은 그러한 객관적 재현에 대한 의심으로, 저자의 '말하기'가 아니라 작중인물들을 통한 '보여주기'를 강조한다. 그리하여 개인적 시점에 제한된 인물들의 서술이 등장하며 극단적으로는 인물의 시점도 없는 광학렌즈의 서술이 된다. 그런데 이러한 작중인물을 통한 '보여주기'의 극단적 형태가 바로 모더니즘 소설의 특징이라 할 수 있는 내적 독백이며, 바로 이러한 형식을 통해 모더니즘의 새로운 심리주의 소설이 탄생하게 된 것이다.

이는 직관을 통해 사물의 본질을 인식할 수 있다고 한 베르그송의 주장에 그 바탕을 두는 것으로, 프로이트의 정신분석학, 윌리엄 제임스W. James의 '의식의 심리학'에 영향을 받아 형성된 것으로서 인간의 내면세계를 입체적이고 총체적으로 그리기 위한 노력이었다. 프랑스 소설사에서는 심리 분석 소설이 17세기 이래 단단히 자리 잡고 있다. 인간의 내면 탐구라는 프랑스 문학의 모럴리스트 전통에서 기인하는 이 심리 분석 소설은『클레브 공작부인』이후 마리보P. Marivaux의『마리안느의 생애*La vie de Marianne*』(1741), 아베 프레보A. Prévost의『마농레스코』(1731)를 거쳐 19세기 초 벤자민 콩스탕B. Constant의『아돌프*Adolphe*』(1818)에 이르기까지 인간 감정을 잔인할 정도로 철저히 분석한다. 이러한 프랑스의 전통적 심리 분석 소설은 19세기 말, 폴 부르제P. Bourget에 이르러 절정에 달하는데, 작중인물의 성격과 감정은 완벽하게 분석되고 설명되어 시종일관된 이야기로 귀결될 뿐이었다. 그러나 현대의 새로운 심리주의 소설이란 이런 다소 인습적인 인간 내부에 대한 합리적인 분석 연구가 아니라, 내적 세계의 착란 속으로 더 깊이 파고들어가 그 속의 무질서나 비밀을 통해 세계를 파악하려는 절망적인 시도로 시작된 것이다.

프랑스에서는 프루스트의 『잃어버린 시간을 찾아서A la recherche du temps perdu』(1913~1927), 영국에서는 조이스의 『젊은 예술가의 초상』(1914), 『율리시스』(1922), 그리고 울프의 『댈러웨이 부인』(1925), 『등대로』(1927), 그리고 미국에서는 포크너의 『음향과 분노』(1929) 등 심리주의 소설들이 대거 발표되었다. 이 새로운 심리주의 소설들이 표방하는 바에 따르면, 인간의 정신 상황은 본래 논리적이고 질서 정연한 것이 아니라 직감적이고 비합리적이며 불연속적인 것이기에, 전통적인 소설 기법으로는 이러한 인간의 총체적 내적 경험을 형상화할 수 없다. 외적 세계로부터 소외된 현대 사회의 개체들은 마치 고립된 존재처럼 그들의 내면세계로 수축되어 들어가 '내적 의식의 흐름stream of consciousness'에 수동적으로 자신을 맡길 뿐이다. 이때의 의식의 흐름을 '자동기술법'이나 '내적 독백'을 통해서 표현하는데, 이것은 작가나 화자의 개입과 설명이 전혀 없는 것으로 비논리적, 비시간적인 것이 그 특징이다. 우리가 체험하는 대로의 감각이나 의식은 과거와 현재, 미래가 뒤섞여 나오기 때문에 전통적 소설에서처럼 연대기적인 논리적 시간관념이 깨어지고, 따라서 플롯이나 스토리가 거의 파괴되며, 전통적 의미에서의 일관적 성격을 소유한 인물도 점차적으로 해체되어간다. 이렇듯 전통적 서술이 해체되어가는 소설이 추구하는 것은 사실주의 소설이 추구하던 인간과 그들이 겪는 모험으로서의 삶을 해체하는 것이다. 이러한 소설 속에서 독자는 이미 구조가 갖추어진 즐거운 이야기를 기대할 수 없으며, 해체된 채 비논리적으로 제시되는 파편들을 가지고 스스로 현실을 재구성하여 해석해야만 하는 것이다.

뿐만 아니라 디드로가 이미 시도했듯이 이야기를 이끌어가고 있는 존재로서의 화자의 모습을 보여주는 경우도 있어 소설을 창작하는 과정 자체를 탐구한다. 지드는 『사전군들Les faux-monnayeurs』(1925)에서 저자를 등장시켜 인물들에 대한 개인적 평가를 하고, 또 소설 속에 동명이 소설을 쓰고 있는 소설가와 동명인 인물을 등장시켜 소설론을 펴게 함으로써 소설에 대한 소설을 쓰고자 했다. 이는 모더니즘의 특질이라 할 수 있는 미학적 자의식과 자기 반영성을 드러내고 있는 것이다. 그러나 소설의 창작 과정에 대한 지속적인 자기 성찰에 의한 이론적 논의는 『사전군들』의 한 인물인 소설가 에두아르가 끊임없이 소설론을 펴면서도 정작 자신의 소설을 끝내지 못하는 사실이 보여주듯이 소설 자체의 존재를 위협할 수도 있는 것이다.

이러한 전위주의적 모더니즘의 대두는 새로운 시대의 새로운 현실에 대한 보다 확대되고 심화된 사실성을 탐구하는 과정에서 나왔다. 그러나 모더니즘 소설이 보여준, 외부 세계의 현실을 문제시하고 형상화하는 데에 다소 소홀하게 된 현실 도피적인 경향이나 형식적 측면에 대한 지나친 강조가 당시 많은 비평가들의 비난의 대상이 된 것도 사실이다. 특히 사실주의 소설론인 『미메시스Mimesis』를 쓴 아우어바흐E. Auerbach가 그 대표적 인물로, 그는 당시의 모더니즘 소설들을 무언가 혼돈스러운 것으로 파악하며 『율리시스』를 "눈에 거슬리고 고통스러운 냉소와 해석할 길이 없는 상징의 사용"을 특징으로 하는 '잡동사니'로 평가했다. 그리고 비판적 사실주의 이후 사회주의 사실주의의 도래를 꿈꾸는 루카치 이래 사회주의 문학가들은 이들 모더니즘 소설들을 개인적인 감정이나 운명이라는 고립된 세계의 묘사에 탐닉하는 자본주의 예술로 파악하여 이를 비판하고 있다. 이들에게 모더니즘 작가들은 현실 생활을 도외시한 채 인위적으로 고립된 안락함 속에 도피한 자들로 보이는 것이다.

그런데 프랑스에서 영·미 문학의 모더니즘 소설에 상응하는 움직임은 1910년에서 1930년 사이라는 시기에 한정되지 않는다. 역시 모더니즘 소설의 맥을 잇는 1950년대의 아방가르드 문학인 '누보로망'이 본격적으로 대두되기까지, '소설의 위기'라는 인식의 반복 속에서 전통 소설과 끊임없이 대결하며 형식적 혁신을 추구했던 '새로운 소설'의 투쟁이 이어졌다. 자연주의자들 스스로 인정한 소설 소재의 소진에서 비롯하여 소설 장르 자체에 대한 거부를 거쳐서 1950년대 중반 '누보로망'에 이르기까지 계속된 이 대결이, 즉 프랑스에서의 모더니즘 소설의 형식적 탐구가 구체적으로 어떤 과정을 통해서 이루어졌는지 1880~1920년, 1920~1930년, 1930~1945년, 1945~1955년이라는 네 단계로 나누어 살펴볼 수 있을 것이다.

1880~1920년대에 프랑스 소설가들은 1884년 이후 프랑스어로 번역된 톨스토이와 도스토옙스키의 작품들이 보여주듯이, 수많은 인물들의 삶이 복잡한 인간 내면세계와 뒤엉켜 있는 거대한 소설들의 영향을 받고 있었다. 그러나 아나톨 프랑스A. France나 폴 부르제의 등장과 함께 폐쇄된 세계 속에서 클라이맥스를 향해 치닫는 프랑스 전통의 단선적인 심리 분석 소설을 해결책으로 받아들이고 있었다. 최초로 내적 독백의 기법을 사용한 뒤자르댕E. Dujardin의 소설, 『월계수는 잘렸다Les lauriers sont coupés』(1887)를 읽고 조이스가 『율리시스』를 썼던 것에 비해, 프랑스에서는 이러한 새로운 기법을 통한 새로운 소설의 가능성을 보지 못한 채 이를 간과하고 있었다. 또한 1891년, 지드가 『앙드레 왈테르의 수기Les cahiers d'André Walter』 속에 소설을 쓰는 주인공을 상정함으로써 '미자나빔mise en abîme' 기법을 통해 소설에 대한 논의를 소설 속에

서 시도하고 있었지만 별로 주목을 받지는 못했다. 당시 젊은 작가들은 1887년 졸라에 대한 공개적 비판과 브륀티에르가 주장한 '자연주의의 파산' 이후 자연주의에 염증을 느끼고 있었다. 그러나 전통적 심리 분석 소설이라는 신고전주의에도 합류하지 못한 채, 상징주의의 모호함 속에서 문학과 음악, 미술 등 장르를 혼합하는 경향을 보였다. 한편 이런 경향을 비판하던 보수적 시각의 비평가들은 문학적인 차원뿐만 아니라 1차 대전을 전후한 시대가 갖는 정치적인 차원에서도 다소 국수주의적 입장에서 프랑스의 전통적인 문학인, 명료한 이성과 절도에 바탕을 둔 심리 분석 소설을 주장한다. 그러나 앞서 살펴보았듯이 20세기 초 실증주의의 쇠퇴와 함께 대두된 새로운 사상들은 당시의 프랑스 소설들이 근거하고 있던 합리적이고도 명료한 논리의 세계관에 문제를 제기하게 되었다. 하지만 시대의 흐름을 표현할 만한 문체와 기법의 문제가 당시 개별 작가의 흥미를 끌지 못했으며, 이들 작가들도 반전통주의의 힘으로 규합되지 못한 채 소설 창작이 지지부진했던 사실은 소설 장르에 대한 위기 의식을 부추기고 있었다.

1913년 자크 리비에르J. Rivière가 『N.R.F.』에 「모험소설」이란 글을 발표하여 소설의 의미란 글 쓰는 과정에서 형성되므로 연대기적, 인과적 논리에 따라 전개되는 굳어져버린 소설이 아닌 새로운 소설 형식의 필요성을 주장하였다. 그러나 같은 해, 프루스트의 『잃어버린 시간을 찾아서』의 첫 권인 『스완네 쪽으로Du coté de chez Swann』가 출판되었을 때, 지드는 그의 소설 작업의 새로운 의미를 간과했으며 많은 비평가들은 그의 미시적 분석 기법을 이해하지 못하고, 이를 명료한 프랑스 정신에 부합하지 않는 횡설수설이라 파악했다. 이러한 상황에서 일어난 1차 세계대전은 전통주의자들에게는 새로운 소재를 제공하는 하나의 장으로 떠올라 사실주의로의 회귀의 움직임이 나타났다. 그러나 베르그송과 프로이트의 등장과 함께 무한히 복잡한 삶을 종래의 이성과 지성에 의해 명료하게 그릴 수 없다는 인식에서 모호한 내면 탐색의 경향이 어느 정도 부상했으나, 프루스트 소설의 혁명적인 개념과 기법을 받아들일 준비가 되어 있지 않았다. 이러한 전통 소설과 새로운 소설 사이의 갈등은 1918년 프루스트의 소설 제2권인 『꽃피는 소녀들의 그늘에서A l'ombre des jeunes filles en fleurs』가 많은 비평가들의 혹평 속에서도 대중적인 문학상인 공쿠르상을 수상했던 사실이 잘 말해주고 있다.

　그런데 1920~1930년대에는 이 대립이 더욱 강화된 시기로 1924년 마르셀 프레보M. Prévost는 당시를 새로운 '소설의 위기'로 규정하고 있다. 이 시기 새로움을 추구하던 자들은 초현실주의자들과 베르그송, 프로이트의 영향을 받은 이들이라 볼 수 있다. 당시 발레리P. Valéry는 "후작부인은 오후 5시에 외출했다"라는 구절로 전형적인 프랑스 소설의 서두를 유형화시키며, 인물과 사건을 중심으로 외부 현실을 재현한다는 소설 장르 자체의 성격을 하나의 속임수로 파악하여 전면적으로 거부하고 나섰다. 1924년 제1차 '초현실주의 선언문'을 낸 브르통A. Breton 역시 실증주의에서 나온 사실주의 소설이 단순한 정보 제공의 글로 소설가의 작위성에 의존하는 글일 뿐이라는 이유로 발레리의 소설 장르 거부에 동조하고 있었다. 그러나 브르통 등 초현실주의자들의 소설 장르 거부는 브르통 자신의 소설 『나자Nadja』(1927), 그리고 아라공L. Aragon(1892~1982)의 소설 『파리의 농부Le paysan de Paris』(1925)가 말해주듯이 소설 자체에 대한 거부가 아니라 사실주의 소설에 대한 거부라고 보아야 한다. 유형화된 그림엽서일 뿐인 묘사와 일화적인 서술, 그리고 소설가의 해설로 언제나 당연한 결과만을 보여줄 뿐 상상력이 완전 무시되는 인물들의 심리 묘사에 대한 거부였던 것이다. 그리고 프루스트의 소설 마지막 권인 『되찾은 시간*Le temps retrouvé*』이 1927년 사후 출판됨으로써 새로운 소설 개념과 기법이 드러났으나 당시 프랑스 내부에서는 거의 이해되지 못하고 있었다.

전체 7권으로 이루어진 프루스트의 『잃어버린 시간을 찾아서』는 첫 권이 나온 1913년, 작가 자신이 '일종의 소설'이라 말했듯이 전통적 소설과는 달랐다. 발자크 소설에도 비교될 만한 19세기 말에서 20세기 초 프랑스의 귀족 및 부르주아 사회에 대한 사회학적 벽화라고도 불릴 수 있는 측면도 있다. 그러나 『잃어버린 시간을 찾아서』에서 중요한 것은 무엇보다 1인칭으로 서술된 주인공 '나'의 내적 삶의 모습이다. 즉 작가를 꿈꾸는 주인공이 마침내 작가로서의 소명 의식을 확인하는, 그리하여 시간에 의해 시시각각 파괴되는 삶을 어떻게 영원 속으로 끌어들이게 되는가라는 주인공의, 달리 말하면 작가 프루스트의 예술론이 문제였다. 프루스트에게 있어서 진정한 삶이란 시간의 흐름 속에 일련의 사건으로 나열되는 것이 아니다. 그것은 시간과 공간 속에서 체험된 삶의 순간을 무의지적 기억을 통해 다시 사는 것, 그리하여 초시간적 존재가 되는 것이며, 이러한 순간의 기억과 인상을 글로 고정시키는 것이 바로 문학이라는 것이다. 프루스트는 마지막 권인 『되찾은 시간』에서는 소설적 요소보다는 자신의 문학론을 더 강조하고 있다. 소설가로 입문하는 주인공 '나'를 통해 소설이라는 허구 속에 소설 이론을 도입함으로써 소설에 대한 소설을, 더 나아가 자신의 예술 철학을 펴고 있다. 프루스트 소설의 이러한 메타-텍스트적인 성격은 20세기 중반 '누보로망'과 함께 본격적으로 전개될 글쓰기 자체에 대한 탐색의 발단을 이루었다. 프루스트는 소설의 내용적 혁신뿐만 아니라 형식적인 측면의 새로움도 시도했다. 주인공 '나'의 미세한 내면 세계의 탐구가 '대성당'이라는 소설의 전체적인 구조 속에서, 화자의 시선에 따라 매 순간 변화하는 인상주의의 기법으로 서술된다. 그리고 수많은 등장인물들 역시 작가의 임의적인 전략에 의해서가 아니라 주인공의 의식의 흐름에 의거해 제시될 뿐이다. 그리하여 프루스트의 글쓰기는 이해시키기보다는 보게 하는 것이었으며, 문제를 해결하기보다는 제기하는 것이었으며, 결론을 내리기보다는 환기시키는 것으로서, 무엇보다 글쓰기 과정을 중요시하는 현대 소설의 특징들을 그대로 보여주고 있다.

또한 1925년, 당시 57세이던 지드는 자신의 유일한 소설이라고 칭한 『사전군들』을 펴냄으로써 전통주의자들에게는 경계의 대상이 된다. 당시 독자들이 기대하던 안심시키고 해석해주던 소설가의 역할에 대해 자신의 역할이란 독자들을 초조하게 하는 것이라 주장하는 그는 이듬해 소설에 대한 작품 일지인 『사전군들의 일기Le journal des faux-monnayeurs』를 펴냄으로써 소설의 창작에 대한 논의를 본격화하게 된다. 그는 자신의 내적 갈등의 주요 요인이었던 관능적인 면과 청교도적인 면의 대립을 프랑스의 전통적 서술 방법인 단선적 이야기로 그려냈던 『배덕자L'immoraliste』(1902), 『좁은 문La porte étroite』(1909)을 '이야기récit'라고 불렀다. 또 작가 자신의 본질적인 물음이었던 신앙과 지상적 사랑, 일반적 작가의 모습 등을 풍자적 어조로, 그것도 수많은 우연을 남발하면서 사실성을 완전히 무시한 채, 또 작가의 개입을 통해 소설적 환상을 깨뜨리며 그려낸 『교황청의 지하도Les Caves du Vatican』(1914)에 대해서는 중세의 풍자적 희곡 형식이었던 '소티sotie'라고 규정하면서 이들이 전부 아이러니한 비평적 성격의 것임을 밝힌다. 이는 그가 높이 평가했던 토마스 하디나 도스토옙스키의 작품들에서 볼 수 있는 거대한 삶의 벽화 속에 나타난 그 비극적 의미를 총체적으로 드러낼 수 없었던 자신의 창조력의 한계를 의식한 행위라고도 볼 수 있을 것이다. 1925년 당시 많은 문학 잡지에서는 프랑스 소설의 위기를 다시 확인하는 글뿐만 아니라 이에 대항하여 프랑스 소설을 옹호하는 글들이 수없이 등장했다. 『N.R.F.』의 핵심 멤버로서 당시 프랑스 지성계를 주도하고 있던 지드는 프랑스 소설이 자국의 전통만을 고집할 때 위기에 봉착할 것이란 경고와 함께, 다양한 기법상의 실험과 함께 소설이란 이름에 어울리는 총체적 삶의 모습을 그려 보이고자 자신의 유일한 소설이라 규정했던 『사전군들』을 쓸 당시 특히 영국의 소설의 독서를 통해 새로운 기법들을 차용하게 되는데, 복잡한 이야기 구성과 함께 이야기 속으로 화자가 개입하는 필딩의 『톰 존스』(1749), 이야기에 대한 많은 주석을 붙이는 칼라일T. Carlyle의 『의상철학Sartor resartus』(1833), 그리고 같은 사실을 여러 인물들의 독백을 통해 다양한 시각에서 이야기하는 브라우닝R. Browning의 『고리와 책The ring and the book』(1868) 등이 그것이다. 지드는 『사전군들』에서 당시 등장한 순수시와 순수영화의 요구에 부응하여 '순수소설roman pur' 이론을 소설 속에 등장하는 소설가를 통해 피력하면서 소설의 전통적 요소를 제거하고자 한다. 발자크 소설과 자연주의 소설의 이론이었던 '호적부와의 경쟁'과 '삶의 단면'을 거부하고 끝없이 이어지는 총체적인 삶을 그려야 하되 영화나 회화 등 다른 장르에 속하는 대화나 인물과 사건의 외적 묘사는 제거해야 한다는 것이다. 주제도 단 하나의 주제란 없으며 소설의 구성에도 미리 짜여진 것이 없다. 그리하여 줄거리는 다양한 이야기의 병렬적 조합이 되고 다양한 관점과 간접적 사건의 제시로, 독자는 등장인물과 동일시가 불가능하며 소설적 환상은 깨어지게 된다. 결국 소설은 감동을 주기보다 독자의 개입이 강력하게 요구되는, 그리하여 소설 창작의 메커니즘을 밝혀보게 하는 지적 놀이에 해당하게 된다. 특히 소설 속의 소설가인 에두아르는 '순수소설'이라는 이론만 제시할 뿐 정작 소설은 끝맺지 못하고 있으며, 주변의 인물들이 이 소설가의 작업을 비판하는 인물들로 설정되어 그의 작업에 대한 회의를 드러내 보임으로써, 소설가가 지나치게 소설의 기법에 관심을 기울일 때 도리어 창조력을 말살시키게 된다는 전통주의자들의 주장을 확인시켜주는 결과를 낳았다. 비록 이 작품이 작가의 지나친 아이러니적 비판 정신에 의해 하나의 소설적 실험으로 그치긴 했으나, 기법에 대한 의식적 탐구였다는 점에서 프랑스 소설사에서 큰 의미를 가지며 누보로망의 선구자적 작품으로 꼽히고 있다. 물론 누보로망 소설가들인 뷔토르나 로브그리예, 사로트 등은 이러한 영향 관계를 부인하지만, 이 소설에서 볼 수 있는 사실주의적 서술의 거부 및 관점의 상대화, 소설 내에서의 소설에 대한 반성, 그리고 상투적 언어 사용에 대한 경계 등 나중에 누보로망에서 볼 수 있는 몇 가지 특징은 이 소설이 누보로망의 기법적 탐구의 선구자였음을 부인할 수 없게 했다.

그러나 이러한 새로운 소설의 시도는 대다수 독자들의 관심을 얻지 못하고 쥘 로맹J. Romains(1885~1972)과 프랑수아 모리아크F. Mauriac (1885~1970) 등 전통적 소설가들의 성공 속에 파묻히고 만다.

1930~1945년대는 앙드레 말로A. Malraux(1901~1976)와 함께 인간 조건의 소설인 형이상학적 소설로 시작되었다. 전통적 소설의 심리적·사회적 의도에 순수 철학적 차원의 질문을 가한 그의 소설은, 그것이 영웅적 행동주의를 통한 인간 탐구의 소설이라는 의미에서 전통

적 소설가들에게는 내면 탐구로 치닫던 개혁자들의 소설에 대한 하나의 대안으로 떠오르게 된다. 그러나 말로의 소설, 특히 1933년 공쿠르상을 받은 『인간 조건La condition humaine』은 소설 기법상 한 획을 그으면서 새로운 소설을 시도하려는 작가들에게 하나의 모델이 된다. 어떤 배경이나 인물의 소개 없이 사건의 한가운데로 갑자기 뛰어드는 서두와 사건 전개의 무질서한 양상, 사물이나 인물 들을 심리적 분석이나 해석이 아니라 직접 보여주는 카메라 기법 등 기법상의 독창성은 전통적 소설가들의 공격의 대상이 된다. 그런데 1938년, 사르트르의 『구토La nausée』와 카뮈A. Camus의 『이방인L'etranger』(1942) 등의 소설과 함께 형이상학적 관심이 점차 고조됨에 따라 또다시 전통 소설과 대립하여 소설의 문제가 제기되게 된다. "소설 기법이란 언제나 소설가의 형이상학을 드러낸다"라는 사르트르의 주장대로 새로운 시대를 맞이한 작가들의 세계관은 새로운 기법을 통해 표현되어야 한다는 것이다. 사르트르는 『구토』에서 실존주의적 존재론, 즉 "실존은 본질에 선행한다"라는 명제와 함께 사물과 존재의 우연성이라는 철학적 개념을 문학적으로 형상화하려고 했다. 여기서 그는 '주관적 사실주의'를 주장하게 되는데, 이는 인물들이 보고 느낀 것의 의미를 서서히 발견하게 내버려두는 것으로, 행동과 말을 통해 성격이 형성되어가는 것을 보여주는 것이다. 뿐만 아니라 사르트르는 소설가의 전지적 시점에 대해 문제를 제기하면서 전통적인 사실주의적 환상을 거부하고 있었다. 그리고 완료된 모험담이라는 의미의 '이야기'와는 구별되는 소설 개념을 주장했다. 즉 이야기란 일련의 원인과 결과의 연쇄 작용으로 전개되며, 이미 완료된 상태에서 흥미진진한 모험이라는 허울을 인위적으로 부과하게 된다는 것이다. 하지만 소설은 구체적 상황 속에 처한 한 개인의 의식의 현재성을 밝히는 것에 관심을 두는 것이다. 그리하여 매일 써 내려가는 일기 형식을 통해 주인공이 새로운 경험을 적어나가는 가운데 형성되고 발견되는 자유로운 인물의 근원적인 모습을 작가와 독자가 함께 서서히 깨달아간다는 것이다. 『문학이란 무엇인가Qu'est-ce que la littérature?』(1947)에서 사르트르는 내적 독백이 의식의 흐름을 그대로 그려낼 수 없다는 것으로 이를 비판하고 있다. 의식의 흐름을 양식화함으로써 '재현'할 뿐이라는 것이다. 그런데 가장 현대적인 글쓰기인 이 내적 독백을 문자화하는 것을 정당화시켜주는 것이 바로 일기 형식이라는 것이다. 때로 시간별로 나누어가며 상세하게 써 내려감은 바로 주인공이 깨달은 '실존'의 생생한 시간 자체를 드러내기 위함이었다. 과거 전통적 소설에서 보여주던 전지적 시점의 보이지 않는 화자 대신, 공간과 시간적으로 자신의 모습이 뚜렷이 드러나는 서술 행위인 것이다. 이렇듯이 사르트르가 기존의 본질주의자들이 주장하던 선험적 의미나 부르주아 사회의 위선과 허위의식을 폐기하고 실존의 현실을 인식하는 그의 초기의 소설 작업, 즉 뒤에 누보로망에서 말하는 '여기, 지금'이라는 현재성 속에서 객관적 묘사를 추구하는 그의 소설 『구토』는 누보로망의 선구자적 면모를 보여준다고 할 수 있다.

사르트르는 자신이 제기한 제한적 시점 등 서술의 문제들이 미국 소설에서 제대로 다루어지고 있다고 보고 이를 새로운 대안으로 내세웠다. 그리하여 이 세계와 인간의 관계를 부조리로 파악한 카뮈의 작품 『이방인』에 대한 해설에서, 이 소설의 서술 기법을 미국식 소설, 특히 헤밍웨이E. Hemingway의 서술 기법과 비교하면서 높이 평가했다. 즉 헤밍웨이의 짧은 문장들, 그 토막난 문장들이 보여주는 시간의 불연속성, 매 순간순간이 단절된 채 무관하게 이어지는 문체를 차용하여 카뭐가 부조리한 세계를 사는 인간의 현실 인식을 드러냈다는 것이다. 부조리한 세계 속의 인간은 주위에서 벌어지는 사실들을 그 의미도 모른 채 수동적으로 목격하고 기록할 뿐이다. 그가 하는 행동들도 어떤 심리적 설명이나 인과관계에 따른 논리가 배제된 채 단순히 그 표면적 모습으로 제시될 뿐이다. 또한 1인칭의 제한 시점을 사용하고 고전적 휴머니즘이 의미하는 '인격'이라는 개념에 근본적인 회의를 나타내는 인물의 제시 등, 누보로망으로 이어지는 소설 형식의 혁신에 선구자적 역할을 했다고 볼 수 있다.

그런데 1930년대 중반, 지금까지 국수주의적 입장에서 다소 부정적으로 평가되던 외국 작가들의 작품들이 새롭게 논의되면서 그들이 사용한 기법들이 중요성을 갖고 부각되었다. 카프카, 포크너, 울프, 조이스, 도스 파소스D. Passos의 작품에 대한 기사가 다수 발표되었다. 새로운 기법을 주장하는 이들에게 있어서 기법이란 결코 외적인 방식에 그치는 것이 아니라 새로운 현실에 대한 인식을 드러내기 위한 내적 요구라고 주장하면서, 현실의 여건에 더 이상 맞지 않는 인습적 형식을 타파해야 한다는 것이었다. 여기에 대해 전통을 고수하는 자들은 소설가들이 기법을 논의하는 경우란 창조력이 고갈되었을 때라면서 기법 문제에 신경을 쓸 필요가 없다고 주장했다. 1943년, 잡지『합류Confluence』는 '소설의 제문제'라는 제목의 특집호를 내면서 소설의 위기와 그 미래에 대한 나름대로의 결론을 찾아보고자 했다. 54명의 소설가, 시인, 비평가 들의 설문 조사를 통해 도출된 결론은 인물 제시의 방법과 묘사의 문제, 시간과 공간의 재현 문제 등 점점 세분화되어 가는 기법들의 논의를 통해 전통적 소설과 새로운 현대 소설의 본질적 특질을 살펴보게 된 의미가 있었다. 즉 전통 소설에서 보여주던 명료하고 일관성 있는 성격의 인물 대신 현대 소설에서는 서서히 형성되어가는 인물을 보여주며, 줄거리 또한 전통 소설에서는 뚜렷한 주제를 중심으로 이미 완료된 사건을 과거 시제로 논리적 인과성에 따라 연대기적 순서를 가능한 한 유지한 채 선적인 구성으로 제시함을 원칙으로 하나, 현대 소설에서는 뚜렷한 주제가 필수 요건이 아닌 채 수많은 사건들의 연속을 현재 시제로, 그것도 논리적 인과성과 무관하게 복잡하고 빠르게 제시할 뿐이라는 것이다. 따라서 독자들 역시 전통 소설에서는 클라이맥스를 거쳐 대단원의 막이 내림에 따라 제기된 문제의 극복과 함께 수동적 입장에서 만족감을 맛보던 것과는 달리, 현대 소설에서는 무질서하게 제시될 뿐인 요소들을 스스로 재구성해야 하는 참여가 요구될 뿐만 아니라 주어진 해석의 부재로 상당한 좌절감을 맛보게 된다는 것이다. 이 특집호는 이러한 두 대립된 소설의 특질을 구체적인 기법상의 차이를 통해 확인할 수 있다는 사실과 새로운 소설의 움직임이 과거보다 더욱 강력하게 자리 잡고 있음을 드러내긴 했으나 여전히 전통 소설이 우위를 차지하고 있음을 보여준다.

1945~1955년 사이 프랑스 소설은 한마디로 1955년을 시작으로 격렬하게 펼쳐질 누보로망 논쟁의 전야로 새로운 대안 없이 전통 소설로 회귀한 시대였다고 할 수 있다. 2차 대전 이후 프랑스에서의 소설 문학은 사르트르를 중심으로 하는 참여문학과 로제 니미에R. Nimier 등 일명 '경기병파'라고도 불리는 가벼운 소비 문학으로 나누어져 있었다. 사르트르가 일찍이 『구토』를 통해 보여주었던 형이상학적 소설의 가능성과 미국 소설의 기법적 실험을 그 대안으로 내세운 새로운 소설 형식의 추구는 그의 관심이 정치적 참여로 기울어져감에 따라 쇠퇴하고 만다. 그는 1947년 『문학이란 무엇인가』에서 산문의 글쓰기란 독자

들에게 이 세계의 비전을 전하기 위해 언어의 재현적 측면을 발휘해야 한다고 주장했다. 또한 작가는 그의 글을 통해 정치적, 사회적 변화를 끌어낼 수 있다는 참여문학론을 주장하였는데, 이는 당시 서서히 부각되던 사회주의 리얼리즘과 혼동되고 있었다. 나중에 누보로망 작가들, 특히 로브그리예가 비판하게 되는 이러한 참여문학은, 예술의 공리주의에 대한 비판과 함께 전통적인 심리분석과 풍속 묘사로 일관되는 일군의 가벼운 소설들의 지배로 서서히 무산되고 있었다.

그러나 새로운 소설을 향한 움직임 또한 서서히 강조되고 있었다. 1948년 클로드 에드몽 마니Cl. E. Magny의 『미국 소설의 시대L'age du roman américain』와 함께 미국 소설에 대한 관심이 고조되었다. 1930년대부터 사르트르가 표명한 미국 소설의 기법에 대한 관심과 함께 전쟁 후 번역되어 널리 읽히기 시작한 많은 미국 소설이 보여주는 인간에 대한 행동주의적 인식, 심리 분석의 약화, 내적 독백 및 제한적 시점의 서술 등이 주목받게 되었다.

나탈리 사로트의 소설 창작과 소설에 관한 시론들 역시 새로운 분위기를 조성하고 있었다. 1939년 『향성Tropismes』, 그리고 1947년의 『어느 미지인의 초상Portrait d'un inconnu』에서 그는 인간 존재의 가장 비밀스러운 내면에서 일어나는, 인간의 모든 감정과 말과 행동의 근원이 되는, 그리하여 내적 독백조차 정확히 표현할 수 없는 정신 현상을 그리려는 노력을 보여주었다. 그것은 바로 외양의 사실을 진정한 현실이라고 보는 사실주의 소설에 대한, 즉 등장인물들의 성격, 상투적 틀 속에서 전개되는 줄거리, 대개가 이미 분석되어 밝혀진 감정들로 된 전통적인 소설에 대한 거부였다. 또 1950년 그가 잡지 『현대Les Temps Modernes』에 발표한 「의혹의 시대L'ère du soupçon」는 이러한 새로운 소설의 입장

을 분명히 밝히고 있다. 그것은 발자크 시대의 소설적 개념으로 현대
소설을 평가하던 시대가 끝나고 소설에 대한 근본적 개념 변화가 시작
되었음을 알리는 신호탄이었다.

누보로망의 전개

누보로망의 기원과 작가 형성

고유명사로서의 '누보로망'의 기원은 1947년, 사르트르가 나탈리 사로트의 소설 『어느 미지인의 초상』에 쓴 서문이라 할 수 있다. 사르트르는 이 소설을 '반소설'이라 부르며 전통적 소설에 대한 그 대립적 성격을 언급했으나 크게 주목받지 못했다. 그러다가 1954년, 로브그리예가 『고무지우개』로 페네옹상을 수상하게 되고 롤랑 바르트R. Barthes는 잡지 『비평La Critique』에서 로브그리예의 문학을 '객관적 문학'이라고 칭하며 그의 새로운 문학적 실험에 깊은 관심을 보이게 되었다. 그런데 1955년 로브그리예의 소설 『변태성욕자Le voyeur』가 '미뉘Minuit' 출판사에서 출판되고 이 작품이 '비평가상'을 받게 되면서 이를 지지하거나 혹평하는 작가와 비평가 들 사이에 논쟁이 벌어지게 되었는데, 이때 로브그리예가 잡지 『렉스프레스*L'Express*』에 '오늘의 문학'이라는 제목 아래 일련의 글들을 연재하게 되었다. 그는 여기서 소설의 형식에 대하여, 그리고 카프카의 주인공들과 발자크의 작중인물들의 차이, 참여와 예술의 문제 등을 논함으로써 새로운 소설의 이론적 선봉자 역할을 하게 되었는데, 바로 그것이 프랑스 소설사 속에서 끊임없이 반복되던 '새로운 소설'의 등장이 '누보로망'이라는, 현대 프랑스 소설사 가운데 최후로 남게 될 하나의 소설 경향으로 명명되는 그 출발점을 이룬다.

그러나 이 문제가 1955년이란 구체적인 시점에 로브그리예, 롤랑 바르트와 같은 몇몇 작가와 비평가 그리고 '미뉘'라는 출판사에 의해 의도적으로 제기된 것은 아니다. 이미 10여 년 전부터 베케트, 사로트, 뒤라스, 시몽, 팽제R. Pinget 등은 작품을 내고 있었으나 빛을 못 보다가 1955년 재출판되기 시작하면서, 앞장에서 살펴본 '소설의 위기'의 문제가 다시 광범위하게 제기되었던 것이다. 이는 전통적 소설 개념에 맞지 않는 생소한 소설들이 속속 출판되어 나왔을 뿐만 아니라, 무엇보다 새로운 소설의 등장이 절실히 요구되었기 때문이다.

그런데 일련의 소설가들로 시작된 이 문제 제기가 '누보로망'이라는 하나의 '집단적' 경향으로 형성되기까지는 많은 논란이 있었다. 뷔토르는 '누보로망'이란 동질성을 유지하는 조직이나 일치된 의견을 갖지 않기에 이를 하나의 '운동'이라 볼 수 없으며, 주변적 차이에도 불구하고 소설의 개념이나 기법상의 몇몇 핵심적 공통 요소를 갖고 있다는 점에서 그 유동적인 성격을 드러내는 '흐름mouvance'이라 칭하는 것이 적절하다고 했다. 로브그리예는 그의 저서 『누보로망을 위하여*Pour un Nouveau Roman*』(1963)에서 '누보로망'이라는 용어에 대해 "동일한 방향에서 작업을 하는 작가들로 구성되고 정의된 하나의 집단을 가리키기 위한 것도 아니고 하나의 유파를 지칭하기 위함도 아니다"라고 하면서 "새로운 소설의 형식을 찾으려고 하는 사람들, 인간과 세계 사이의 새로운 관계를 표현할(또는 창조할) 수 있는 사람들을 모두 포함시키는 편리한 호칭일 뿐이다"라고 했다. 또 장 리카르두J. Ricardou 역시 '누보로망'은 "하나의 그룹도 아니고 하나의 학파도 아니다. 거기에는 두목도 없고 집단도 없고 전문지도 없으며 공동선언도 없다"라고 했다. 그러나 누보로망을 이론화하려는 노력을 보여온 리카르두는 1973년 그의 저서 『누보로망Le Nouveau Roman』에서 누보로망의 작가들이 많은 차이점을 가지고 있기는 하나, 기법상의 유사점뿐만 아니라, 전통적 의미의 '이야기'에 대해 공통적으로 문제를 제기하고 있다는 점에서 이를 하나의 '운동'으로 볼 수 있다고 주장하였다.

이 '흐름' 또는 '운동'에 대한 명칭 또한 다양하게 제기되었다. 1954년 바르트가 로브그리예의 문학을 '객관적 문학'이라 칭한 것 이외에, 1954년에서 1956년에 걸쳐 베르나르 도르트B. Dort가 다양하게 언급한 '사물의 시대' '새로운 기원의 소설' '백색의 소설' '일소의 문학', 그리고 클로드 모리아크Cl. Mauriac이 로브그리예의 소설에 대해 언급한 '미래의 소설', 그리고 사로트, 바르트, 베케트, 로브그리예를 언급하면서 붙인 '비(非)문학alittérature' 등이 그것이다.

'누보로망'이란 말의 글자 그대로의 표현이 나온 것은 1957년, '시선 학파'라는 표현과 결합되어 에밀 앙리오E. Henriot가 처음으로 사용하였다. 그러나 회화에서 '인상주의'라는 표현이 그러하듯이 앙리오가 사용한 이 표현은 부정적인 뉘앙스를 띤 것이었다. 로브그리예의 『질투La jalousie』(1957)와 사로트의 『향성』을 평하며 허영에 가득 찬 무의미한 문학이라고 공격하며 부른 것이었다. 이를 로브그리예와 미뉘 출판사의 사장이던 제롬 랭동J. Lindon이 대문자를 붙여 '누보로망'이라 지칭하게 된 것이다.

그러나 이 명칭이 비평계에서 즉각 자리를 잡은 것은 아니었다. 1957~1958년에 걸쳐 다양한 명칭이 계속되는데 '새로운 리얼리즘' '실험소설' '아방가르드 소설' '앙티로망' '소설의 금욕주의' '거부의 학파' '실험실의 소설' '로마네스크가 없는 소설' 등 무수히 많다. 그러나 1958년 이후 '누보로망'이란 명칭이 비평가들에게 지배적으로 사용되기 시작하면서 자리를 잡게 되었다. 그런데 다양한 이런 명칭들을 통해 공통적으로 드러나는 '누보로망'의 특성은 새로운 리얼리즘, 로마네스크한 점이 없는 소설, 탐구로서의 글쓰기, 거부의 소설이란 점이다.

이러한 명칭상의 혼란과 마찬가지로 '누보로망'의 작가를 구분하는 작업 역시 각기 달랐다. 일찍이 리카르두는 누보로망 작가에 대한 공식적 리스트는 없으며 단지 시대와 관점에 따른 비공식적 리스트가 있을 뿐이라고 했다. 따라서 '누보로망'이 1950년대 중반부터 약 20여 년 동안 어떻게 전개되었는가라는 문제는, 어떤 작가들을 '누보로망' 작가라 부를 것인가라는 작가 형성의 문제, 즉 비평가들과 학자들이 누보로망을 어떻게 개념 규정하여 연구하고 있는가라는 연구 상황과도 긴밀하게 연결되어 있다.

누보로망의 작가 리스트를 가장 먼저 작성한 것은 『에스프리Esprit』 잡지로 1958년 7월과 8월, 두 번에 걸쳐 누보로망 특집호를 내면서 미셸 뷔토르, 알랭 로브그리예, 나탈리 사로트, 사무엘 베케트, 장 케이롤J. Cayol, 마르그리트 뒤라스, 클로드 시몽, 로베르 팽제, 카텝 야신K. Yacine, 장 라그롤레J. Lagrolet를 다루었다. 그러나 이러한 작가들의 선정 기준은 상당히 모호했다. 『에스프리』는 "주어진 사실이 이 선택을 가능하게 했다. 이 열 명의 작가 하나 하나는 여러 비평가들과 종종 조급하거나 어림잡아 말하는 신문들이 '소설의 새로운 학파'니, '새로운 리얼리즘', 혹은 '앙티로망'이라고 부르는 데에 자주 인용되는 사람들이다"라고 규정했다. 이어서 "우선 왜 이 열 명의 소설가들인가? 그들 각자는 다소간 차이는 있지만, 소설의 전통적 형식과 결별하고 소설 문학의 방법과 내용을 새롭게 하려고 노력한다는 것이 다음에 엮은 글들에서 나타나고 있다"라고 설명하지만 당시의 많은 작가들이 규정에 부합하고 있었기에 이 규정이 확실한 것이라고 볼 수는 없는 것이다.

그리고 1959년, 잡지 『렉스프레스』의 기사를 위해 당시 '현대성'을 대변하는 작가들을 모아 '미뉘' 출판사 앞에서 찍은 사진 역시 오랫동안 누보로망 작가들의 리스트가 되었다. 이 사진에는 알랭 로브그리예, 클로드 시몽, 클로드 모리아크, 로베르 팽제, 사무엘 베케트, 나탈리 사로트, 클로드 올리에Cl. Ollier가 있었다. 여기에 클로드 모리아크가 들어가게 된 것은 그가 당시 많은 글을 발표하고 있었으며 특히 『현대의 비문학L'alittérature contemporaine』(1958)에서 베케트, 뷔토르, 로브그리예를 많이 언급하고 있었기 때문이다. 그런데 뒤라스는 초대되지 않았다는 사실로, 리카르두는 당시 작품이 없었고 뷔토르는 여행 중이었다는 점 때문에 여기에 빠진 것이다. 따라서 이 사진 역시 객관적 기준에 의한 것이 아니었다. 그리고 이 사진을 주도한 '미뉘' 출판사의 사장이던 랭동 역시 이 사진이 몇 달 늦게 찍혔더라면 다른 인물들이 포함될 수 있었을 것이라고 말했다. 그러나 바로 이 사진에서 누보로망이 하나의 문학적 사실로 간주되기 시작했다고도 볼 수 있다. 따라서 1996년 출판된 '엘립스Ellipses' 총서로 나온 누보로망을 결산하는 개요서라 할 수 있는 로제 미셸 알르망R. M. Allemand의 『누보로망』에는 바로 이 사진에 근거한 일곱 명과 리카르두, 뷔토르, 뒤라스를 추가하여 누보로망의 작가 연구를 하고 있다.

그러나 1961년 장 블로흐-미셸J. Bloch-Michel은 누보로망에 관한 그의 저서 『누보로망 시론, 직설법 현재Le présent de l'indicatif, essai sur le Nouveau Roman』에서 그 공통점을 찾기 어려움을 전제한 다음, 전후에 문학 경력을 시작한 자들로 한정하면서, 1959년 '미뉘'의 사진에 나오는 리스트에 장 케이롤과 미셸 뷔토르를 첨가시켰다. 그리고 특히 누보로망의 이론가로서 사르트르, 로브그리예, 뷔토르를 언급했다.

1964년은 누보로망 작가들의 구성에 다양한 견해가 나왔던 해이다. 마튜J. H. Matthews가 주도한 공동 저서인 『누보로망? 탐구와 전통Un 'Nouveau Roman'? Recherches et traditions』에서 베케트, 뷔토르, 뒤라스, 올리에, 로브그리예, 사로트, 그리고 시몽을 들고 있다. 그리고 뤼도빅 장비에 L. Janvier는 『엄격한 말Une parole exigente』에서 로브그리예, 뷔토르, 사로트, 시몽만을 언급했으며, 뤼시엥 골드만L. Goldmann은 그의 저서 『소설사회학을 위하여Pour une sociologie du roman』에서 '누보로망'의 대표자로 로브그리예와 사로트만을 다루었다. 또 올가 베르날O. Bernal은 로브그리예에 관한 연구서에서 누보로망이란 바로 그의 소설을 말한다며 오직 그 하나만을 진정한 혁명가로 보았다. 그리고 잡지 『텔켈Tel Quel』이 주관한 소설에 관한 토론에서는 거의 로브그리예만이 언급되었다.

1967년 미셸 레몽M. Raimond은 『대혁명 이후의 소설Le roman depuis la révolution』에서 '새로운 소설'을 소설 장르의 혁신을 시도하는 소설가에 한정하기 위해 베케트를 제외했다. 그는 '새로운 소설'이란 1950년대부터 신문이나 잡지에 소설의 문제에 대해 많은 이론적·비평적 논쟁을 불러일으켰다는 공통점을 드러내는 작품들이라 규정하며, 그 작가로는 로브그리예, 뷔토르, 케이롤, 시몽, 뒤라스를 들고 있다. 그리고 '새로운 소설'의 특징 가운데 하나로 작품과 비평적 담론이 서로 교차하고 있음을, 그리하여 몇몇 작품을 중심으로 소설 이론의 논쟁이 벌어지고 바로 이러한 논쟁 속에서 소설이 창작되고 있음을 강조했다.

같은 해 4월 잡지 『마가진 리테레르*Magazine Littéraire*』는 '누보로망, 15년 결산'이란 특집호를 내면서 베케트, 뷔토르, 팽제, 로브그리예, 사로트, 시몽을 들고 있다. 이러한 기준은 이들이 독창적 작품을 창조하려는 의지를 보였다는 점에 근거를 두었다. 따라서 전통적 출판사에서 거부당한 작가들의 작품을 출판한 미뉘 출판사의 역할을 강조하였다.

또한 1968년, 피에르 아스티에P. Astier는 『프랑스 소설의 위기와 새로운 리얼리즘*La crise du roman français et le nouveau réalisme*』이란 저서에서 시몽, 사로트, 베케트, 뒤라스, 팽제, 로브그리예, 뷔토르의 일곱 명의 작가를 집중적으로 다루고 있다.

그런데 위에서 언급한 미셸 레몽과 마찬가지로 '누보로망'이란 소설일 뿐만 아니라 그 자체가 하나의 비평적 담론이라는 점을 알베레스R. M. Albérès가 잘 드러냈다. 그는 1970년, 『오늘날의 소설*Roman d'aujourd'hui*』(1960~1970)이란 저서에서 '누보로망'을 다룬 항에 로브그리예, 사로트, 클로드 모리아크뿐 아니라 장 블로호-미셸, 조르주 풀레G. Poulet, 롤랑 바르트, 브뤼스 모리세트B. Morissette 등 누보로망의 비평가들을 포함시켰던 것이다.

같은 해 프랑스의 전통적인 문학 개론서로 간주되는 보르다스Bordas

출판사에서 나온 문학사 책 『1945년 이후의 프랑스 문학La littérature en France depuis 1945』에는 로브그리예, 시몽, 뷔토르, 사로트, 팽제, 올리에를 '누보로망'에 적극 가담한 자로, 그리고 리카르두를 로브그리예의 이론적 시도를 극단화시킨 인물로 분류하고 있다.

그런데 이러한 작가 규정의 혼란스러운 문제가 새로운 전환점을 맞는 것은 1971년 7월 20~30일 사이 프랑스의 스리지-라-살에서 '누보로망, 어제와 오늘'이라는 제목 아래 국제문화센터 주체로 누보로망 및 누보로망 작가들에 대한 공개 토론회가 열렸을 때이다. 이를 조직했던 리카르두는 이 모임에 참석하는 누보로망 작가를 규정하기 위해 이제까지 존재했던 작가 구성의 문제점을 지적했다. 즉 시기별로, 그리고 이를 선별하는 비평가의 관점에 따라 그 구성이 달라진다는 것이었다. 그리하여 그동안 누보로망이라는 이름으로 불렸던 아홉 명의 작가에게 토론회에 참가할 것을 요구하고 스스로 '누보로망' 작가라고 간주하는지를 앙케이트 조사하는 이른바 '자기-규정auto-détermination'의 방법을 택했다. 그리하여 참석을 거부한 베케트와 뒤라스를 제외한 뷔토르, 로브그리예, 올리에, 팽제, 리카르두, 사로트, 시몽 등 일곱 명의 작가가 선정되었다. 그리고 1972년, 이를 출판한 『누보로망, 어제와 오늘Le 'Nouveau Roman', hier, et aujourd'hui』이라는 이 토론회의 결과물 출판 책자와 1973년 나온 그의 저서 『누보로망』에도 이들만 언급되어 있다. 물론 이들을 동일한 기법의 작가라고 할 수는 없기 때문에 하나의 학파나 그룹으로 보기는 어렵지만, 소설에 대한 태도나 문학 이념적 측면은 같으므로 누보로망 작가로 보는 데는 문제가 없다는 것이다.

그런데 1972년, 프랑수아즈 바케F. Baqué는 『누보로망』이라는 저서에서 또 다른 작가군을 구성하는데, 케이롤, 팽제, 베케트, 사로트, 시몽, 로브그리예, 뷔토르, 올리에가 그들이다. 그녀는 앞서 『에스프리』 잡지가 기준으로 내세운 신문 잡지의 비평에 언급되는 작가들만이 아니라 대부분의 현대 작가들이 포함될 것이라며, 특히 '미뉘' 출판사에서 출판한 작가들을 새로운 기준으로 제시했다. 즉 이들이 같은 출판사에서 출판되었다는 사실이 우연은 아니라면서 그들이 각기 차이점을 갖고 있기는 하지만 독자들의 머릿속에 같은 무리로 연상된다는 이유를 들고 있다. 그리고 누보로망을 '미뉘 학파'라고도 부를 정도로 출판사 '미뉘'의 역할이 컸던 것도 사실이다. 2차 대전 당시 저항 문학의 산실이었던 적자 상태의 이 출판사는 1948년 제롬 랭동이 인수하면서 새로운 재능 발굴에 매진하게 되었다. 특히 베케트의 경우 더블린과 런던, 파리의 다른 출판사에서 거부되다가 결국 '미뉘'로 오게 되었다. 그리고 로브그리예가 편집진에 합류하면서 새로운 소설의 발굴에 더욱 박차를 가하게 되었던 것이다. 그러나 장 케이롤은 이 출판사에서 책을 출판하지 않았는데도 이 명단에 들어 있고 또 뒤라스는 두 권의 소설을 이미 출판했음에도 빠져 있는 것을 보면 이 기준도 정확한 것이라고는 볼 수 없다. 단지 베케트와 로브그리예의 경우 대부분의 작품들이 '미뉘'에서 출판되었으므로 '미뉘 학파'라 불릴 수 있을 뿐, 다른 작가들의 경우 출판사를 중심으로 묶을 수는 없다.

1972년 레알 우엘레R. Ouellet는 『누보로망Le Nouvean Roman』이라는 저서에서 누보로망 작가들이 같은 '의문의 시대'에 속하나 그 공통점은 찾기 어렵다는 전제 아래 사로트, 로브그리예, 시몽, 팽제, 올리에, 뷔토르, 리카르두, 위베르 아켕H. Aquin, 루이 르네 데 포레L. R. des Forêts를 들고 있다. 또한 저자는 서문에서 이러한 작가 선정이 임의적임을 인정하고 리카르두와 함께 제2기 누보로망이 시작되고 있다고 확인하고 있다.

1974년 다니엘 바조메D. Bajomée는 20년간의 누보로망을 결산하는 '20년 후… 누보로망의 현 상황Vingt ans après… Essai de situation du Nouveau Roman'이란 제목의 박사학위 논문에서 앞서 언급한 다양한 작가군의 논란을 독자적으로 해결하고 있다. 즉 누보로망의 개념을 파악하기 어려움에서 나온 이 연구는, 1957~1958년에 나온 작품 가운데서 비평에 의해 새로운 소설로 가장 많이 언급된 소설 연구를 통해 누보로망을 규정해줄 수 있는 내재적 기준을 찾고자 했다. 그리하여 로브그리예, 뷔토르, 팽제, 시몽, 사로트의 작품들이 그 대상이 되었는데, 그 결과는 하나의 글쓰기 공동체가 존재하지 않음을 확인하고 그리하여 누보로망을 하나의 문학적 신화로 규정하고 있다.

누보로망이 1955년경 프랑스 소설사에 등장하여 20여 년 전개되어오는 동안, 위에서 살펴보았듯이 그 작가 구성은 많은 이견을 보이며 다소 혼란스럽기까지 하다. 여기서 우리는 다음의 사실을 확인해볼 수 있다. 즉 이를 구성한 비평가들의 주관과 이념에서 완전히 독립적인 누보로망 작가들의 규정이란 불가능하다는 사실, 그리고 로브그리예가 누보로망을 대표한다고도 볼 수 있을 정도로 중요한 위치를 차지한다는 사실이 그것이다. 누보로망은 하나의 그룹도 학파도 아니었으며 단지 전통적 소설에 대한 거부와 함께 새로운 소설 개념과 이에 맞는 형식을 추구하려는 노력이며, 소설 그 자체에 대한 숙고라는 공통점 외에, 이들 작가들은 각기 다른 독자적인 작품 세계를 보여주고 있다. 물론 이들 작가들의 작품을 통해, 때로는 그들의 직접적인 언급을 통해 이들의 공통점을 추출해볼 수 있을 것이다. 그들이 공통적으로 거부하는 소설 개념들이란 외부 현실의 재현으로서의 소설 세계,

시간의 선적인 흐름에 따라 논리 정연하게 전개되는 이야기, 사회적으로 심리적으로 일관성을 갖고 있는 주인공, 인간 중심적 해석에 의한 공간 및 사물의 묘사, 그리고 외부 현실을 지시하는 기능으로서의 언어 등이다. 그리고 이러한 거부를 바탕으로 글로 씌어진 텍스트 속의 현실만을 인정하는 점, 또 소설 속에서 전개되는 이야기의 파편화 현상 및 그 허구성 강조, 인물과 심리의 소멸, 사물에 대한 현미경적 묘사 등의 특징들을 또한 공통적으로 추출해볼 수 있을 것이다. 그러나 이렇게 대충 열거한 공통점도 좀더 가까이 살펴볼 경우 각 작가마다 상당한 차이점을 드러내고 있으며 서로 대립되기까지 한다. 그리하여 로브그리예는 사로트의 작품에 대해 심리학의 과잉이라 비난했으며, 또 뷔토르에 대해서는 인간을 굽어살펴보는 전지적 의식체의 존재가 드러나는 신비롭고 보이지 않는 저변의 세계만을 그리고 있다고 비난했다. 또한 리얼리즘에 대한 개념도 각기 다르다. 물론 누보로망 작가들이 이 세계 속에 위치한 한 의식체에 제시되는 현상들을 있는 그대로 그려낸다는 현상학적 리얼리즘에 그 바탕을 두고 있기는 하다. 그러나 사로트의 경우 그가 찾는 진정한 리얼리즘이란 내적 대화를 통한 인간 내면의 깊은 저변에 도달하는 것을 의미한 것임에 비해, 뷔토르와 로브그리예는 인간이 세계와 맺고 있는 새로운 관계들을 발견하는 것으로 보고 있다. 또 시간과 사물에 대한 개념도 각기 다르다. 뷔토르는 선적인 흐름이나 사물을 인간의 의식을 밝혀줄 수 있는 요소로 보고 있는데 반해, 로브그리예는 더 단호하게 선적인 시간 개념의 파괴를 주장하고 있으며 그의 집요한 사물 묘사는 인간을 축출하는 것으로 이어지고 있다. 또한 그들이 즐겨 다루는 주제 및 문체도 많은 차이를 보인다. 시몽의 경우 역사의 문제를, 사로트는 반의식 상태의 내면세계를 다루는 것에 비해, 로브그리예는 사물주의자로 불릴 정도로 차가운 외적 세계를 통해 인간의 성적 강박관념을 주로 다루고 있다. 그리고 뷔토르는 이 복잡한 현실을 제대로 이해하기 위한 총체적 인식을 추구하는 모습을 보여주는 등 이들 사이에는 공통점보다는 차이점이 더욱 많다고도 볼 수 있을 것이다. 이러한 누보로망 작가들 사이의 차이점은 미뉘 출판사의 사장 제롬 랭동이 시도했던 어휘 사전의 실패가 잘 드러내준다. 그는 누보로망의 도래를 결론짓기 위해, 그리고 전통적 문학비평이 사용하는 어휘들이 내포하는 이데올로기를 벗겨내기 위해 누보로망 작가들과 몇몇 비평가들을 규합하여 어휘 사전을 만들고자 했다. 그런데 각 어휘에 대한 텍스트를 작성해 와서 토론을 통해 결론지으려는 시도가 의견 일치를 보지 못했을 뿐만 아니라, 기본적인 어휘의 정의 자체에서부터 이견을 보였기 때문에 이러한 시도는 실패로 끝나고 말았던 것이다. 뷔토르는 1963년의 한 인터뷰에서 누보로망 작가들 사이의 차이점을 언급하면서 이들이 서로 다른 지평에서 온 자들이라는 것, 그리고 나이 차이가 많다는 것을 말하고 있다. 아일랜드인 베케트와 프랑스계 스위스인 팽제, 러시아 태생의 사로트, 프랑스계 인도차이나의 문화 속에서 자란 뒤라스 등, 그들의 국적과 문화적 배경의 차이뿐 아니라, 사로트, 베케트, 시몽, 뒤라스, 모리아크가 1차 대전 이전의 세대임에 반해 그 이외의 작가들은 양차 대전 사이의 문학적 세례를 받은 훨씬 젊은 세대인 점도 이러한 차이점과 무관하지 않을 것이다. 이러한 소설 개념상의 차이점과 공통점들, 그리고 이를 표현해내는 구체적 기법들은 다음 장들에서 좀더 자세하게 다루어질 것이다.

누보로망의 전개 및 그 작가들의 작품 활동

앞장에서 살펴본 대로 누보로망은 그 기원에서부터 하나의 구체적인 실체가 있는 문학 운동이 아니었다. 따라서 무수한 명칭을 거쳐 '누보로망'으로 불리게 되었으며, 이를 구성하는 작가들의 구성에도 다양한 이견이 있어왔음은 이미 살펴본 바이다. 이러한 누보로망이 어떠한 역사적 전개를 거치게 되는가를 살펴보려고 할 때 우리는 회고적인 방법에 의존할 수밖에 없다. 위에서 살펴본 대로 작가 규정에 따른 수많은 논란의 결과 일반적으로 누보로망 작가라고 불리는 작가들 대부분은, 그 기원의 해인 1955년 이전부터 각기 독자적인 작품 활동을 해왔으며, 또 누보로망이라는 말이 적어도 문학 현장에서는 사라지게 된 1960년대 중반 이후에도, 그리고 현재까지 제각기 작품 활동을 계속하고 있다. 어떤 선언문도 잡지도 없이, 더군다나 많은 차이점을 지닌 채 이루어진 하나의 문학적 경향을 시간적 흐름 속에 구획지어 위치시킨다는 것은 많은 문제점을 지니고 있다. 그럼에도 불구하고 이들의 작품 활동을 돌이켜볼 때, 몇몇 사실들을 중심으로 누보로망이 어떠한 과정을 거치게 되었는지 대략의 윤곽을 그려볼 수 있을 것이다.

우선 1955년이라는 그 공식적인 기원 이전의 시기가 있다. 이 시기의 특징적인 사실은 당시 누보로망 작가들의 대부분이 군소 출판사에 의해 출판되었다는 사실일 것이다. 이는 그들이 시도하는 새로운 소설적 개념이 당시의 미학적인 기준과 상당한 차이를 보였다는 증거가 될 것이다. 물론 뒤라스의 첫 소설인『경솔한 자들Les imprudents』(1943)과『평온한 삶La vie tranquille』(1944)이 각각 대형 출판사인 플롱과 갈리마르에서 출판되었다는 등 예외는 있다. 그러나 사로트의『향성』(1939)과『어느 미지인의 초상』(1947)은 대형 출판사에서 거부되다가 각기 드노

엘과 로베르 마랭 출판사에서, 그리고 시몽의 『사기꾼Le tricheur』(1945)
은 사지테르, 그리고 팽제의 『팡뚜안과 아가파 사이Entre Fantoine et Agapa』
(1951)은 라 투르 드 퓌에서 출판되었다.

　이러한 출판사의 성격과 누보로망의 관계가 1950년대 들어 미뉘 출
판사와 함께 무척 중요한 의미를 갖게 됨은 앞에서도 살펴본 바이다.
즉 누보로망의 또 다른 명칭이 '미뉘 학파'였다는 점, 그리고 1972년
프랑수아즈 바케가 이 출판사에서 출판한 작가들을 누보로망 작가 구
성의 척도로 삼을 만큼 그 의미를 두었다는 사실이다. 다른 출판사에
서 거부되던 베케트의 소설 『몰로이Molloy』와 『말론느 죽다Malone meurt』
가 1951년 미뉘에서 출판되면서, 이후 그의 작품은 대부분 여기서 출
판되었다. 로브그리예 역시 첫번째 소설 『시역자Un régicide』가 1949년
갈리마르에서 거부된 뒤, 두번째 소설 『고무지우개』부터 계속 이 출판
사에서 출판하게 되었다. 그리고 누보로망을 문학사 전면에 떠오르게
한 로브그리예의 『변태성욕자』가 1955년 출판되었던 것이다. 또한 뷔
토르의 『밀랑의 통로Passage de Milan』(1954), 올리에의 『연출La mise en scène』
(1958), 팽제의 『그랄 플리뷔스트Graal flibuste』(1956), 시몽의 『바람Le
vent』(1957), 뒤라스의 『모데라토 칸타빌레Moderato cantabile』(1958), 리카르
두의 『칸느의 천문대L'observatoire de Cannes』(1961) 등이 속속 여기서 출판
됨과 함께, 새로운 소설들의 산실로 미뉘가 떠오르며 누보로망이 본격
적으로 시작된다고 볼 수 있다.

　레알 우렐레는 그의 저서 『누보로망』(1972)에서 누보로망의 역사적
전개를 네 단계로 나누고 있다. 이 저서가 1972년에 나왔다는 사실로
인해 우리가 기대하는 그 회고적 관점이 다소 불충분하다고도 볼 수
있다. 그리고 그 역시 1971년의 스리지-라-살에서의 토론회를 네번째

단계로 제시하여 그 이후의 전개 과정을 열어두고 있었다. 그가 본 첫 번째 단계는 1955년의 것으로, 로브그리예의 『고무지우개』 및 『변태성 욕자』의 출판과 함께 바르트, 로브그리예, 사로트의 글들을 중심으로 하는 논쟁이다. 그리고 두번째의 단계는 1958년 『에스프리』 잡지의 누 보로망 특집호에 나온 논의들을 삼고 있다. 그리고 세번째 단계로 제 시한 것은 1963~1964년의 것으로 누보로망에 대한 본격적인 이론화 과정을 들고 있다. 즉 누보로망에 관한 최초의 프랑스어 저서의 출판 과 브뤼셀 대학에서의 골드만의 연구들, 외국 비평가들의 비평집 출간 과 『텔켈』 잡지의 누보로망 특집 토론회 등이 그것이다.

그런데 레알 우엘레는 1971년의 토론회를 주도한 리카르두를 누보 로망의 제2세대의 등장으로 보고 있다. 그리고 리카르두가 1971년 이 후를 누보로망을 공고히 하는 시기로 간주하는 입장을 그대로 받아들 이고 있으므로, 우리는 레알 우엘레가 위에서 언급한 세 단계를 모두 누보로망의 제1세대에 속하는 세부 단계로 볼 수 있을 것이다.

누보로망을 하나의 '운동'으로 보고 이를 이론화하려는 노력을 보여 온 리카르두는 누보로망의 시기를 3단계로 나누고 있다. 그런데 제각 기 독자적인 작품 활동을 하는 누보로망의 작가들은 리카르두의 이론 화 작업에 무척 거부감을 느끼고 있었으며, 특히 로브그리예와는 서 로를 비난하기에 이른다. 이러한 상황에서 리카르두는 1985년, 「집단 의 이유들Les raisons de l'ensemble」이라는 글을 통해 자신의 입장을 정당 화하는 논리를 제시했다. 여기서 그는 누보로망의 단계를 셋으로 나누 어 설명하는데, 이는 누보로망 작가들 개개인에 적용시킬 수 있는 것 은 아니나 누보로망의 흐름을 다소 단순화시켜 개괄적으로 볼 수 있다 는 의미를 갖는다.

리카르두는 그 첫 단계인 1950년대 후반의 기간을 누보로망이 불확실한 가운데서 하나의 움직임으로 형성되려는 '유동적 기간période mobile'으로 보았다. 이 시기는 바로 우리가 본서 2부 가운데 「서양 소설사에서의 누보로망」의 2절 '아방가르드 정신과 소설의 형식적 탐구'의 마지막 부분과, 「누보로망의 전개」의 1절 '누보로망의 기원과 작가 형성'의 첫 부분에서 다루었던 시기이다. 당시 정치적으로는 좌파가 지지부진하고 있었으며, 예술적인 측면에서도 초현실주의의 후예들과 전통적 소설들, 그리고 전후 사르트르의 참여문학이라는 두 흐름이 논쟁의 초점이 되고 있던 시기였다. 새로운 좌파와 새로운 문학에 대한 요구가 생겨난 이 상황에, 하나의 그룹을 형성할 의도가 전혀 없었던 작가들에게 외부에서 온 하나의 요청으로서 누보로망이 등장하게 된 것이라 보고 있다. 그는 1950년대의 소설들이란 그 구성의 복잡성, 과도한 묘사, 소설 속에 소설 자체를 반영하는 기법, 즉 '자기 반영auto-représentation' 등을 특징으로 하는 것들로 이야기의 통일성이 문제시되고 위협받던 시기로 보았다. 따라서 전통적 소설에 대해서는 '문제 제기의 기간'이라고 했다.

두번째 단계로는 1960년대 말까지를 들고 있다. 내재적 선언문도 없이 또 누보로망에 대한 정의도 없이 누보로망 작가들을 구성해야 하는 모순에 빠져 있던 시기로 다양한 작가 구성이 만발하던 이 시기를 그는 '느슨한 시기période molle'라 부른다. 이 시기 비평가들은 누보로망에 대한 엄격한 정의 없이 자유롭게 이를 논할 수 있었으며, 또 작가들도 자신의 문학에 대한 엄격한 규정 없이 당시 회자되던 누보로망이라는 문학적 경향에 편승할 수 있었다는 점에서 아무도 나서서 이를 정비하지 않았다는 것이다. 리카르두는 당시 펴낸 자신의 저서, 『누보로망의 문제들*Ploblèmes du Nouveau Roman*』(1967), 『누보로망의 이론을 위하여*Pour une théorie du Nouveau Roman*』(1971) 역시 그런 경향을 드러내고 있다고 고백했다. 그러나 전통적 소설에 대해서는 문제 제기를 넘어서 '전복의 시기'로 규정하고 있다. 로브그리예 역시 누보로망을 전통적 소설의 로마네스크한 경향과 독자들의 세계관을 전복시켜야 하는 것으로 파악하고 있었다. 이 시기의 작품에는 허구의 지시적 차원을 정당화하고 재현이라는 위험에 빠뜨릴 가능성이 다분한 범주들, 즉 시간과 공간, 그리고 인물과 사물 들이 더 한층 파괴된 모습으로 드러난다. 1950년대에 문제시되던, 그러나 나름대로의 통일성은 유지되던 이야기가 불가능해진 시기이다. 그리하여 '누보 누보로망'이라는 명칭이 등장하게 된다.

이 시기 동안 누보로망은 어쨌든 하나의 그룹의 형태를 띠고 있었으며 로브그리예가 그 대표자 격으로 이를 이끌고 있었다. 사로트가 『의혹의 시대*L'ère du Soupçon*』를 이미 1956년에 펴내긴 했으나 1963년 나온 로브그리예의 『누보로망을 위하여』와 함께 누보로망의 기본 개념을 제시한 것으로 하나의 집단적 의미를 갖게 되었으며, 거의 로브그리예 한 사람에게 집약된 누보로망을 지지하는 비평가로서 바르트의 활동이 돋보였던 시기이다. 그리고 우엘레가 지적했듯이 골드만의 연구와 외국 비평가들의 본격 연구, 그리고 『텔켈』 잡지를 중심으로 이루어진 누보로망 옹호의 움직임이 있었다. 뿐만 아니라 누보로망을 비판하는 저서와 누보로망의 종말을 예고하는 말들이 등장하기도 하였다. 그런데 『텔켈』의 역할은 누보로망 전개에서 중요한 자리를 차지했다. 1960년 당시 사르트르를 중심으로 하는 잡지 『현대』와 전통적 위상을 고집하는 잡지 『*N.R.F.*』에 대항하고자 시작된 『텔켈』은 모든 이데올로기와 도덕적 명제를 비판하고 순수문학을 옹호하는 입장을 폈다. 그리하여 제대로 알려지지 않은 문학을 발굴하고 재평가하는 작업을 하는 과정에서 누보로망과 특히 사로트, 로브그리예를 지지하였으며, 1960년에서 1963년에 이르기까지 로브그리예, 시몽, 올리에, 팽제 등 많은 누보로망 작가들의 글이 수록되었다. 그러나 1963년부터 『텔켈』은 그 이론적 기초를 구조주의와 기호학, 철학을 중심으로 구축하게 되었다. 물론 언어 자체에 대한 관심과 글쓰기 세계의 자율성을 강조하는 점에서는 누보로망과 공유하는 점이 있었으나 점차 이론 중심의 논의를 해나갔던 점, 그리고 1967년 이후 라캉J. Lacan의 영향, 또 글쓰기에 대한 정치적 해석으로 정치적 참여의 방향으로 나가게 되면서 누보로망 작가들과는 결별하게 되었다. 그리하여 후기 『텔켈』 그룹의 대표자 격이던 솔레르스Ph. Sollers는 로브그리예를 심리주의에서 벗어나지 못하고 있다고, 그리고 누보로망의 작품들이 이젠 무척 보수적·심리적·실증적이 되어버렸다고 비난하게 되었다. 그러나 리카르두는 『텔켈』 그룹이 표방하고 있던 것, 즉 외부 세계나 심리 세계를 그리는 모든 재현을 거부한다는 점(반재현anti-représentation), 그리하여 오직 텍스트만이 유일한 현실이라는 점을 누보로망의 자기 반영, 나아가 외부 세계에 대한 재현의 거부와 연결시킴으로써, 그리고 『텔켈』의 이론화 경향과 결합시켜 제3의 누보로망 시기를 규정하고 있다.

리카르두는 이러한 '느슨한 시기'를 넘어 자신이 이론화 작업에 박차를 가했던 1970년대 이후를 '확고한 시기période ferme'로 분류하여 그 의미를 강조하고 있으나, 대부분의 누보로망 작가들은 이에 대해 강한 거부감을 드러내고 있을 뿐만 아니라, 1960년대 중반 이후부터의 자신들의 작업을 누보로망과 결부시키기를 거부하고 있었다. 그리하여 리카루드를 제외한 나머지 누보로망 작가들의 작품 활동과 그들의 비평적 담론을 중심으로 볼 때에는 앞선 1960년대 시기가 가장 활발한 누보로망의 시기로 간주될 수 있을 것이다.

리카르두는 이 제3의 '확고한 시기'를 1971년 스리지에서의 공개 토론회 이후로 보고 있다. 우선 작가 규정의 경우, 과거 외부에 의해 부정확하게 이루어지던 것을 당사자들이 직접 명확하게 규정하게 된 계기로 보아 이를 하나의 역사적 시점으로 스스로 평가하고 있다. 또 누보로망의 이론적 기초가 무엇인가, 즉 이들 작가들의 공통적 소설 관점이 무엇인가 하는 문제를 1973년 그의 저서 『누보로망』에서 나름대로 해결하고 있다. 즉 다양한 기법들을 통한 '이야기에 대한 문제 제기'라는 것으로, 전통적 소설의 재현에 대한 다양한 반대 개념, 즉 '자기 반영' '재현을 넘어서outre-représentation' '반재현'의 개념들을 내세우고 있다. 그런데 이 제3의 시기에 리카르두에 의해 누보로망이 이론화되었다는 것은 스스로의 평가일 뿐 누보로망 작가들 스스로 이를 구성하는 실체가 없는 시기가 되어버렸다.

이렇듯 누보로망이 역사적 전개 과정은 명확히 구별 지어보기가 어려운 게 사실이고 또 리카르두의 구분이 많은 논란과 거부를 야기하긴 했으나 그 전체적 경향을 살펴보기 위해서는 유용하다고 볼 수 있을 것이다.

이러한 시기 구분과는 다소 무관하게, 단지 그 경향성만을 염두에 둔 채 우리는 누보로망 작가들의 작품 활동을 살펴볼 수 있을 것이다. 우리는 본서의 마지막 부분에 작가별 작품 목록을 첨부했다. 이를 자세히 살펴보면 그들이 어떤 장르상의 실험을 거듭하고 있는지 알 수 있을 것이며, 또 뒷장에서 다루는 작가들에 대한 개별 연구에서 좀더 구체적인 그들의 문학 세계를 들여다볼 수 있을 것이다. 따라서 여기서는 그들의 작품 활동의 전개에서 특기할 만한 사항을 언급하는 것으로 그치고자 한다.

1969년 극작품으로 노벨문학상을 수상한 베케트는 그의 작품들이 보여준 혁명적인 경향으로 여러 출판사에서 거부당해오다 파리의 미뉘 출판사에서 대부분의 작품들을 출판하게 되었다. 그런 사실로 로브 그리예와 함께 누보로망 작가로 묶여 평가받게 되었으며 시기적으로는 최초의 누보로망 작가라고 볼 수 있다. 누보로망 초기 시절의 대표적인 작품으로는 소설 3부작을 꼽을 수 있다. 『몰로이』(1951), 『말론느 죽다』(1952), 그리고 『이름 붙일 수 없는 자L'innomable』(1953)가 그것이다. 『몰로이』에서는 숲속을 헤매는 주인공 몰로이와 함께 이야기가 앞으로 나아가지 않고 수많은 과거로의 회상만이 지지부진하게 반복되고 있다. 그러나 이야기 형태를 아직은 유지하고 있는 구성이다. 한편 『말론느 죽다』에서는 사건이 전혀 없이, 한 방랑자가 임종의 침대 위에서 서서히 마비되어가면서 끊임없이 이야기를 해대는 모습을 통해 작가는 자신의 소설 작업의 의미를 찾고 있다고 볼 수 있다. 이러한 이야기의 파괴를 『이름 붙일 수 없는 자』에서는 더 극단적으로 밀고 갔으며 끊임없는 내적 독백으로 로마네스크의 파괴에 모든 수단을 동원하고 있다. 그 이후 베케트의 소설 작업은 이러한 경향을 더 극단화시켜 전통적 소설을 지탱하던 요소들, 즉 시간상의 논리적 전개, 지속의 문제, 인과관계, 인물, 공간 들이 모두 해체되는 세계를 그리고 있다. 그리하여 소설이라고 보기 어려운 글쓰기를 하는데, 끊임없이 파괴의 위협을 받고 있는 인간에게 마지막 보류의 언어까지도 해체하여 거의 침묵에 가까운 소설에 이르고 있다.

1938년의 『향성』부터 꾸준히 새로운 소설을 주장해온 사로트는 누보로망의 선구자 역할을 해왔지만 묘사가 거의 없으며 사물에 비중을 두지 않는 점 등 누보로망 작가와 많은 차이점을 보이고 있는 작가이다. 그녀의 소설 속에는 인물과 줄거리가 있긴 하다. 그러나 외부 사실을 통한 굵직한 메시지의 전달과 같은 참여문학적 성격에 대해서는 극단적으로 거부하고 있다. 중요한 것은 어떤 심리 상태를 가진 인물과 내밀한 움직임으로 된, 말로 표현할 수 없는 내밀한 영역으로 파고드는 것이며, 이를 위해서는 오직 언어의 문제가 관건이 되고 있다. 후기에 와서는 이야기라기보다는 대화적 성격이 강하게 드러난다.

1989년의 『너는 너 자신을 사랑하지 않아*Tu ne t'aimes pas*』 등에서는 철학자이고 도덕가로서의 대화를 전개시킴으로써 현대 사회에서 우리 모두가 그 희생자가 되고 있는 인간의 어리석음을 고발하고 있다. 따라서 그녀의 작품은 자신의 의도와는 상관없이 더욱더 참여적인 성격을 띠고 있다고도 볼 수 있다. 그녀의 문학에서 일종의 문학적 유언이자 탐구의 완성으로 제시되고 있는 이 작품은 앞으로 소설이 나아갈 하나의 방향을 제시해준 것으로 여겨지기도 한다.

1985년 노벨문학상으로 전 세계적으로 평가를 받긴 했으나 그 난해함으로 대중에게서는 외면당해온 시몽은 1960년대, 1970년대까지 누보로망 작가 가운데 가장 일관성 있고 엄격하게 자신의 소설 세계를 구축해온 작가이다. 1차 세계대전과 스페인 내란, 그리고 2차 세계대전 등 역사적 사건들에 의해 큰 영향을 받았던 시몽의 글쓰기는 크게 두 단계로 나누어볼 수 있을 것이다. 우선 자신의 삶의 체험이나 주변의 사건들에서 여러 소설적 요소들을 끄집어내고, 그런 다음 그것들을 전체 속에서 조직하는 작업이 그것이다. 그리하여 그에게 있어서 소설 작업은 종종 '짜맞추기 작업bricolage'으로 간주되었다. 그리고 화가가 되려고 했던 전력의 영향도 있어서 그에게 소설은 사건의 재현이 아니라 회화적 사물을 그대로 제시하는 것이었다. 1957년의 소설『바람』에 붙인 '바로크 장식화의 재현 시도'라는 부제가 잘 말해주듯 그의 작품은 섬세하고 화려한 산문으로, 사물에 대한 예리한 관심을 보여주고 있으며 한 세계에 대한 뛰어난 재구성을 이루어내고 있다. 그런데 그의 작품은 1981년『농경시Les géorgiques』이후 많은 변화를 보여주고 있다. 500쪽에 이르는 이 방대한 서사시적 작품 속에서 그는 역사에 대한 비전을 드러내게 된다. 1990년의『아카시아L'acacia』에서 그 변모는 더욱 두드러지고 있는데, 여기서는 더 이상 누보로망으로 읽어서는 독서가 불가능하게 된다. 그의 많은 작품들이 그러하듯이 전쟁의 주제를 다루고 있는데,『농경시』부터 시작된 인물의 등장은 강력한 어머니의 존재가 부각됨과 동시에 다분히 자서전적인 요소를 담고 있으며, 명료한 연대를 제시하고 있는 시간의 사용도 훨씬 전통적인 일관성을 따르고 있다. 전쟁의 경험이 인류의 해체로 이어지는 모습을 보여주는 일종의 역사소설의 계열로, 인간적 가치가 다 파괴되고 난 이후 인간에게 남는 것이라고는 동물적·식물적 지배일 뿐임을 은유를 사용하여 그리고 있다. 그리고 이러한 혼돈에서 벗어날 수 있는 인간의 마지막 수단으로서 언어에 대한 천착을 드러내고 있다. 따라서 인간 삶에 있어서 문화와 자연의 대립이라는 문제를 제기함으로써 뛰어난 참여문학으로서 기능함을 볼 수 있는 이 작품은, 1990년대에 이르러서는 더 이상 1960년대의 누보로망 작가처럼 리얼리즘과 반리얼리즘의 대립에 의해서는 글을 쓸 수 없다는 것, 그리하여 또 다른 새로운 현실 인식으로 향하는 작가의 변모를, 그리고 소설 장르의 변모를 잘 드러내고 있다고 볼 수 있다.

누보로망 논쟁을 불러일으킨 장본인인 로브그리예는 그의 초기 소설에 나타난 과도한 사물들의 묘사로 '사물주의자'라는 명칭을 얻기도 했으며 가장 공격을 많이 받은 작가이다. 따라서 이에 대항하는 많은 글들을 통해 누보로망의 이론가처럼 간주되기도 했다. 로브그리예는 자신의 소설을 20세기 전반 작품, 즉『고무지우개』(1953),『변태성욕자』(1955),『질투』(1957)와 20세기 후반 작품, 즉『미로 속에서*Dans le labyrinthe*』(1959) 이후 작품으로 나누고 있다. 탐정소설처럼 미로의 도시 속을 헤매는 인물을 그리는『고무지우개』부터 현실과 잠재성이 뒤얽힌 가운데, 말하는 의식체의 강박관념 속으로 들어가 독자가 진실을 찾아 헤매게 되는『질투』에 이르기까지, 로브그리예는 '공백blan'이란 기법을 통해 작가의 강박관념을 드러내고 있다. 1981년 소설『진 *Djinn*』에서는 그 부제 '갈라진 포석 사이의 붉은 구멍'이 드러내듯 이를 의도적으로 다루기도 한다. 그에게 있어서 작가란 글쓰기를 통해 자신의 욕망의 내밀한 모습을 깨달아가는, 그리하여 그 공백을 메꿔가는 작업일 것이다. 1963년, 그때까지 잡지에 발표했던 글들을 모아『누보로망을 위하여』를 펴냄으로써 이는 당시 새로운 소설의 개념과 기법 들을 확립한 누보로망의 선언문처럼 여겨졌다. 따라서 많은 비평가들은 그의 작품에 대한 논의를 누보로망에 대한 논의라고 간주했으며,『누보로망을 위하여』와 함께 누보로망에 대한 비평적 담론이 누보로망 자체와 혼돈되게 되는 계기가 되기도 하였다. 그러나 1980년대 이후 로브그리예에 대한 비평적 담론은 더 이상 누보로망과 연결되지 않게 되었다. 이는 1961년, 그가「지난해 마리앙바드에서*L'année dernière à Marienbad*」의 시나리오를 쓴 것을 시작으로 1963년에는「불멸의 여인

L'immortelle」을 직접 연출하며 다수의 영화를 만드는 등, 그의 작품 세계가 장르상의 혼합의 새로운 시도로 나아갔기 때문이다. 또한 3권의 자서전을 펴내는 등 훨씬 전통적인 방향으로 나가고 있는데, 이러한 자서전적 경향은 사로트의 자서전『어린 시절*Enfance*』(1983), 뒤라스의 자서전적 소설『연인*L'amant*』(1984) 등 많은 누보로망 작가들에게 공통적으로 보이는 요소이다.

1957년『변경*La modification*』에서 '당신vous'이라는 2인칭 사용으로 독자들에게 상당히 인상적으로 받아들여진 뷔토르는 초기에는 누보로망 작가들 가운데서는 가장 전통적인 방식으로도 읽힐 수 있는 작품들을 썼다. 그러나 그의 야망은 현실을 읽는 우리의 재현적 체계에 전복을 가하는 것이었고 바로 그러한 바람으로 누보로망의 계열로 들어왔다고 볼 수 있다.『밀랑의 통로』(1954),『시간의 사용*L'emploi du temps*』(1956),『변경』에 이르는 초기 소설들이 몇몇 개인들의 독특한 모험을 그리고 있다면,『모빌*Mobile*』(1962),『산 마르코의 묘사*Description de Sans Marco*』(1963)에서는 하나의 이야기라기보다는 훨씬 파편화된 이야기들로 집단의 모험을 그린다. 그리고『간격*Intervalle*』(1973)의 시기에 이르면 '콜라주collage' 기법을 사용하며 모호한 현실에 대한 총체적 의식을 추구하고자 하는 등 소설적 세계도 많은 변화를 보이고 있다. 뷔토르는 자신의 누보로망의 시기를 1953년에서 1963년으로 한정하며, 1960년의『정도*Degrés*』이후에는 소설이라는 장르 규정을 피하고 있다. 1958년『장소의 정령*Le génie du lieu*』과『목록I *Le répertoire I*』(1960)의 출판 이후 수많은 문학 및 음악, 회화에 관한 비평적 글들을 발표하고 있는 그는, 소설적 요소에 끊임없이 다른 형태를 부여하고 있기에 형식의 발명가라고도 불리게 된다. 음악, 미술, 사진 등 모든 예술 영역의 현대적 기법들을 자신의 글쓰기 작업에 결합시켜 상호 텍스트성을 탐색하고 있다. 그런데 뷔토르는 로브그리예나 리카르두와는 달리 자신의 글쓰기를 통해 자아와 세계의 합일을 추구하고 있으며 총체적 세계를 인식하려는 것이다. 또한 작가의 글쓰기의 작업은 독서의 모험을 통해 작가의 작업을 완성하게 되고, 더 나아가 독자의 글쓰기 단계에 이르도록 한다는 무척 현대적 시도가 담겨 있다.

그 스스로 누보로망이란 작가 규정을 거부했을 뿐 아니라, 그 작품의 복합성과 다양함 등으로 어떤 한 범주에 넣기가 더욱 곤란한 뒤라스의 경우, 우리는 본서의 작가 연구에서 제외했다. 그러나 그녀의 작품 세계가 누보로망과 무관하지 않기에 여기서 간략하게 언급하고자 한다. 우선 뒤라스에 대해 가장 먼저 떠오르는 사실은 그 작품의 다양성과 그녀 작품에 대한 평가가 극단적으로 엇갈린다는 사실일 것이다. 소설, 단편, 에세이, 희곡, 시나리오, 영화 제작에 이르기까지 장르를 오가며 활동하고 있는 그녀는, 오랫동안 제대로 알려지지 않다가 1984년 『연인』의 공쿠르상 수상과 함께, 그리고 이 작품이 영화화되면서 전 세계적으로 유명해지게 되었다. 그리고 프랑스 내에서는 최근까지도 뒤라스의 작품을 고교 과정의 교재 속에 넣는 문제로 많은 논란이 있을 정도로 보수적인 일각에서는 비난을 받고 있는 반면, 일부 진보적인 진영에서 상당한 환호를 받고 있다. 그리고 그녀 작품 세계의 큰 특징 가운데 하나는 작가의 자전적인 사실을 중심으로 끊임없이 다시 쎄어지거나 다른 장르로 변형되어 창작되고 있어서, 그녀의 경우 소설만을 분리시켜 연구할 수 없는 상황이다. 이러한 사실을 두고 비판자들은 고갈된 창조력에 따른 반복으로, 그리고 하나의 장광설로 보려는 경향이 있으며, 또한 옹호하는 측에서는 이를 작가의 가장 내밀하고 심각한 문제를 끊임없이 천착해가는 태도로 해석하고 있다. 가장 핵심이 되는 작가 자신의 체험은 어린 시절 식민지 인도차이나에서의 삶과 그 후 제2차 대전, 레지스탕스, 공산주의에 대한 몽상, 그리고 전체주의 체제에 대한 반항 등으로 표현되는, 한마디로 삶의 고통으로 불릴 수 있는 것이었다. 세번째 소설이긴 하나 제대로 알려진 것으로는 첫 소설인 1950년의 『태평양에 친 댐Un barrage contre Pacifique』은 그녀 작품의 모체가 되는 소설로, 그 이후 많은 소설들에서 다시 다루어지게 될 인물들과 줄거리들로 이루어져 있다. 그리고 1960년 「히로시마 내 사랑Hirochima mon amour」의 시나리오를 쓴 이후 영화를 직접 연출하고 있는 그녀는 작품에 있어서 장르 간의 변형이 가장 빈번하게 이루어지고 있는 작가로 손꼽힌다. 한 예로 두 개의 소설『롤 발레리 스탱의 황홀Le ravissement de Lol V. Stein』(1964)과 『부영사Le Vice-Consul』(1965)는 1973년 '인디아 송India song'이라는 제목의 하나의 혼합 텍스트로 변형되는데, 뒤라스는 이 텍스트를 '텍스트-연극-영화'라고 규정지었다. 그런데 이 텍스트는 다소 변형되어 같은 해 「갠지스 강의 여인La femme du Gange」이란 영화가 된다. 세 개의 텍스트가 결국 하나의 영화로 끝나게 된 사실을 두고, 뒤라스는 영화를 끝없이 반복되는 글쓰기에 종지부를 찍는, 그리하여 하나의 파괴 행위처럼 평가하게 된다. 그러나 영화를 글쓰기 작업의 해체로, 그 마지막으로 간주했던 것을 그녀는 더 극단까지 밀고 간다. 1975년 영화인 「인디아 송」은 또다시 파괴되어 또 다른 영화 「캘커타 사막 속의 베니스라는 그의 이름Son nom de Venise dans Calcutta désert」으로 변형된다. 그런데 이 영화에는 황량한 폐허의 이미지 위에 「인디아 송」의 사운드 트랙이 흐를 뿐 인물이 등장하지 않는 영화이다. 이러한 인물의 죽음은 끝없이 해체하는 그의 소

설 작업의 연장선 속에서 이해될 수 있는 것이다. 그런데 말년의 자서
전적 소설인 『연인』은 다소 파편적 글쓰기에도 불구하고 상당히 전통
적인 소설의 요소를 담고 있는 강렬한 사랑의 이야기로, 대중적 인기
를 모으는 등 새로운 변모를 보여주었다. 뒤라스는 특히 미국에서 다
수의 박사학위 논문의 주제가 되고 있는데, 특히 여성적 글쓰기의 문
제 및 페미니즘 논의와 결부되어 연구되고 있는 실정이다.

지금까지 누보로망의 역사적 전개와 작가들의 작품 활동을 개략적
으로 살펴보았다. 1971년 스리지에서의 토론회를 통해 일곱 작가가 누
보로망 작가임을 스스로 규정했던 사실은 있으나 1960년대 중반 이후
부터 이들 중 대부분이 공통의 명칭 아래 묶이는 것에는 상당한 거부
감을 가지고 있었던 것이 사실이다. 이 토론회 자체가 도리어 분열을
자초하게 되었다. 토론회를 주관했던 리카르두가 이 토론회의 결과를
누보로망을 규정하는 원칙으로 삼고자 하는 점에서, 그리고 그가 펴낸
책들이 하나의 도그마티즘을 보여주고 있다는 사실에서, 다양한 창작
및 독서의 가능성을 주장하던 대부분의 누보로망 작가들이 반감을 갖
게 된 것이다. 그리하여 이들 작가는 제각기 소설 장르의 다른 가능성
을 찾아가거나 문학의 다른 장르를 시험하고, 더 나아가 다른 예술 장
르와의 접목을 시도하기도 하는 것이다. 소설이라는 명칭이 은연중에
전통적 소설의 로마네스크한 측면과 연결된다는 점에서 대부분의 이
들 작가는 곧이어 '이야기', 또는 '짧은 텍스트brefs textes'라는 좀더 중
성적인 명칭을 붙이게 되었다. 또한 희곡이나 시작품으로, 또 시나리
오나 영화 제작으로, 회화나 사진 작품과 글쓰기의 접목을 시도하고
있다.

그런데 누보로망 작가들의 작품 활동 가운데서 특기할 만한 사항은

그들에게 있어 창작 활동과 문학에 대한 비평적 담론의 경계선이 모호하게 되었다는 점이다. 전통 소설에 대한 거부로서 등장했기에, 또 당시 이들을 비판하는 비평가 및 일반 대중에 대한 자기 옹호의 필요성에 따라, 누보로망 작가들의 창작 활동은 이들 자신의 문학론을 개진하는 비평적 담론과 같이 진행하게 되었다. 그리하여 로브그리예, 특히 리카르두의 이론화 작업은 테러리즘이라는 비판도 있었으나, 리카르두는 전통적으로 이론과 창작을 구별하려는 경향에 반대하여, 현대 작가란 자신의 창작 작품을 이론과 연계해나가야 함을, 그리하여 텍스트와 이론을 결합시켜야 함을 주장했다. 따라서 본 장의 마지막에서 살펴볼 누보로망에 대한 연구 상황은 이들의 문학론에서부터 시작될 것이다.

누보로망 작가들의 수상 기록 및 독자 수용 양상

각종 문학상을 수상하는 것이 작품 그 자체의 질적인 평가가 되는 것은 아니다. 그리고 누보로망이 전통적 소설 개념에 대한 거부라는 점에서 기존의 사회 체제에 의한 문학상의 수상은 일견 서로 상반되는 현상처럼 보인다. 그러나 1950~1960년대, 즉 이들 작가가 아직 누보로망이라는 하나의 명백한 흐름으로 묶이기 전 각자 나름대로 작품 활동을 해나가고 있을 당시, 이 작가들이 수상을 했다는 사실은, 물론 대다수의 독자나 기자 들에게는 뜻밖의 일로 받아들여졌으나, 당시의 문학계에서 이들의 작업이 나름대로 인정받았다는 사실을 말해준다. 따라서 이들의 수상 기록을 살펴보는 것은 그 당시 이들의 문화적·사회적 수용 현황을 드러낸다는 의미가 있다. 이들의 1950~1960년대의 수상 기록은 다음과 같다.

1954년: 로브그리예『고무지우개』; 페네옹상

1955년: 로브그리예『변태성욕자』; 비평가상

1957년: 뷔토르『변경』; 르노도상,『시간의 사용-L'emploi de temps』; 페네옹상

1958년: 올리에『연출』; 메디치상

1959년: 클로드 모리아크『시내에서의 저녁 식사Le dîner en ville』; 메디치상

1960년: 시몽『플랑드르로 가는 길La route des Flandres』; 엑스 프레상

　　　　뷔토르『목록I Répertoire I』; 문학비평상

1961년: 베케트, 보르헤스와 공동: 국제편집인상

1963년: 사로트『황금 과일들Les fruits d'or』; 국제문학상

　　　　팽제『심문L'inquisitoire』; 비평가상

1965년: 팽제『어떤 사람Quelqu'un』; 페미나상

1966년: 리카르두『콘스탄티노플 함락La prise de Costantinople』; 페네옹상

1967년: 시몽『역사』; 메디치상

이렇게 누보로망 작가들의 1960년대 수상 행렬은 마감된다. 단지 뒤라스만 이 수상 행렬에서 제외되었는데 그녀는 뒤늦게 1984년『연인』으로 공쿠르상을 수상하게 되어 엄청난 대중적 인기를 얻게 된다. 그러나 이 소설은 엄밀한 의미에서 소설이라기보다는 자서전적 글이며, 또한 더 이상 누보로망이라는 명칭이 언급되지 않는 상황에서 나온 것이었다. 팽제 역시 1987년『적L'ennemi』으로 전국문인대상을 수상하게

되며, 1990년에는 그의 작품 전체에 대해 동일한 상을, 그리고 같은 해 주네브에서 창작 대상을 받게 된다. 여기서 『연인』을 제외하면 공쿠르상과 아카데미상은 그 보수적 성격으로 인해 이들 누보로망에는 수상되지 않았음을 지적할 수 있겠다.

또한 누보로망의 명칭이 언제나 붙어 있었던 시몽이 1985년에, 또 누보로망의 선구자적 역할을 했던 베케트가 1969년에 노벨문학상을 받았다는 사실은 이들의 작업이 세계적으로 인정받았음을 의미한다.

그런데 이러한 문학상을 수상했다는 사실로 이들 작품의 발행 부수가 다소 늘어난 것은 사실이지만 일반 독자들은 여전히 누보로망을 접근하기 어려운 작품으로 간주하고 있다. 이는 대부분의 독자들이 기분 전환을 위해 소설을 읽는 것인데, 누보로망은 오히려 그들을 지루하고 당황스럽게, 또 불안하게 하기 때문이다. 1960년대를 중심으로 특히 미국, 독일, 이탈리아 등 많은 외국의 대학에서 진지한 연구의 주제로서 다루어진 것에 비해, 익히 알려진 전통에 대한 선호와 모든 새로운 시도에 대한 거부라는 일반 대중 독자들의 심리에 따라 누보로망은 문학 전문가들을 중심으로 많은 매체에서 "말은 많이 하지만 정작 읽히지는 않는" 문학이란 평가를 받게 된다.

10만 부 이상 팔려 나간 뷔토르의 『변경』의 성공을 제외하면 문학상을 받았건 아니건 간에 누보로망의 상업적 결과는 극히 미미하다. 누보로망 작가들이 일련의 대중성을 누린 것은 극히 최근의 일로, 그것도 자서전적 작품을 통해서이다. 사로트의 『어린 시절』(1983), 로브그리예의 『되돌아오는 거울Le miroir qui revient』(1984), 그리고 공쿠르상이 보증하듯 엄청난 성공을 거둔 뒤라스의 『연인』(1984)이 그것이다. 그러나 이러한 결실도 지속적인 성공으로 이어지지는 못했다. 뿐만 아니라 노벨상을 받은 시몽의 경우 역시 상업적인 성공으로 이어지진 못했으며 베케트의 경우 그의 성공은 소설이 아니라 희곡 장르에 제한되어 있다.

초기 누보로망 작가들의 개별적인 작업에는 별반 주목하지 않던 비평계는 그들의 작업이 부인할 수 없는 하나의 흐름으로 등장하자 적대적이고 공격적인 태도를 보인다. 상당수의 비평가들이 누보로망 작가들을 여전히 과거의 어휘로 재단함으로써 그들의 시도가 갖고 있는 혁명적 성격을 부인하려는, 바르트가 말하는 이른바 '역행적 사고'를 보여주었다. 그런데 누보로망에 대한 비판은 이들 작가가 문학적 창조의 빈곤함을 '언어적 인플레이션'으로 은폐하고 있다는 점과 이들이 세계와 삶에 대해 받아들일 수 없는 개념을 주장하고 있다는 점에 집중되고 있었다. 그리하여 인위적인 어휘와 구문을 내세우고 새로운 기법들을 만들어내어 조립하는 작업으로 독자들을 피곤하고 쓸데없는 지적 놀음으로 내몰아댄다는 것이다. 누보로망 작품들을 처음으로 '새로운 소설'이라 명명함으로써 그 명칭을 제공하게 된 에밀 앙리오는 '평범하고도 맥빠진 결과물을 위해 공연히 복잡하게 만든, 문학적 쇄신과 소설 장르의 해방이라는 측면에서는 어떤 가능성도 보여주지 않는 것'으로, 따라서 '독자들의 흥미를 앗아가 결국은 소설을 말살시키고 말 것'으로 혹평했다. 또 에두아르 롭E. Lop, 앙드레 소바주A. Sauvage와 같은 마르크스주의 비평가들은 누보로망이 다양한 형식을 탐구하고 있다는 점, 그리고 당시 부르주아 소설의 저급한 형태에 대항하고 있다는 점에서는 높이 평가하였다. 그러나 사회와 단절된 인간들과 내용 없는 내적 자아의 묘사로 추상화되는 것을 비난하면서, 이들의 문제제기를 '프티부르주아 지식인들의 사회적 경험'으로 폄하했다. 즉 초기 현상학적 리얼리즘에 의한 세계 인식에서 벗어나 차츰 글쓰기 자체에 의해 유일한 현실이 구축된다는 주장을 하게 됨에 따라, 누보로망의 작업이란 하나의 폐쇄된 담론일 뿐이라는 것이다. 무관심에서 공격성으로의 갑작스러운 이런 태도 변화는 당시의 소설에 대한 이들의 정면 도전에 대한 거의 병적인 반응이었던 것이며, 이에 대해 로브그리예가 취한 태도 역시 전투적 논쟁으로 이어졌다. 따라서 누보로망에 대해 비판적인 비평가들의 공격은 그에게 가장 신랄하게 퍼부어졌는데, 1956년 프랑수아 모리아크는 그의 소설 기법을 '새장의 기법'이라고 칭하며 크게 깎아내렸으며, 1967년 에티앙블Etiemble은 그의 미학을 '최면술적' '유아기적 구조'라 치부했다.

바로 이러한 비평가들의 비판과 일반 독자들의 몰이해에 대한 해결책으로 로브그리예는 다양한 글들을 쓰게 되었고 이를 『누보로망을 위하여』라는 책자로 펴내게 되었다. 거기서 그는 많은 독자를 위해 글을 쓰고 있다는 확신에도 불구하고 '어려운' 작가로 취급되는 것에 대한 고민을 털어놓으며, 그 이유를 나름대로 분석하고 있다. 그는 누보로망에 대한 대중의 생각을 다음과 같은 5개 항목으로 지적한 다음 조목조목 이를 반박하고 있다. 즉 첫째, 누보로망은 미래의 소설의 법칙을 세웠다. 둘째, 누보로망은 과거를 일소했다. 셋째, 누보로망은 인간을 세계에서 추방하고자 한다. 넷째, 누보로망은 완전한 객관성을 목표로 하고 있다. 다섯째, 읽기에 대단히 힘들기 때문에 누보로망은 전문가들에게만 호소하고 있다는 것이다. 이 가운데서 다섯번째 항목에 대한 반박으로 그는 누보로망이 성실한 모든 사람에게 호소한다는 점을 주장한다. 실제로 우리의 기억이란 전혀 연대순에 따라 논리적으로 이루어지지 않는다는 점, 그리고 우리는 이름도 과거도 모르는 사람들과 매일 만나고 있다는 점을 들어 누보로망이야말로 우리의 일상의 언어로 되어 있음을 주장하며, 1900년에 중단된 과거의 문학적 소양, 즉 발자크식의 문학적 소양이 누보로망을 이해하기 어렵게 만든다는 것이다. 반면에 아주 순박한 사람들, 아마도 카프카의 소설을 읽지 않았겠지만 발자크의 소설 형식에 사로잡혀 있지도 않은 순박한 사람들은 누보로망을 훨씬 잘 이해할 수 있을 것이라는 주장이다. 왜냐하면 그 속에서 자신이 살고 있는 세계를 알아보고 자신의 생각을 알아볼 수 있기 때문이라는 것이다. 그리고 또 그는 독자가 자기 시대의 작품들, 즉 가장 직접적으로 그에게 호소하고 있는 작품들을 비난할 마음을 갖게 된다면, 그리고 그가 고의적으로 작가들에 의해 버림받았고 끼워주지 않았고 무시당했다고 불평을 한다면, 그것은 단지 작가가 제안하고 있지 않은 지나간 의사소통 방식을 다시 찾아내려고 고집하기 때문이라고 했다. 이러한 독자들이 요구하는 전통 소설의 요소들은 뚜렷한 성격과 과거를 갖고 있는 작중인물들, 그리고 논리적으로 전개되는 이야기, 그리고 그 속에서 벌어지는 성격과 환경의 연구, 인간의 정념에 대한 심리 분석 등이었다. 뿐만 아니라 전통적인 비평가들 역시 누보로망 작가들의 새로운 기법을 '영구 불변의' 소설에 의해 흡수될 뿐인, 그리하여 발자크식 소설의 세부 항목들을 개선하는 하나의 방법일 뿐이라고 대중들을 오도한다는 것이다. 그러나 예술이란 이미 알려진 사실을 또다시 밝혀내는 것이 아니라 모르는 것을 찾아가는 것이고 의문을 제기하는 것이기 때문에, 진정한 독자란 이미 완료된 세계를 다시 만들어진 상태로 받아들이는 것이 아니라, 반대로 창조에 참가하는 것이고 또 스스로 작품을 창조함으로써 자신의 삶을 창조하는 것을 배워야 한다는 것이다. 바로 이러한 독자의 참여에 의해 독자 자신의 의미를 창조해나가기를 요구하는 누보로망은 하나의 '진실'을 제공해주기를 바라던 독자들에게는 당연히 피곤한 대상일 수밖에 없는 것이다.

이렇듯 누보로망의 정신과 이론은 전통적 성격의 비평계에서, 그리고 과거의 독서 습관에 물든 독자들에게서는 외면당했으나 진보적 성향의 비평가들에게는 지지를 받았다. 롤랑 바르트, 베르나르 펭고B. Pingaud, 미셸 제라파M. Jeraffa, 베르나르 도르트, 모리스 블랑쇼M. Blanchot, 마르트 로베르M. Robert, 조르주 바타유G. Bataille, 브르통, 카뮈, 폴랑A. Paulhan, 바슐라르G. Bachelard, 라캉, 메를로-퐁티M. Merleau-party 등 이들을 지지하는 작가 및 평론가 들의 그룹이 형성되었으며, 이들의 유명세에 힘입어 누보로망은 일간지 『르 몽드』와 주간지 『렉스프레스』, 그리고 다수의 문학 잡지들, 특히 『비평』 『문학 소식*Les nouvelles littéraires*』 『남부 수첩*Cahiers du sud*』 『텔켈』 등 프랑스 언론계의 중추적 신문 잡지들에서 다루어지는 지적 토론의 핵심에 들어서게 되었다.

그런데 많은 비평가들, 특히 우파 성향의 보수적 비평가들이 그 종말을 예고하거나 기원하였다. 1961년 '누보로망: 하나의 과도기적 유행', 1963년 '누보로망의 삶과 죽음', 1958년 '누보로망은 죽었다' 등의 언급이 그것이다. 이는 누보로망이라는 문제 제기적 현상이 끝나기를 바라는 심정을 대변한다고도 볼 수 있을 것이다. 1982년 '위니베르살리스' 백과사전의 '누보로망' 항목을 끝맺는 "누보로망은 죽었다. 그러나 그 작가들은 살아 있다"라는 마지막 구절 역시 당시 상당한 호응을 받았던 팽제의 『외경서*L'apocryphe*』(1980), 『몽상 씨(氏)*M. Songe*』(1982), 로브그리예의 『진』(1981), 시몽의 『농경시』(1981)와는 대조적으로 프랑스 소설계 전반에 지배적이던 과거로의 회귀의 경향을 드러내고 있는 것이다.

1994년 4월, 『르 피가로Le Figaro』에서 현대의 소설가들에게 '누보로 망이 문학을 고갈시켰나 아니면 풍요롭게 했나?'라는 설문을 조사한 적이 있다. 대부분의 소설가들이 부정적인 답을 하고 있었던 것은, 그 결과의 해석이 어쨌든 간에 누보로망이 대학과 비평가들만의 관심사 였거나 아니면 단지 아주 미미한 역할밖에 못했다는 증거라고도 볼 수 있을 것이다.

그럼에도 불구하고 누보로망이라는 명칭이 존속함은 그것이 1950~1970년 중반까지 지속적으로 제기된 소설 문제들을 통시적으로 지칭할 수 있다는 사실과, 누보로망이 '새롭다'는 형용사로 하나의 기치가 되어 전통 소설과의 단절을 드러내는 동시에 다양한 새로운 시도들을 포괄할 수 있는 명칭이기 때문이라 볼 수 있다.

누보로망에 대한 연구 현황

앞서 언급했듯이, 누보로망이 등장할 때 기존의 문학적 이론과의 논쟁 속에서 누보로망 작가들이 각자의 문학론을 수립하는 것이 요구되었 기 때문에, 누보로망에 대한 연구는 일차적으로 누보로망 작가들의 문학론에서 출발한다고 볼 수 있다. 당시 지배적이던 소설 이론이란, 작가는 이 현실을 작품 속에서 재현하며 그때 모든 작가는 어떤 의미를 전달한다는 전통적인 소설관, 또 사르트르를 중심으로 대두되던 참여 문학론이 그것이었다.

여기에 대항하여 가장 먼저 나온 문학론이 사로트의 『의혹의 시대』 였다. 나중에 누보로망의 기본 텍스트로 간주되는 이 책에서 사로트는 일관된 인물, 논리적 서사적 전개, 의미 있는 사물로 가득 찬 전통 소설에 대립하여 복잡한 심리적 내면을 갖고 있는 인물, 더 이상 이야기가 아닌 이야기를 제시하는 새로운 소설을 주장했다.

그리고 로브그리예는 『누보로망을 위하여』를 출판하여 명실공히 누보로망이 이론을 정립했다고 볼 수 있다. 그는 '몇 가지 낡은 개념에 관하여'라는 제목 아래 '작중인물' '이야기' '참여' '형식과 내용'이라는 전통 소설이 개념들을 비판하고 있으며, '미래의 소설을 위한 하나의 길', 또 '새로운 소설, 새로운 인간'이라는 제목 아래 누보로망의 지향점들을 밝히고 있다. 특히 '참여'라는 항목에서는 사회주의 리얼리즘의 문학을 비판하고 있었다. "사회적, 정치적, 경제적, 도덕적 등등의 내용의 표현을 위해 창조된 작품이라는 개념 자체가 이미 거짓을 구축하고 있다"라고 지적하면서, 예술은 어떤 외부의 이데올로기에 종속될 수 없음을 주장했다. 이어서 로브그리예는 사르트르의 참여문학 역시 비난하고 있다. 사르트르가 『문학이란 무엇인가』에서 산문적 글쓰기를 독자에게 이 세계의 비전을 전하기 위해 언어의 재현적 덕성을 이용해야 한다는 목적성 위에 두고 있는 점, 그리고 문학은 우리 사회의 문제점을 제기하여 독자의 정치적 의식을 일깨워야 한다는 주장에 대해 예술이 예술 이외의 것을 의미하고자 할 때부터 문학은 사라진다며 비판하였다. 로브그리예의 주장은 작가에게 있어서 참여란 정치적·이념적인 것이 아니라, 자기 언어의 모든 문제에 대한 투철한 의식, 그 중요성에 대한 확신, 그리고 그 문제를 내부에서 해결하려는 의지라는 것이었다. 실존주의 문학으로 『구토』가 보여준 현상학적 현실 인식이 누보로망과 상당히 접근될 수 있었음에도 불구하고, 그리고 사르트의 독창성을 높이 평가하여 이 시대의 '반소설'을 예고했던 공로에도 불구하고 사르트르는 그의 후기 문학론인 참여문학론으로 인하여 로브그리예와 대립하게 되었다. 물론 뷔토르가 한 개인이 그의 사회 계급 속에서 갖는 관계를 묘사하고 있다는 점에서 그를 높이 평가하는 등의 예외가 있긴 했으나, 사르트르는 1964년경 부르주아라는 자신의 출신과의 단절을 천명하면서 베케트나 로브그리예의 문학이 보여주는 현실에 대한 외적 무관심을 비난하였다. 또 그는 리카르두와도 논쟁을 벌였는데, 의미의 세계를 완전 폐기하고 글쓰기를 통해 구축되는 언어 속에 유일한 현실이 있음을 주장하는 리카르두를 본질주의자로, 그리고 문학이 그 자체로서 목적일 경우 독자의 역할을 폐쇄하는 것이라며 비난하고 있다.

뷔토르는 1964년 『소설에 대한 시론(試論)Essais sur le roman』을 출판하였다. 그는 이 책 속에서 소설의 공간과 묘사, 인칭의 사용 등 다양한 기법들을 살펴보면서 그가 추구하는 '탐구로서의 소설'을 주장하고 있다. 또한 그는 『목록』이라는 제목 아래 현재까지 5권에 이르는 비평집을 출판하였는데, 그 속에서 그는 포크너, 조이스, 프루스트 등 다양한 작가 연구와 서사 기법 연구를 통해 자신의 문학관을 펼치고 있다.

마지막으로 우리는 리카르두를 꼽을 수 있을 것이다. 누보로망의 제2세대로 누보로망 이론화의 기수인 그는 1967년 『누보로망의 문제들』를, 그리고 1971년 『누보로망의 이론을 위하여』를 출판하였다. 그런데 이는 엄밀히 말해 문학 이론서가 아니라 누보로망이라는 새로운 움직임을 개념화하려는 시론들이라고 볼 수 있다. 이어서 1973년 『누보로망』을 통해 누보로망을 작가 구성에서부터 이념적 공통의 핵을 규정하고 있으며, 1978년 『소설의 새로운 문제들Nouveaux Problèmes du Roman』을 출판하여 소설에 대한 끊임없는 이론적 문제 제기를 감행하고 있다.

그런데 누보로망을 하나의 운동으로 규정하고 이를 이론화하려는 리카르두의 노력은 몇 차례에 걸친 공개 토론회라는 결실을 낳게 된다. 1971년 스리지-라-살에서 열흘 동안 개최된 '누보로망, 어제와 오늘'을 필두로 1973년 '미셸 뷔토르에 대한 접근', 1974년 '클로드 시몽: 분석과 이론', 그리고 1975년 '로브그리예: 분석과 이론'이 그것이다. 그런데 이러한 이론화 작업은 도리어 분열을 자초하게 되었다. 1971년의 첫 공개 토론회에선 누보로망 작가들에 대한 공식적인 자가 규정이 이루어졌다는 의미와 그 결과물이 책으로 출판되어 나와 누보로망 작가 자신들과 학자들이 공동으로 누보로망을 이론화하려는 작업이었다는 점에서는 그 의의가 있다. 그러나 리카르두가 여기서 이루어진 분석을 누보로망을 규정하는 원리로 삼으려는 규범적 태도에 대해 대다수의 작가들이 거부감을 갖게 되었다. 뿐만 아니라 리카르두가 계속 펴낸 『누보로망』과 『소설의 새로운 문제들』에 나타난 그의 도그마티즘에 정작 누보로망 작가들, 특히 로브그리예와 결별하기에 이르게 되고 1982년 뉴욕에서 열린 '누보로망'이란 제목의 토론회에는 리카르두가 제외되게 되었다. 그리고 1989년에는 '나탈리 사로트를 중심으로'라는 토론회가 역시 스리지-라-살에서 개최되었다.

이렇듯 작가들 자신의 문학론을 중심으로 벌어지던 누보로망 연구는 당시 몇몇 진보적 비평가와 잡지 들에 의해서도 활발하게 이루어지고 있었다. 1964년 마니O de Magny가 "로브그리예 소설의 내용은 소설 자체보다 바르트가 그것에 대해 쓴 풍부한 비평적 글 속에 더 많이 들어 있다"라고 지적했듯이, 누보로망은 바르트가 중심이 된 신비평의 대상이 되어 새로운 문학이론의 영역 속으로 들어오게 되었다. 많은 진보적 성향의 비평가들과 잡지들, 그리고 1960년대 초반의 『텔켈』 잡지의 역할은 위에서 이미 언급한 바이다.

그런데 정작 연구의 중심이 되어야 할 대학에서는 누보로망이 초기에는 다소 외면되었던 것이 사실이다. 최근까지 대학 비평이란 실증적 방식에 의한 것으로, 작품을 작가의 총체로 보는 관점에 따라 그 연구 대상의 선정에 상당히 신중함을 보여왔다. 따라서 몇몇 대학의 교수들 역시 시대의 이데올로기와 연결된 해석적 비평을 해오긴 했으나, 초기에는 소르본느 등 전통적인 대학보다는 고등 사범과 콜레주 드 프랑스 등 다소 열외적인 연구 기관에서 그 연구가 이루어졌다. 그러나 1961년 미국 브라운 대학에서 피에르 아스티에가 1955년에서 1960년 사이의 누보로망에 관한 최초의 박사논문 『'누보로망': 소설 장르의 쇄신에 대한 분석과 비평 *Le Nouveau Roman', Analyse et critique d'un renouvellement du genre romanesque*』을 발표한 이래 많은 외국 대학과 프랑스 내 대학에서 그 연구가 이루어지고 있다.

  본 저서의 뒷부분에 제시된 참고 문헌을 통해 구체적으로 어떤 작가의 어떠한 측면이 주로 연구이 대상이 되어왔는지 살펴볼 수 있을 것이다. 여기서는 다만 일반적으로 누보로망 작가들을 해석해볼 수 있는 몇몇 인접 학문과의 연관성만을 간략히 언급하는 것으로 그치고자 한다.

  우선 현상학적 해석을 들어볼 수 있다. 바르트는 이미 1954~1955년, 로브그리예의 소설 『고무지우개』와 『변태성욕자』에 묘사된 사물들을 언급하면서 사물들이 상징이나 감각 들의 군집이 아니라 '하나의 시각적 저항체'라고 말했다. 여기에 대해 로브그리예 자신도 "미래의 소설 구조 속에서 몸짓과 사물들은 '무엇'이 되기 전에 그냥 거기 있을 뿐"이라고 했다. 1963년 브뤼스 모리세트는 그의 저서 『로브그리예의 소설들 *Les romans de Robbe-Grillet*』에서 사르트르의 현상학적 실존주의의 개념과 메를로-퐁티의 현상학적 개념을 로브그리예의 개념, 즉 '사물들의 거기 있음'과 연결지어 해석하였다. 그리고 1968년 피에르 아스티에 역시 '누보로망에 대한 결산'이라는 부제가 붙은 저서 『프랑스 소설의 위기와 새로운 리얼리즘』에서 그 결론으로 누보로망 소설에서 사용된 여러 기법들이 어떻게 현상학으로부터 차용되고 있는가를 밝히고 있다.

이러한 현상학적 해석에 따른 의미의 부정에도 불구하고 서서히 내용을 말하기 시작하는 연구가 나오기 시작했다. 베르나르 펭고와 미셀 제라파 등에 의한 마르크스 사상과 사회학의 접근이 그것이다. 그러나 큰 성과는 없었으며 1964년 뤼시앵 골드만의 '형식으로서의 소설과 사회적 환경의 구조 사이에 의미 있는 관계'를 이룩하려는 시도와 함께 소설사회학의 성과를 보게 된다.

일반적으로 소설을 사회의 재현 또는 사회사의 인식으로 보지 않고 하나의 미학적 사실로서 보고 있다는 점에서 누보로망은 소설사회학과 대립을 보여왔다. 그러나 골드만이 그의 저서 『소설사회학을 위하여』(1964)에서 보여준 구조발생론적 문학사회학은, 그것이 실증주의 문학사회학이나 사회주의 리얼리즘처럼 집단의식이나 사회 현실이 내용상으로, 즉 있는 그대로 작품 가운데 나타나 있는 것을 살피지 않고, 작품 세계의 구조가 어떤 사회집단의 의식 구조와 상동 관계를 맺고 있다고 주장하고 그 구조를 찾는 것이다. 따라서 누보로망의 작품처럼 내용상 사회와 무관해 보이는 것에서 구조적 상동 관계를 찾아낸 결과를 통해 더욱 역설적으로 이러한 문학사회학의 성과를 드러내 보이게 된다는 점에서 누보로망은 좋은 분석의 대상이 되고 있다.

골드만의 누보로망 작가들에 대한 연구는 문학사회학의 출발점을 이루었던 루카치가 모더니즘에 대해 가했던 비판과는 다르다. 사회주의 리얼리즘을 주장하는 루카치는 「모더니즘의 이데올로기L'ideologie de modernisme」(1957)라는 논문에서 모더니즘 문학을 모든 사회적, 정치적 현실을 외면한 채 오직 정신병적 주관성으로 도피하는 의미 없는 몸짓으로 규정하고 모더니즘 작가들을 '퇴폐적'이라고 비난했다. 그러나 그는 모더니즘 문학이 리얼리즘 문학과 마찬가지로 현대의 삶을 사회적, 역사적 인식 아래 정확하게 그려내고 있음을 간과했던 것이다. 모더니즘 소설가들이 즐겨 사용하던, '의식의 흐름'이나 '내적 독백', 그리고 '몽타주' 기법을 일종의 정신병적 발작으로 간주하면서, 이를 소외되고 단편적이며 통일성이 결여된 현대인의 내면세계를 표현하기에 가장 적합한 기법이었음을 인정하지 않았던 것이다. 그러나 골드만은 예술 및 문학 창작이 그가 말하는 '세계관'의 상상적 변용이라는 전제 아래, 누보로망이란 바로 현대의 조직적 자본주의 사회와 구조적 상동관계에 있음을 사로트와 로브그리예의 작품들을 통해 분석하였다. 골드만은 대다수의 비평가나 독자 들이 이 두 작가의 작품을 사회 현실을 회피하려는 시도로 보는 것에 대해, 그들의 작품이 오히려 이 시대의 현실을 과격하면서도 가장 근본적인 방식으로 이해하려는 노력의 결과임에, 또 이들의 문학 형식에 대한 개혁을 과거와는 다른 인간 현실을 묘사하고 표현하기 위한 필연성에 따른 것이라는 그들의 견해에 동의하고 있다. 그리고 사회학자로서 골드만은 새로운 소설 형식의 필요성을 실제로 만들어낸 근본적 사회 변화의 성격을 설명했다. 그리하여 대략 1910~1945년까지를 자유자본주의 단계에서 제국주의로의 전환 시점으로 파악하며, 경제 구조, 그리고 전체 사회생활 내에서 개인 및 개인 생활에 주어지고 있던 모든 기본적 중요성이 상실되는 시기로 '소설 인물의 점차적인 해체dissolution du personnage'를 이 시기의 특징으로 내세웠다. 이 시기가 바로 모더니즘 소설의 시기로 조이스와 카프카, 무질P. Musil, 사르트르의 『구토』, 카뮈의 『이방인』, 그리고 사로트의 작품까지 포함시키고 있다. 그리고 2차 대전 이후 경제에 대해 국가가 개입함으로써 완전 통제되는 조직적 자본주의의 시기를 그다음 시기로 파악하고 있다. 이 시기에는 사물의 세계 그 자체가 자율적인 세계로 구성되면서 그 속에서 인간 존재는 개인이건 집단이건 그 모든 필연적인 실체를 상실해버리는 시기로, 소설 속에서는 '인물의 소멸 disparition du personnage'로 특징지어진다는 것이며, 바로 로브그리예를 그 대표적 작가로 꼽는 것이다.

골드만은 심리 분석과 인간 상호 관계에 흥미를 갖고 있는 사로트가 진정한 인간 존재와의 직접적인 경험을 추구하지만, 이런 경험이 거의 예외 없이 진실되지 못하고 왜곡되어 객관적으로 표현되고 있는 현실에서는 더 이상 존재하지 않는다고 보고 있기 때문에, 사로트의 작품 세계는 아직은 필연적으로 보이는 현실을 발견할 수 있는 '심층 대화sous-conversation'의 영역 내에서 이루어진다는 것이다. 그리고 그녀 작품 속에서 보이는 사물의 자율성의 증가는 단지 이 인간적 타락, 즉 허위적이고 진실되지 못한 인간 사이의 관계들의 타락에 대한 외부적 발현에 지나지 않는다는 점을 작가 스스로 의식하지만, 사회생활에서 사물이 가지게 된 새로운 지위를 파악하지 못하고 있다고 지적한다.

이에 반해 로브그리예의 작품에 대해 골드만은 사회생활의 외면적 표현에 집중되며, 작가가 물상화와 증가하는 사물의 자율성을 다루며, 여기에 따른 인간적이고 심리적인 성격은 기록하지 않고 있음을 주목한다. 즉 로브그리예는 인물이 이미 다른 자율적 현실, 즉 사물의 자율적 현실에 의해 대체되었다는 것을 진술한다는 것이다. 이어서 로브그리예의 주요 작품들을 분석하고 있는 골드만은 로브그리예의 형식 탐구란 이러한 새로운 현실 인식을 가능한 한 명확하고 읽기 쉽게 하려는 시도로 평가하며, 비평가나 독자 들이 이를 어렵게 받아들이는 것은 그들이 갖고 있는 독서 행위의 전통적 습관과 판단 때문이라고 했다. 그리고 리얼리즘이라는 단어의 의미가 작품이 씌어지고 있는 사회 현실의 근본적 구조와 유사한 구조를 지닌 세계를 창작해내는 것이라면, 사로트와 로브그리예는 현대 프랑스 문학에서 가장 급진적인 리얼리즘 작가들에 속한다고 결론짓고 있다.

이러한 소설사회학적 해석은 1973년 린하르트J. Leenhardt가 로브그리예의 소설 『질투』에 대해 행한 연구로 이어지고 있다. 그의 저서 『소설의 정치적 읽기: 로브그리예의 「질투」Lecture politique du roman: La Jalousie d'Alain Robbe-Grillet』는 텍스트의 발생구조주의 입장에서 골드만의 '세계관' 개념을 토대로 하고 있다. 여기서 그는 이 작품에 대한 기존의 정신분석학적 연구를 문학사회학적 관점에서 비판적으로 검토하며, 정신분석학적 분석 결과인 '개인적인 정신 구조'가 식민지 생활이라는 더 포괄적인 현실의 '세계와의 구조' 속에서 고찰되어야 한다고 주장하였다. 뿐만 아니라 바르트의 기호학을 기초로 하여 텍스트를 형식적인 층위에서 고찰해봄으로써, 정신분석학적 관점과 기호학적 관점이 총체적인 사회학적 관점으로 통합될 수 있는지를 밝히고 있다.

최근 미국 등지에서 나온 일련의 문학 연구는 작품을 하나의 글로 씌어진 생산품으로 보고 그것이 생산되는 과정과 어떠한 상호 관계를 맺고 있는지를 찾고 있다. 이러한 연구를 가능하게 하는 것은 화용론, 인지 심리학, 발생론적 비평 등이다. 바흐친M. Bakhtine의 '대화주의 dialogisme'에 근거를 둔 화용론에서 볼 때 작가란 동일한 대상을 갖는 과거, 현재, 미래의 모든 언술들이 맺고 있는 관계를 의식적일 뿐만 아니라 무의식적으로 선택된 형식적 구조로 구축하는 '다음성적 스크립터scripteur polyphonique'라는 것이다. 이는 과거 작가를 창작자라고 보는 개념과는 완전히 다른 것이다. 이러한 발화 행위에 대한 화용론적 연구를, 작가의 초고 속에서 이러한 내적 대화주의의 자취를 연구하는 발생론적 비평의 연구와 결합시켜 글쓰기의 이론, 즉 글쓰기의 생산 미학을 찾아보려는 것이다. 이러한 연구는 누보로망 작가들이 벌이는 언어와 글쓰기에 대한 숙고가 독자들의 읽기를 거쳐 독자 자신의 글쓰기로 연결될 수 있다는 점에서, 리카르두가 이야기하는 '글쓰기 실습장les ateliers d'ériture'으로서 누보로망이 새로운 가능성을 찾고 있다. 그리하여 누보로망의 텍스트들과 누보로망에 관한 연구들을 통해 독자들은 자신의 글쓰기에 이를 수 있다는 새로운 교육적 비전을 제시함으로써 누보로망의 의미를 확장시키는 것이다.

전통적 소설 개념의 거부

1957년에 발표된 알랭 로브그리예의 「시대에 뒤진 몇 가지 개념Sur quelques notions périmées」에는 누보로망에서 거부하고자 하는 개념들이 나온다. 그것은 '작중인물' '이야기' '참여' '형식과 내용' 등이다. 이러한 표현들은 소설에 필수적인 것으로 인식되어서 그것을 떠나서는 소설 인식을 할 수 없게 하고 따라서 소설에 대한 하나의 고정관념을 받아들이게 한다. 즉 '소설이란 이러한 것이다'라고 하는 이미 만들어진 개념, 그러므로 소설이 무엇인지 토론할 수 있는 여지를 배제해버리는 개념이다. 소설이란 이미 주어진 조건 속에서만 어떤 변화가 가능한 것이고 따라서 소설이 자기 자신과 세계, 혹은 우주와의 관계를 드러내는 것이라는 전제를 인정하게 되더라도 그 새로운 인식이란 언제나 주어진 범주를 넘어서는 생각할 수 없다. 예를 들면 기독교적 질서의 범주 속에서만 모든 사유(思惟)가 허용된 중세 사회에서 지구가 평평하다는 전제를 받아들이지 않고는 우주의 인식이 불가능했던 것처럼 '인물'과 '이야기'를 떠나서는 그 개념조차 생각할 수 없었다.

작중인물

가령 발자크 소설에서 '인물'이란 부르주아 사회가 그 융성기에 접어들었을 때 그 사회의 전형적 인물을 대변하고 있다. 그러니까 소설 속에 나타난 인물은 그러한 몇 가지 전형들에 부합하는 것이어야 했다. 이때 인물의 전형이란 그 인물이 소속된 집단을 전제로 한 '개인 individu'이다. '개인'으로서의 인물은 그 집단이 가지고 있는 속성을 벗어나지 못하면서 그 안에서 여러 가지 시도를 행하게 되는데, 그렇다고 그 시도를 통해서 다른 집단의 개인으로 변모하는 것은 아니다. 따라서 발자크의 인물은 아무리 다양한 노력을 해도 자기가 소속된 집단의 개인으로서 갖게 되는 운명을 벗어날 수 없다. 다시 말하면 발자크의 인물은 자신이 소속된 집단의 대변인이었으며 그의 운명은 그 집단의 운명과 상통한다. 발자크에게서 개인＝집단이라는 등식의 성립은 그 집단의 흥망성쇠와 사회적 위치를 드러내주는 데 좋은 본보기를 보여준다. 발자크와 달리 플로베르에 있어서 인물의 개념은 개인적 성격을 소유하게 된다. 개인적인 성격의 소유는 그 이전까지의 '인물'의 개념에 비추어 볼 때 인물의 혁명이다. 인물＝개인, 개인＝집단이라는 등식에서 인물＝집단이라는 등식을 유발하지 않기 때문이다. 여기에서는 이미 '인물'이 집단 속에 소속된 개인이면서 동시에 그 집단과는 상관없는 '존재자être'의 모습을 보여주고 있다. 플로베르의 인물은 발자크의 인물보다 더욱 자유로운 '자아(自我, moi)'로서의 삶을 갖게 되고 따라서 그 삶 속에 '예측할 수 없는' 요소가 더욱 많이 개재되어 있다. 이러한 인물의 변화가 프루스트에 오면 더욱 심화된다. 즉 프루스트에게 있어서 개인=집단은 소설의 표면에서 사라지고 그 배경을 이루고 있을 뿐이며 오히려 인물=자아가 그 전체의 표면을 장식한다. 프루스트에게 있어서 '인물'의 개념은 발자크의 그것과 완전히 달라지는 것을 알 수가 있다. 이와 같이 인물이 달라짐과 동시에 필연적으로 소설 양식이 달라진다. 그렇다고 해서 플로베르나 프루스트에게 왜 발자크와 같은 인물을 내세우지 않느냐고 비난할 수 있을까? 여기에서 우리는 첫번째 문제를 얻게 된다. 소설의 인물은 이미 존재한 인물을 의미하지 않는다.

두번째로 생각해볼 수 있는 것은 소설가의 임무가 '인물을 창조'하는 데 있다는 것이다. 일반적으로 소설가란 자신의 인물을 창조하는 사람이다. 따라서 발자크는 우리에게 '고리오 영감'을 남겨주었고 도스토옙스키는 '카라마조프 가족'들을 남겨주었고 플로베르는 '보바리 부인'을, 프루스트는 '마르셀'이라는 인물을 남겨주었다. 소설을 쓴다는 것은 '인물'을 남겨주는 것이다. 여기에서 생각해볼 것은 소설 속의 인물이란 특정의 인물이라는 것이다. 로브그리예는 다음과 같이 말하고 있다. "하나의 인물이란 고유한 이름, 가능하면 이중의 이름 즉 성(性)과 이름을 가져야만 한다. 그 인물은 부모도 있고 유산도 있다. 또 직업도 있다. 만약 재산이 있다면 더 좋을 뿐이다. 마지막으로 그는 '하나의 성격', 자신을 반영하는 얼굴, 이 사람 저 사람에게 본을 딴 과거를 가지고 있어야만 한다. 그의 성격이 그의 행동을 명하고 그로 하여금 사건이 있을 때마다 정해진 방식으로 반응하게 한다. 그의 성격은 독자로 하여금 그를 평가하고 사랑하고 미워하게 해준다. 바로 이 성격 덕택으로 그 인물은 훗날 자기의 이름을 인간의 전형에 물려주게 된다."[1] 이러한 말이 의미하고 있는 것은 인물이란 한편으로는 독창적이고 동시에 다른 한편으로는 하나의 범주를 설정해준다는 것이다. 독창적이라는 것은 다른 인물로 대치할 수 없는 특수성을 갖고 있고 범주를 설정해준다는 것은 일반화될 수 있는 보편성을 갖고 있다.

이러한 인물의 개념도 20세기 중반부터 달라지고 있다. 가령 사르트르의 『구토』나 카뮈의 『이방인』에서 주인공의 이름은 그 이전 소설의 그것만큼 중요하지 않다. 베케트가 한 편의 소설 속에서 주인공의 이름을 바꾸고 있는 사실, 그리고 포크너가 두 인물에 같은 이름을 쓰고 있는 사실, 카프카의 『성』에서는 주인공의 이름이 K라는 두음 문자만을 사용할 뿐 가족도 과거도 없다는 사실 등을 보게 되면 이미 주인공이란 누구여도 상관없고 무명이어도 상관없으며 반투명 상태로도 있을 수 있다는 사실을 보여준다. 이러한 사실을 로브그리예는 "이름을 갖는다는 것이 발자크적인 부르주아 시대에는 아마 대단히 중요했을 것이다. 그리고 성격이 백병전의 무기였고 성공의 희망이었고 지배의 실습이었을 경우, 그만큼 더 중요했을 것이다"[2]라고 말한다. 그것은 이름을 남긴다는 것이 어떤 시대의 어떤 체제에 있어서 성공할 수 있다는 희망을 갖게 하고, 그 희망이 달성되면 남을 지배한다는 것을 예리하게 지적하고 있다. 만약 주인공이 미천한 집단 출신이면서 온갖 어려움을 극복하여 성공하게 된다고 한다면 그것은 곧 '인간'이라는 베일 속에 현실의 온갖 모순을 감추면서 그 모순과의 타협을 이루

---

1 A. Robbe-Grillet, "Sur quelques notions périmées", *Pour un Nouveau Roman*, Ed. de Minuit, 1963, p. 27.
2 같은 글, p. 28.

었거나 자신의 피지배적 상황을 지배적 상황으로 바꾸었음을 의미하며, 이러한 희망을 갖게 하는 것은 현실과 대결할 수 있는 힘을 다른 현실의 전제 밑에서 사용하게 함으로써 일종의 자리 바꿈 혹은 지위 바꿈을 노리게 되는 것이지 결코 그 모순 자체의 파괴를 기도하는 것이 아니다. 더구나 오늘의 세계에서 개인이 그 집단의 도구로 사용됨으로써 자아는 언제나 무수한 억압을 받고 있다. 자아가 존재할 수 있는 땅이 마련되어 있지 않은 지금의 현실로 본다면 개인이란 거대한 현실 속에서 하나의 상품에 지나지 않는다. 아무도 현실 전체를 바라볼 수도 없거니와 그 현실을 볼 수 있다고 하더라도 개인으로서 어떻게 할 수 없는 오늘의 상황 속에서 개인이란 팽창 경제의 체제 속에서 생산이나 관리를 담당하는 월급 얼마의 상품에 지나지 않는다. 이 경우에 개인에게 창조적 능력이 있다고 생각하고 '인간적' 호소를 할 수 있다고 하는 것은 아직도 우리가 살고 있는 현실에 희망이 있음을 가르치는 것이며, 따라서 그 현실이 지향하고 있는 방향에 순응하게 만드는 것이다. 현실이 인간적이라는 신화를 벗기면 개인이 하나의 상품 이상의 가치를 가질 수 없다는 비극적 인식을 하게 한다. 말하자면 소설이 현실의 보이지 않는 혹은 감추어진 구조를 드러내게 한다는 것은 보다 고상하고 인간적인 인물의 창조에 있는 것이 아니라 눈에 띠지 않게 인간을 사물화시켜버린 현실의 내면을 드러나게 하는 데 있다. 따라서 우리 모두가 스스로를 상당한 힘과 상당한 자유와 상당한 기회를 갖고 있는 존재로 생각하며 '인간'이라는 표현에 연연함으로써 인간으로서의 대우를 희망으로 간직하는 것이야말로 우리가 스스로를 구속하는 행위다. 문제는 인간으로서의 대우를 희망하는 데 있는 것이 아니라 그 희망을 어디에서 찾느냐 하는 데 있다. 인간 개개인은 그러한 자신을 자각해서 자신을 억압하고 있는 모든 것의 정체를 드러나게 하고, 그 모든 것이 더 강화되지 않게 하고, 그리고 자신의 자각의 힘이 억압의 존재를 파괴하는 상태로 가야 한다. 만약 이러한 상태를 가정한다면 사물화된 인간을 다룸으로써 그 자각 능력을 기르지 않을 수 없다.

이야기

소설이란 대부분의 경우 하나의 '이야기'를 의미하기 때문에 진정한 소설가란 '이야기를 할 줄 아는 사람'이다. 소설이란 '인물의 이야기'라고 할 수 있을 텐데, 이 인물의 이야기란 인물을 중심으로 일어나는 유위변전(有爲變轉)의 사건을 자초지종 보고하는 것이다. 따라서 『잃어버린 환상Illusion perdue』이란 뤼방프레를 중심으로 한 어느 집단 사회의 유위변전의 이야기이며 『보바리 부인Madame Bovary』이란 마담 보바리의 인간적 모험과 고통과 생애를 이야기한다. 이때 소설은 그럴듯한 유위변전을 만들어내는 것이다. 여기에서 작가는 그 모험들이 실제로 존재하는 사람들에게 일어난 것처럼 만들지 않으면 안 되고, 작가가 그 사건의 증인이었음을 나타내주어야 한다. 그럼으로써 독자와 작가 사이에는 하나의 묵계가 성립한다. 즉 작가는 자신이 이야기한 것이 사실이라고 믿는 척하게 되고 독자는 모든 것이 꾸며낸 것임을 잊는다. 이야기를 잘한다는 것(즉 좋은 작품을 쓴다는 것)은 흔히 통용되고 있는 미리 주어진 도식에 맞추어 쓰는 것이다. 즉 현실에 대해서 이미 갖고 있는 기존 관념에 맞춘다는 것이다. 어떤 상황이나 어떤 사고(事故)가 뜻밖에 발생할 경우에도 소설이란 그 도식에 따라 유려하게 진행될 수밖에 없다. 이처럼 막히지 않고 이야기가 흘러간다는 것은 작가가 모든 것을 다 알고 있다는 것이고, 따라서 독자는 작가가 제시하는 이러한 이야기들을 기분 전환이나 여가 선용의 수단으로 삼게 된다. 그런데 문제는 소설이 진지한 독자에게는 기분 전환이나 여가 선용 이상의 의미를 갖게 된다는 데 있다. 그것은 소설이 현실 인식의 수단이라는 끝없는 목적으로 사용될 때 작가가 이처럼 다 알고 있는 이야기로 충분할 수 있는가라는 질문을 하게 한다. 더구나 현실이라는 것이 우리 눈앞에 제시될 때 소설에서처럼 어떤 질서를 갖고 있는 것이 아닐진대, 이처럼 질서 정연하게 제시된 소설을 그럴듯하게 생각하고 현실과 유사하다고 생각하는 독자의 사고방식은 어디에서 기인하는 것인가? 이것을 알랭 로브그리예는 하나의 조직적이고 합리적인 체계에 관계된 것이라고 말하며 이러한 체계는 곧 부르주아 계급에 의해 장악된 권력 체계와 상응하는 것으로 파악하고 있다. 발자크 소설에서 볼 수 있는 것들이란 3인칭의 사용, 사건의 연대순으로의 배열, 단선적(單線的)인 줄거리, 열정들의 규칙적인 기복, 에피소드 하나하나의 종말을 향한 지향 등이다. 그런데 이 모든 것이 사실은 안정되고, 일관성 있고, 연속되고, 단선적이고, 그리고 완전히 판독해낼 수 있는 세계의 모습을 독자에게 강요하는 것을 목적으로 삼고 있다. 하지만 개인이 살고 있는 세계란 이처럼 안정된 세계도 아니고, 일관성 있는 세계도 아니고, 연속되고 또 단선적인 세계도 아니며, 언제나 완벽하게 읽어낼 수 있을 만큼 쉽고 명확한 세계도 아니다. 그런데도 독자들(비평가를 포함해서)이 그러한 소설을 요구한다면 그것은 바로 괴롭고 힘든 현실을 자각하고자 하는 것도 아니고 독서하는 동안이라도 다른 세계, 즉 영웅이 있는 세계로 들어가서 자신의 투쟁 능력을 기르고자 하는 것도 아니다. 그것은 오히려 현실을 잊고자 하는 일종의 도피 현상이며 더 나아가서는 자신의 현실을 소설의 현실에 일치시킴으로써 안심하는 현상이다. 그렇기 때문에 체제 쪽에서는 그러한 소설의 이야기가 잘 정돈된 것이기를 원하게 되고, 그러한 소설들이란 작가의 본의와는 달리 체제에 협조하는 쪽으로 기울어지게 된다.

독자들이 자기 자신을 스스로 고통스러운 현실로부터 소외시키도록 하는 이러한 이야기들이란 얼핏 보면 독자들의 최소한의 행복을 보장해주고 있는 것 같지만, 사실은 현실에 대한 독자들의 무관심과 따라서 기분 전환으로 문학 인식을 조장하는 것이며, 그것은 곧 독자로 하여금 일종의 허위의식에 사로잡히게 한다. 그러므로 이러한 의식에 사로잡힌 작가에게 있어서 '이야기를 한다'는 것은 불가능하게 된다. 그러나 이야기를 한다는 것이 불가능하다고 해서 소설 속에서 아무것도 일어나지 않는 것은 아니다. 다시 말하면 자신의 생애를 가진 전통적인 인물이 사라졌다고 해서 인물 자체가 소설 속에 존재하지 않는다고 결론을 내서는 안 된다. 소설 속에 인물이 존재하는 양식이 달라졌을 뿐이지 인물이 없는 소설은 존재할 수 없다. 이와 마찬가지로 모든 사건과 모든 모험을 제거하려고 시도하는 것이 누보로망이 아니라 이야기의 '새로운 구조' 탐구가 바로 누보로망이다. 누보로망의 선구자들 가운데 가령 프루스트와 포크너의 작품들을 예로 들 경우, 여기에도 사실은 수많은 이야기들이 들어 있다. 그러나 이들의 이야기들은 발자크의 이야기들처럼 연대순으로 적혀 있는 것이 아니다. 프루스트에게 있어서 이야기들은 해체되었다가 '시간의 정신적 건축'을 위해 재구성되고 있다. 그리고 포크너에게서 "주제들의 전개와 여러 가지 결함들은 작품 자체가 드러내 보이는 것을 그때마다 다시 감추고 파묻어버릴 정도로 모든 연대 순서를 뒤엎어놓고 있다." 베케트 소설에도 여러 가지 사건이 있기는 하지만 그 사건들은 끊임없이 부인되고 의심 속에 빠지고 스스로 파괴되고 있다. 그러니까 이들 소설에 일화(逸話)가 없는 것은 아니다. 이 일화들이 있기는 하지만 그것들은 확실한 성격, 안정된 상태, 순진무구한 상태로 존재할 수 없다. 그런 면에서 누보로 망도 마찬가지다. 사건이 없는 소설이란 없기 때문에 어떤 사건이 있긴 하지만 그것은 끊임없이 불확실한 상태로 빠지게 되고, 앞에서 있었던 사건과 인과관계로 맺어지는 것이 아니라 언제나 예측 불허의 상태로 대치되고 있으며, 따라서 이야기 자체가 '흐른다'[3]기보다는 단절된 상태로 지속되고 있기 때문에 읽는 독자로 하여금 언제나 '마음 놓고' 읽을 수 없게 하고 항상 불안한 상태에 빠지게 함으로써 작품 속으로의 편안한 도피를 할 수 없게 하고 자신의 현실로 끊임없이 되돌아오게 만든다.

우리의 삶에서 일어나는 여러 가지 일화들을 전통적인 소설에서는 어떤 의도에 의해 서로 선후(先後)가 되고 계기(契機)되고 인과관계가 되도록 엮어놓음으로써 일화 하나하나를 연관시키게 되고 따라서 그 이야기의 줄을 따라 줄거리가 '흐르게' 되어 있다. 바로 이러한 '흐름'의 조작을 통해서 소설가는 '그럴듯함vraisemblance'을 만들어내게 되고, 독자는 바로 '그럴듯함'에 의존하여 소설의 이야기를 실제로 일어나고 있는 것과 같은 착각도 하고 그 이야기에 자신의 삶을 대입시키는 소외 과정을 겪기도 한다. 그러나 누보로망에서 바라보는 현실의 여러 일화들이란 이처럼 이로정연(理路整然)하게 선후 관계가 분명한 것이 아니며, 하나의 일화가 다른 하나의 일화의 원인이 되고 결과가

---

3 R. Barthes, "Littérature et discontinu", *Essais critiques*, Seuil, pp. 175~87, 특히 p. 177.

되는지는 아무도 모른다. 말하자면, 전통 소설에서처럼 일화들을 실에 구슬 꿰듯 엮어놓는 작업은 한편으로 현실을 왜곡시키는 작업인데, 그러한 왜곡도 '무구한innocent' 상태로 이루어지는 것이 아니라 어떤 의도에 의해 불순하게 왜곡된다. 그 의도란 현실을 평온한 것으로 혹은 안락한 것으로 혹은 질서 정연한 것으로 보게 만드는 것이다.

그러나 소설을 떠난 현실이란, 다시 말하면 우리가 살고 있는 현실이란 사실은 그처럼 평온하거나 안락하거나 이로정연한 것이 아니다. 더구나 오늘날처럼 복잡한 고도의 산업 구조 속에 갇힌 우리로서는 과연 현실이란 무엇이다라고 이야기하는 것 자체가 틀린 것이다. 왜냐하면 이제 현실이란 아무도 무엇인지 알 수 없기 때문이다. 그러므로 우리가 삶에서 보는 일화 하나하나는 이어져 있는 것이 아니라 어떻게 이어져 있는지는 모르지만 그냥 '여기' '지금' 있는 것이다. 그러므로 '여기' '지금' 있는 일화 하나하나를 있는 그대로 그렸을 경우, 그것 하나하나의 연관 관계가 보일 수 없는 것은 당연하다. 그러나 이처럼 전혀 현실과 동떨어진 것같이 묘사된 것이 사실은 현실에 더욱 가깝다. 여러 일화들을 서로 계기되는 것으로 이어놓는 것은 필연적으로 그 일화들을 바라보는 사람의 주관의 개입을 초래하게 되고 그렇게 되면 또다시 심리(누보로망 작가들이 그처럼 매도하고 있는!)의 작용이 일화의 본래적 성격을 완전히 뒤틀리게 만든다. 그렇게 되면 소설은 비인간화된 상황에서 또다시 대문자로 쓴 인간의 허위에 찬 이야기로 되돌아갈 수밖에 없다. 그러므로 그 일화들을 바라보는 사람의 주관이 개입되지 않은 상태의 일화들이 그대로 묘사될 수만 있다면 그것 이상으로 현실에 가까운 것일 수가 없다. 따라서 그것은 곧 일화들을 있는 그대로 묘사하는 것이 과연 가능하느냐 하는 문제로 귀착하게 된다. 여기에서 누보로망은 여러 가지 시도를 하게 되는데, 그 가운데 롤랑 바르트가 이야기하고 있는 객관적 문학, 혹은 대물(對物) 렌즈의 문학과 비연속적(非連續的)인 것으로서의 문학이라는 두 가지 현상은 누보로망의 대표적인 측면이다.

사물화

'인물'이 자신의 과거를 갖고 있지 않고, 따라서 그 인물들이 가지고 있는 에피소드들이 하나의 실에 꿰듯이 연속적으로 이어지지 않고 불연속적인 이야기로 만들어진 누보로망은 소설이라는 일종의 예술 양식을 완전히 포기한 듯한 형식을 띠고 있다. 회화에 있어서 그 개념 자체가 끊임없이 변화해오고 있으면서도 색과 공간의 활용이라는 회화의 자료를 떠날 수 없었던 것과 마찬가지로, 문학에 있어서 소설의 개념은 달라지고 있지만 소설이 재료로 삼고 있는 언어와 인물과 일화들을 떠날 수는 없다. 달라진 것이 있다면 인간의 의사 전달의 매체라고 할 수 있는 언어에 대한 태도가 달라진 것이고, 이야기라는 언어의 수레를 이끌고 있는 견인차인 '인물'의 절대적 힘이 약화된 것이며, 따라서 그 인물들이 낳은 일화들이 옛날처럼 일관성 있게 하나의 방향으로 '흐르지' 않는다는 데 있다. 그러니까 인물이 자신의 이어진 생애를 소설 속에서 갖지 못한다는 것은 오늘날 인간이 현실 속에서 자신의 의지에 의한 삶을 살지 못하고 있는 사실과 상통하게 된다.

앞에서 언급한 것처럼 상품화된 인간이란 그가 살고 있는 체제 속에서 자신의 의지로 사는 삶의 분량보다도 체제가 부여한 삶의 분량을 압도적으로 많이 살게 되기 때문에 인간이 곧 사물의 상태에 있음을 이야기하게 된다. 이때 인간은, 어느 백화점에서 '연말대매출(年末大

賣出)'이라는 상품 광고의 네온사인과 같은 사물의 상태와 별로 다르지 않다. 소설 속에서의 이러한 인물의 묘사는 사실은 현실 속에서의 인간의 '자연적인' 모습에 다름 아니다. 그런데 일반적으로 자연적인 모습은 자신의 의지와 재능으로 모든 난관을 극복해서 마지막에 영웅적 승리에 도달하는 데 있는 것으로 착각을 하고 있다. 이러한 인간의 모습은 결국, 그 인간이 살고 있는 체제의 힘에 의해 상품화된 인간의 모습으로 왜곡시켜서 만들어진 것임을, 자연스러운 것이 아님을 알게 된다. 그러기 때문에 상품화된 인간은 자신의 월급이 많아지면 많아질수록 체제 자체가 조작해놓은 방향에서 남이 갖지 못한 상품들(예를 들면 남보다 큰 아파트, 호화로운 집 혹은 자동차 등)을 구입함으로써 자신의 인간적 힘의 확대에 도달한 것 같은 착각에 빠지게 된다. 물론 여기에서 주의해야 할 것은 상품화된 인간을 그 사람이 책임만으로 쉽게 돌려버리는 것과 같은 어리석음을 범하지 않아야 한다는 점이다.

그런데, 이러한 현실에도 불구하고 소설 속이 인물을 '인간답게' 그리기를 요구한다고 하는 것은 가령 피카소에게 왜 인간의 모습을 인간답게 그리지 않느냐고 힐책하는 것과 다를 바 없다. 소설 속에 나타난 인물이 이제 누보로망에서 사물과 다름없이 등장하게 되는 것은, 많은 사람들이 자신의 상품화 현상을 자각하지 못하고 있는 상태에서 자각하는 상태로의 이동이라고 이야기할 수 있다. 하이데거M. Heidegger는 사무엘 베케트의 『고도를 기다리며En ettendant Godot』를 평하면서 "인간의 조건, 그것은 바로 '여기에' 있다는 것이다"라고 했다. '여기에 있다'는 것은 '다른 곳'에 있는 것이 아니라, '여기에' 있음을 이야기한다. 누보로망에서는 전통적 인물이란 '여기에' 있는 인물이 아니라 '다른 곳'에 있는, 아니 이제는 어쩌면 '어느 곳에'도 있지 않게 된 인물이다. 따라서 누보로망의 사물화된 인물이란 '여기에 있는' 인물이다. 로브그리예에 의하면 작가의 모든 기술은 대상으로부터 '어떤 것'이라는 인상을 떼어내는 것이다. '어떤 것이라는 인상'은 이미 사물을 왜곡시킨 상태를 이야기하는 일종의 수렴 단계이다. 따라서 누보로망에서 대상으로 삼고 있는 사물화된 인물들이란 모두 '여기 있기' 위해서 이루어진 인물이다. 이 경우 인물들은 그들의 전통적인 성격에 비추어 거의 균형이 잡히지 않은 것처럼 묘사되고 있거나(우선 그 인물의 직업, 가문, 생애의 분량이 너무 적다는 점에서) 그렇지 않으면 무의미한 것처럼 묘사된다. 그러나 그러한 묘사들은 적어도 어느 순간에 어느 장소에서 관찰된 대상이 어떻게 직업과 가문과 생애를 한꺼번에 보여주는 것일 수 있을까 하는 질문을 던져보면 알 수 있다. 따라서 생애로부터 어느 순간, 어느 장소에 의해 떼어낸 인물들의 묘사의 연속이란 무의미하게 보일 수 있다.

그러나 사실은 이러한 인물의 묘사가 소설이라는 하나의 거대한 체계 속에서 때로는 하나의 구조적 단위를 형성하고, 때로는 하나의 참고 표식이 됨으로써 기능적인 역할을 하게 된다. 그렇기 때문에 롤랑 바르트가 "인물이 없는 이야기란 이 세상에 한 편도 없다"고 하면서 "만약 현대 문학의 일부에서 인물을 공격한다고 하는 경우에도 그것은 인물을 파괴하기 위한 것이 아니라 인물을 탈인격화하기 위한 것이다"[4]라고 말하고 있는 것이다. 이러한 현상은 사물에 대한 우리의 인식 태도에서도 뚜렷하게 나타나고 있다. 바르트가 분명히 밝히고 있는 것처럼 사실상 모든 사물은 조작적인 힘에 의해 파악되고 있는 것

---

4 R. Barthes, "Introduction à l'analyse structurale des récits", *Communication 8*, p. 16.

이다. 다시 말하면 사물이란 그 사물이 쓰이고 있는 기술적 성격이 언제나 즉각적인 외양으로 부각된다는 것이다. 예를 들면 곰탕이란 먹는 음식이고, 로브그리예의 소설 제목이기도 한 '고무'란 지우개인 것이고, 다리[橋]란 건너야 하는 물질인 것이다. 그렇게 되면 사물이란 전혀 엉뚱한(다시 말하면 예기치 못한) 구석이 없는 것이 되며, 따라서 그 사물의 명백한 기능에 따라 사물은 일상생활에 혹은 도시의 장식품에 속하게 된다. 그러나 그 사물을 묘사한다는 것은 사물의 성격 너머를 보고자 하는 것이다. 사물을 관찰하는 사람의 진정한 인간성은 사물의 사용이라는 관점을 넘어서야 시작된다. 결국 사물 자체를 그 본질로 파악하는 묘사와, 그 묘사를 통해서 한편으로는 이미 하나의 방향으로만 하게 된 사물의 인식에서 벗어나고, 다른 한편으로는 그러한 묘사를 통해서 인간이 자신의 객관적 모습을 발견하게 되는 과정을 누보로망, 특히 로브그리예의 사물관에서 발견할 수 있다. 이처럼 사물을 용도에 의해서 바라보는 태도는 레비-스트로스Cl. Lévi-Strauss가 '원시 사회'와 '서구 사회'의 문명 비교에서 명확하게 지적해냄으로써 비단 소설이나 문학에 국한된 맹점이 아니라 문화 전체를 바라보는 태도와 관련을 맺고 있는 것임이 판명된 지배 이념의 소산으로 드러난다.[5]

불연속적인 줄거리

이와 같은 관점에서 보면 소설의 일화들을 하나의 실에 꿰지 않는 것과 같은 누보로망의 불연속적 줄거리 문제도 마찬가지다. 전통적인 관점에서 보면 글을 쓴다는 것은 '내용'이라고 하는 대범주(大範疇) 속에

---

5 Cl. Lévi-Strauss, *Race et histoire*, Ed. Gonthier, pp. 13~17; *Anthropologie structurale*, Ed. Plon, pp. 3~33 참조.

서 말들을 서로 흐르게 하는 것이었고 바로 여기에서 형성되는 내용이 '이야기'가 된다. 그러므로 모든 문학은 그것이 인상적인 글이거나 지적인 글이거나를 막론하고 하나의 '이야기'이다. 말을 바꾸면 '이야기'란 하나의 사건이나 하나의 사상을 설명하기 위한 말들의 유창한 흐름을 의미하게 되는데, 이 경우 말의 흐름이란 그 대단원이나 결론을 향한 진행을 의미하게 된다. 그러나 하나의 일화를 '보고하는' 경우에 있어서도 일반적으로 그 용도에 따라 일화는 왜곡될 수밖에 없는 것이다. 따라서 누보로망에서는 전후 관계에서 떼어낸 어느 순간의 일화, 어느 장소에서의 일화(왜냐하면 우리가 관찰할 수 있는 것은 그 일화의 이전 이야기나 이후 이야기가 아니기 때문이다)들을 관찰하는 사람의 주관적 해석이나 강요된 해석을 붙이지 않고 보고하는 것을 노리게 된다. 그것은 그 일화를 '있는 그대로' 보고하는 유일한 방법이다. 이 경우 일화들은 사물과 같은 존재의 상태를 취하게 된다. 그러나 이처럼 무의미한 것과 같은 일화 하나하나가 소설 속에 자리 잡게 되면 그것이 소설이라는 큰 체계 속에서 구조적 단위를 형성하기도 하고 혹은 '정보적(情報的) 기능'을 수행하기도 한다. 따라서 이러한 누보로망을 읽게 되면 이야기가 여러 개의 일화들에 의해 조직되어 있음을 깨닫게 된다. 가령 미셸 뷔토르의 『모빌』이라는 작품(일반적으로 뷔토르의 소설은 두 계열로 구분하고 있는데, 하나는 전통적인 방법으로 독서가 가능한 쪽이고 다른 하나는 그것이 불가능한 쪽이다. 『모빌』은 후자에 속한다)에서 미국의 묘사가 완전히 여러 개의 조각들을 붙여놓은 것 같은 인상을 준다. 레비-스트로스의 표현을 빌리면 '짜맞추기bricolage'[6]에 의해

---

6 Cl. Lévi-Strauss, *La pensée sauvage*, Ed. Plon, 1962, pp. 26~47 참조.

이룩되어 있는 이 작품은 일화 하나하나의 조각들을 관찰자의 주관적 해석에 의하지 않은 채 알파벳 순서라는 '중성적' 방법으로 짜맞추고 있다. 그래서 일화 하나하나를 독립적으로 해석할 수 없도록 되어 있다. 사물의 상태에 있는 일화의 편린들이 하나의 체계를 이룩하게 됨으로써 의미를 낳는다.

그러나 이와 같은 사물화 현상은 오늘의 조직 사회가 노리고 있는 인간 의식의 '사물화réification'를 가장 정확하게 표현한다. 그렇다고 해서 소설 문학이 이러한 사물화를 조장하기 위한 것은 아니다. 그에 대한 반성으로서 지금까지의 전통적인 작품이 사물화되어가는 인간의 현실을 외면한 채 고상하고 인간다운 현실로 미화시켜옴으로 인하여 그 작품의 현실을 독자들로 하여금 의식하지 못하게 하였다. 누보로망은 작품 안에서 사물화된 인간, 사물화된 일화를 객관적으로 묘사하려고 한다. 그러므로 오늘의 누보로망에서 인간 현실의 사물화 현상이 일어나고 있는 것은 인간 의식의 사물화를 위한 것이 아니라, 바로 인간 의식의 사물화를 자각하게 하기 위한 것이다. 이러한 현실의 진정한 자각은, 한편으로 미화된 소설적 재미의 요체를 이루었던 인물과 줄거리의 성격을 바꿔놓음으로써 독자들의 자기 소외의 여지를 제거하는 데서 가능하다는 것이다. 독자들은 이처럼 사물화된 인물과 줄거리에서 전통적인 재미를 찾는 것이 아니라 자신의 삶의 어떤 모델과 상관되는 구조를 찾는 방향으로 가게 되고, 그렇게 되면 자신의 고통스러운 현실, 즉 사물화된 모습을 소설을 통해 자각하기에 이른다. 이러한 자각에 도달한 독자는 자신의 투쟁의 대상을 놓치거나 그것에 무관심해지는 것이 아니라 그것과 대결할 수 있는 방법을 모색할 것이다.

시간 개념

시간이란 언제나 현재의 방식으로만 존재하고, 또한 실체를 위해서만 그 의미를 지닌다. 소설에서 시간은 작품의 구성상 이야기의 시간과 서술의 시간으로 나뉠 수 있겠으나, 누보로망에서는 두 경우 모두 과거, 현재, 미래가 동시에 수렴되는 '지금 그리고 여기'의 서술 구조에 용해되고 만다. 즉 연대기적 시간관은 더 이상 설 자리를 잃고, 사건의 흐름이나 의식의 흐름은 더 이상 논리적이거나 합리적인 방식을 따르지 않는다. 자연히 시간의 선적 배열 방법은 입체적이고도 다원적인 시간 구성을 지니게 되어, '있음 직함'이라는 개연성보다는 '지금'의 현실성에 더욱 큰 비중을 두게 된다.

화자는 과거 시제와 미래 시제로 말할 수 있고 상상과 현실을 오갈 수도 있지만 그가 말하는 시점은 항상 현재일 뿐이다. 즉 불연속적인 현재이다. 실제의 삶 속에서 우리의 의식이 체험하는 시간은 전통적 소설에서의 시간보다도 누보로망 소설의 시간에 더욱 가까울 것이다. 로브그리예는 시간 묘사에 대하여 자신의 영화 소설 『지난해 마리앙 바드에서』의 예를 들고 있다.

이 영화 전체가 전개되고 있는 세계는 특히 영속적인 현재의 세계, 즉 기억에의 호소 일체를 불가능한 것으로 만들어버리는 영속적인 현재의 세계이다. 그것은 과거가 없는 세계로서, 매 순간 그 자체로서 충분한 세계이며 이와 동시에 지워져버리는 세계이다. 〔……〕 그리고 일단 상영이 끝나면 또다시 그들은 아무것도 아니게 된다. 그들의 존재는 영화가 지속되는 동안만 지속되는 것이다. 사람들이 눈으로 보는 영상과 귀로 듣는 말을 제외하고는 어떠한 현실도 존재할 수

없다.[7]

화자의 의식 속에서는 의식 자체가 시간이므로 의식의 시간은 내재적 시간이 된다. 의식의 흐름에 따른 내재적 시간은 과거, 현재, 미래가 모두 지금이라는 현재 중심의 시간으로 바뀐다. 따라서 흘러가버렸다고 믿는 과거와 흘러갈 것이라고 믿는 미래가 다같이 현재 속에 묻히게 됨으로써, 시간은 운동으로서의 흐름이 아닌 시지각(視知覺)으로서의 현상으로 인식된다. 영화 기법에서 시간의 공간화는 단지 실존하는 세계만이 중요하기 때문에 화자의 기억, 상상, 이미지는 의식 이전의 상태로 지금 이곳에 나타나는 것이다. 영상은 상상의 결과이며 그 상상이 매우 강렬할 때 시제의 구분은 이미 아무런 의미도 갖지 못하게 되고 오직 현재 시제만이 관객의 눈앞에 펼쳐질 뿐이다.

따라서 화자의 상상 속에서는 과거, 현재, 미래가 서로 뒤섞이며 물리적 시간의 순서는 파괴되고, 그것의 내적인 연속성continuité 안에서 세 시제는 융합되어 나타난다. 시간의 지속은 존재에 의해 내적으로 체험되므로 더 이상 존재와 독립적인 것이 아니다. 곧 주관적 지각 속에서 직접적인 방법으로 긍정되는 것이다. "시간과 그 지속을 해설하는 것이 아니라, 시간을 동시적인 것으로 만드는 게 문제"라는 시몽의 견해나, "부동의 시간에서 모순된 결과를 개의치 않고 서술 차원과 그 출처가 분명한 순간들을 뒤섞어놓는다"는 클로드 모리아크의 견해는 모두 "시간은 주체의 환상적 투여 속에서만, 그리고 그 상상 세계의 무한한 현재 속에서만 전적으로 존재하기 때문"[8]이라는 알르망의 시

---

7 A. Robbe-Grillet, 같은 책, p. 131.

8 R. M. Allemand, *Le Nouveu Roman*, Ellipses, 1996, p. 62.

간관과 맞닿아 있다. 이렇듯 여러 누보로망 작가들의 경우처럼 로브그리예도 모든 시제의 벽을 허물어뜨리는 직설법 현재를 고수함으로써, '지금 여기ici et maintenant'의 미학을 다시 한 번 확인시키고 있다.

공간 개념

누보로망에서의 공간은 기하학적 공간을 뜻한다. 그 공간은 점과 선과 면, 그리고 다양한 꼴 들로 이루어진 사물들의 세계이다. 그것은 물리적인 개념이라기보다는 인간의 보편적 체험에 바탕을 둔 온갖 기호들의 이미지로 채워져 있다. 그리고 이 이미지는 태초의 원시적인 모습이 아니라 인간의 눈에 의해 기하학적으로 재단된 인위적인 세계이다. 그러나 이 세계와 인간과의 간격은, 아직도 메시지라는 끈으로 연결되어 있던 실존주의 문학에서의 거리와는 다르다. 전통적인 인습과 인식에서 여전히 자유롭지 못하던 부조리의 개념은 시선의 움직임에 따른 묘사의 시공 개념으로 바뀌는 것이다.

실제로 "시간을 시간의 영속성 속에서 탐구하기 위해서는 그것을 어떤 거리에서, 여정처럼 그리고 필연적으로 공간에다 적용시켜야 한다"[9]고 뷔토르는 쓴 바 있다. 그리고 로브그리예는 『변태성욕자』에서 시간적 순환은 공간적 순환에 일치한다고 했다. 주인공 마티아스의 산보는, 작은 해안을 제외하고는 완전히 평면에서 행해지며, 또한 그의 여정은, 짧은 시간의 간격을 제외하고는 완벽하게 계획된 것에 불과하다. 바로 여기서 나머지 모두를 파괴시킬 모순이 발생하게 되는 것이다.

공간은 시지각이나 의식이 그려내는 영상들이다. 프루스트도 인물

---

9 F. Baqué, *Le Nouveau Roman*, Bordas, 1972, p. 106에서 재인용.

들의 성격이나 줄거리의 일관성 묘사를 거부하고 시간성의 표현으로
상상적인 공간을 그린 바 있다. 로브그리예는 한 걸음 더 나아가 작품
의 전체 구조에 시간 문제를 결부시킴으로써 현실 공간과 가상 공간을
상상력에 의해서 재구성한다. 따라서 비슷하거나 동일한 장면은 화자
의 기억 속에 존재하는 영상들의 나열이므로 시제의 현재성만 있을 뿐
과거나 미래는 존재하지 않는다.

그러나 공간이 실제인가 상상인가에 따라 현실이 보다 명백해지는
것은 아니다. 시간과 마찬가지로 공간도 전후의 동일한 묘사와 연속성
을 상실함으로써 그 묘사들은 서로를 부정하는 장치로 기능하게 된다.
시공간의 관계를 로브그리예는 다음과 같이 밝힌다.

  작품들은 독서의 현실이나 영화의 현실과는 다른 어떤 현실도 열
  망하지 않을 뿐만 아니라, 언제나 서로 이의를 제기하고 있는 것처럼
  보이고, 그 작품들이 스스로를 만들어감에 따라서 스스로를 회의하
  고 있는 것처럼 보인다. 여기에서 공간은 시간을 파괴하고 시간은 공
  간을 파괴한다. 그래서 묘사는 제자리걸음을 하고 상반되며 쳇바퀴
  를 돌게 된다. 순간이 연속성을 부인하는 것이다.[10]

전통 소설에서의 시간과 공간이 현실 세계 구성의 연속성을 갖는 데
비해, 누보로망 소설에서의 혼돈과 붕괴는 순간에 의한 불연속성에서
비롯된다. 그러므로 로브그리예에 있어서의 시간은 과거와 미래 사이
의 현재가 아니며, 공간은 현실과 상상의 경계에 있지 않고 그 위상이

---

10 A. Robbe-Grillet, 같은 책, p. 133.

뚜렷하지 않다.

닫힌 공간과 멈춘 시간, 닫혀진 공간 속에서 독자의 상상력은 오히
려 더욱 응축될 수가 있다. 그리고 멈춰진 시간 속에서 독자는 더욱
영속적인 시간을 체험할 수 있을 것이다. 이는 역설적으로 닫힌 공간
속에서 화자의 영속적인 시간이, 그리고 멈춘 시간 속에서 화자의 열
린 공간이 펼쳐지고 있음을 보여주는 것으로, 시간과 공간이 서로를
파괴함으로써 시간은 공간화되고 공간은 시간화되어가는 형태로 나타
나게 된다.

시점의 서술

시점의 서술이 누보로망에 이르러 처음으로 생겨난 것은 아니다. 누보
로망의 선구자 격인 스탕달이나 플로베르에게 있어서 이미 시점의 문
제는 잉태되고 있었기 때문이다. 이들은 작중인물이 관찰한 리얼리티
를 묘사함에 있어 이미 어려움을 겪고 있었던 것이다. 스탕달은 발자
크에 의해 수없이 사용되었던 분위기의 세부 묘사를 거부했다. 그는
작중인물의 주의력이 순간적으로 포착하는 것만을 보여줌으로써 인물
의 지각 영역을 한정시킨 바 있다. "그 이미지들은 나타났다 사라지다
를 되풀이하면서 원주가 계속되는 움직임을 따라 연속되었다. 그것들
은 같은 평면 위에서, 현재 시간의 흐름과 같은 간격으로 나타나는 것
처럼 보였다. 그녀는 기쁨도 슬픔도 느끼지 않은 채, 그것들을 자신의
모든 기억을 되살려가며 응시하고 있었다. 마치 벽 위에 그려진 그림
들을 자신의 눈으로 응시하듯이."[11] 이 예문에서 보듯 플로베르의 소

---

11 G. Flaubert, *Madame Bovary*, Pommier, p. 259.

설에서도 시각적 표기와 시점에 대한 고심의 흔적들이 도처에 발견되지만, 역시 인물의 시점과는 무관한, 즉 작가 한 사람만의 시점으로 고착됨을 알 수 있다.

소설가는 결코 신이 아니다. 그는 결코 절대적 판단을 하는 사람이 아니다. 소설이란 여러 다른 관점에서 말해지는 하나의 행위이기 때문이다. 그러므로 "우리는 하나의 시선으로 모든 것을 말할 수 있다. 그러나 동시에 우리는 그 시선을 부정할 수도 있다. 그것은 그 시선이 텍스트대로 반복될 수가 없기 때문이다."[12]

소설의 본질적 존재 방식을 이야기라고 할 때, 소설은 불가피하게 이야기를 서술해주는 사람을 필요로 한다. 서술 행위에 참여하는 사람, 즉 서술자narrateur를 갖는 것이야말로 소설이 다른 서사 예술 장르와 구별되는 중요한 요소이다. 헨리 제임스H. James(1843~1916)는 이야기의 진행을 작중인물 중 어느 한 사람에게 일임시키는 방법을 만들어냈다. 작가를 대신하여 이야기의 진행과 발전을 관장하는 인물을 그는 중심 의식central consciousness이라 부른 바 있다. 따라서 오늘날의 화자 개념은 바로 이 중심 의식에서 비롯되었다고도 할 수 있다.

전통 소설이 수미일관한 연대기적 시점에서 씌어졌다면 현대 소설은 항상 현재 아니면 같은 층위의 과거로 귀착되는 탈연대기적 시점에서 씌어진다. 인간의 감각 중 가장 우월한 것이 시각임에도 불구하고 인간의 오감은 근세에 들어서야 그 기능이 복원되었다고 할 수가 있을 것이다. 즉 보들레르와 프루스트에 의해서 후각이, 사르트르에 의해서 촉각이 그리고 로브그리예에 의해서는 시각이 되살아남으로써 작품의

---

12 Stendhal, *De l'amour I*, p. 127.

표현 양식은 더욱 다양해지고 입체화되었다. 바야흐로 소설은 말의 교환이 아닌 시선의 교환으로 그 서술 방식이 바뀌게 된다.

이는 인물이나 사물을 그리던 '묘사'와 행동이나 사건을 나타내는 '서술'의 방법과도 관련이 있는 것으로서, 서술이 시간성을, 그리고 묘사가 공간성을 내포하는 것과도 같다. 또한 서술과 묘사는 어느 한쪽에 치우침이 없이 내부적으로 상호 침투 내지는 상호 파괴의 속성을 지닌다.

따라서 독자는 제한된 시간과 공간 속에서 한 사람의 시점을 통해서만 볼 수밖에 없는 카메라를 통해 소설 속의 상황에 개입해 있다. 그리고 독자는 다른 사람의 입장에 대해서는 타자의 관점에 서 있다. 그는 작가가 보여주는 주인공의 위치에서만 사물을 바라보게 되는데, 바로 이 지점 곧 언어로 구축된 현재 시점 위에 서 있는 것이다.

한편 제라르 주네트G. Genette는 시점 대신 '초점화focalisation'라는 용어를 사용함으로써 이야기하는 사람을 '서술자narrateur'로 그리고 이야기를 관찰하는 사람을 '초점부여자focalisateur'로 구분한 바 있다. 후자에는 시각적인 의미 외에도 대상에 대한 감각, 인식, 관념적인 지향 등이 포함된다. 주네트에게 있어서의 서술자는, 거의 언제나 주인공보다도—자신이·비록 주인공일지라도—더욱 많은 것을 알고 있다. 그러므로 주인공에 대한 초점화는 서술자에게 1인칭이든 3인칭이든 여전히 작위적으로 시야를 축소시켜놓는 것이다.[13]

가령 제임스 조이스의 『율리시스』에서 몰리 볼룸은 초점부여자이면서 동시에 그 대상도 겸함으로써, 대상을 내부로부터 지각할 수가 있

---

13 G. Genette, *Figure III*, Seuil, 1972, pp. 210~11.

지만, 『질투』에서는 지각이 초점화 대상의 외적 표면에만 한정되어 묘사된다. 한편 뷔토르에게 있어 『변경』의 인물은 파리-로마 여정의 궤도 속에 갇힌 채로, 현재, 과거, 미래 사이의 왕복 속에서 끊임없는 영향을 받는다. 그리고 『정도』에서는 세 명의 서술자가 연달아 나오기 때문에 이야기를 같은 시간에 하려는 노력은 헛일이 되고 만다. 이는 한 서술자가 다른 서술자로 옮겨 갈 때 화자의 동일시가 어려워지기 때문이다.[14] 그러나 일반적으로 누보로망에서는 서술자와 초점부여자가 겹쳐질 때가 많다. 나아가 작가와 화자와 독자의 시선이 한곳에 수렴됨으로써, 시점의 서술에 있어 1인칭 소설과 3인칭 소설 — 간혹은 2인칭 까지도 — 의 영역 구분이 없어질 때가 있다.

예를 들어 사로트에 있어서 상황들은 외부에서 관찰되며, 외적 초점화를 통하여, 더 이상 특정 인물의 시선이 아닌 중성적인 시선에 의해서 관찰된다. 그리고 팽제는 자신의 거의 모든 소설 속에서, 시제·서술태·시점을 뒤섞어놓음으로써 양립할 수 없는 화법의 시퀀스를 차례로 조직하고 또 파괴하는, 서로 모순된 증언들을 나란히 기술한다.[15]

누보로망 작가들의 묘사 기법은 이를 더 구체화하고 심화시킨다. 이들의 소설에서 보면 영화 기법과 마찬가지로, 시점에 의지하는 대상이 항상 등장인물에만 국한되는 것은 아니다. 역시 시점에 의지하는 대상은 사람의 눈일 수밖에 없으며, 작가는 어디나 존재할 수 있고 또 무엇이나 다 아는, 즉 전지전능한 존재가 아니기 때문이다. 시점의 이동은 묘사를 창출해낸다. 그리고 시점의 중심이 작중의 주인공일 때와 독자일 때, 그리고 작가 자신일 때에 따라 그 방향은 사뭇 달라지지

---

14 R. M. Allemand, 같은 책, pp. 56~57.
15 같은 책, p. 57.

만, 대부분의 경우는 위의 세 요소가 어느 한 수준으로 수렴되고야 만다. 자연히 서술의 대상은 인물의 거동이 아니라 인물의 시각이 되며, 인물과 물체는 독자화된 주인공, 주인공화된 화자, 화자화된 작가, 또는 작가화된 독자의 영역에서 묘사된다.

언어와 현실

'언어는 존재의 집'이라는 하이데거의 말대로, 언어를 떠나서는 엄밀한 뜻에서 인식도 없고 의미도 없을 것이다. 그리하여 인식과 그 대상의 의미 파악은 동전의 앞뒤를 이룬다. 또한 인간은 자연 속에 산다기보다는 언어의 세계, 곧 의미의 세계 속에서 산다고 할 수 있다. 이같은 언어관에서 보면 인간은 현재는 물론 과거와 미래의 개념을 활용함으로써 문화와 문명을 쌓아왔고, 반면에 자연과의 거리를 둠으로써 구체적 존재인 자연 속에서가 아니라 추상적 세계인 의미의 세계 속에서 살게 되었다.

세계 해석의 보편적 열쇠로 간주되던 진보와 과학주의의 가치가 지배하던 사회에 본능의 효능을 회복시킨 베르그송의 혁명(1789년이 아닌 1889년)이 있은 후, 소설은 위기에 처하고 시가 상징주의와 더불어 문학의 무대에서 우위를 점한다. 『거꾸로*A rebours*』(1884)에서 위스망스 J. K. Huysmans는 자연주의를 포기한다. 소설적 탐색이 이제는 특별한 세계의 개인적 상상과 주제의 심리에 그 근거를 마련하는 것이다. 심리 분석의 공헌과 무의식의 소재는 점점 더 높이 평가되고, 소설은 가공의 원천, 곧 상상의 원천과 다시 관계를 갖게 되는데, 이 상상은 실제와는 다른 차원의 휴먼 리얼리티에 기반을 둔 것이다.

반주지주의적 풍토와, 니체의 발견에 의해 각광을 받은 가치의 위기는 비합리주의의 증대와 신비주의자로의 회귀로 인도되며, 프랑스 작가들로 하여금 예술에 의한 구원의 이데올로기, 곧 리얼리티의 변모를 고양하게끔 한다. 철학가 알랭Alain은 참회록을 소설의 전형이라고 주장하는데, 이 전형이란 글 쓰는 주체, 곧 작가가 그의 독자에게 모든 것을 맡기는 방식이어야 하는 것이다.[16]

소설은 결코 중성적이지 않은 언어로 구축된 인공물이라고 할 수 있다. 재현의 객관성이란 존재하지 않으며, 의사소통의 수단인 언어 자체가 얼마나 불완전하며 주관적 현실을 구축하는가를 누보로망 작가들은 탐구하였다. 그러나 현실이라고 여겨지는 것은 대부분 언어적 정보에 의해 만들어진 것이라고 볼 때 그 언어적 현실은 불완전하고도 주관적일 수밖에 없을 것이다.

더욱이 현실이란 일목요연한 총체성이 될 수 없다. 연대기적 시간, 인과관계에 따른 사건의 전개 따위에 의존한 리얼리즘 소설이 오히려 '진실인 척하는fait vrai' 사기라는 비판을 받을 가능성이 많다. 로브그리예는 리얼리즘 소설에 대해 다음과 같이 말한다.

'리얼리즘'에 열중한 관객들을 당황하게 하는 것은 여기에서는 그 관객들에 아무것도 믿게 만들려고 노력하지 않는다는 것이다. ─나는 차라리 그 반대라고까지 이야기하겠다. 진짜, 가짜, 믿게 만든다는 것은 다소간에 모든 현대 작품의 주제가 되었다. 그리하여 현대 작품은 이른바 현실의 한 단편이기는커녕 현실에 관한 (혹은 사람들이 원했던 표현으로 사소한 현실에 관한) 반성으로 전개되고 있다.[17]

---

16 R. M. Allemand, 같은 책, p. 9.
17 A. Robbe-Grillet, 같은 책, p. 129.

리얼리즘 문학이 현실의 복제를 표현 방식으로 취했다면 누보로망은 기호의 의미망을 엮어나가는 과정의 형태를 글쓰기의 수단으로 삼는다. 이때의 언어는 은유, 환유, 이미지로 구성된 하나의 기호체를 뜻한다. 따라서 누보로망은 휴머니즘으로 가득 찬 현실과의 감격적인 해후를 하는 것이 아니라, 갖가지 기호들의 출현과 반복을 통하여 다양한 의미망의 구축을 독자에게 제시하는 것이다. 그리고 누보로망에서의 기호적인 의미망들은 전통 소설의 묘사 방법을 송두리째 바꾸어놓는다. 즉, 종래의 소설이 단어와 문장, 그리고 단락 간의 의미적 상관 관계 안에서 진행되는 데 비하여 누보로망은 언어 그 자체의 기호로서만 존재한다. 달리 말하면, 단어, 문장, 단락의 관계가 상호 의존적이거나 보완적이기보다는 각기 독립적이고 개별적이어서 전통적 의미에 의해 소외되었던 인간이 스스로의 의미를 되찾을 수 있는 계기가 마련된 것이다.

이 같은 사실은 글쓰기 자체에 대한 성찰에 들어간 작가들의 공감을 얻었으니, 새 술을 헌 부대에 담아서는 안 된다는 사실을 일깨워준다. 『잃어버린 시간을 찾아서』의 메타 텍스트적 자료는 가장 훌륭한 본보기 중의 하나다. 1913년 자크 리비에르J. Rivière는 『N.R.F』에 「모험소설Le roman d'aventure」이라는 글을 싣는다. 이 글에서 그는 소설이 기계적으로 고정된 장르가 되었다고 하고 또한 소설은 새로운 소설 형태를 불러왔다고 했다. 새로운 소설 형태란 현재가 과거를 설명하고 (그 역은 불가능), 연대순과 수미일관은 제거되며, 작품의 의미는 글쓰기가 진행됨에 따라 구축되어가는 것을 포함한다. 소설은 이렇듯 그 내부로 성찰의 눈길을 보내기 시작한다.

『앙드레 왈테르의 수기』(1891)와 『나르시스론*Traité du Narcisse*』(1891)
에서 보듯 지드의 미자나빔은 글쓰기의 목적과 표현의 수단을 문제점
으로 제기한다. 『사전군들』(1925)에서 소설가 에두아르는 내면의 일
기를 통해 다시 '사전군들'이란 제목의 소설에 대해 말한다. 이 '사전
군들'은 아울러 프루스트와 조이스의 글쓰기에 대한 조정을 겨냥한
다. 예를 들어 이 작품의 '이중 초점double foyer'은 시점의 방식에 물음
표를 던지는 것이다. 이는 전통적이고도 고전적인 주체의 확고한 위치
에 대해, 그리고 그 영속성에 대해 제기하는 하나의 비평적 표상물이
될 수 있다. 또한 '사전군들'은 미자나빔이라는 동전의 장식 문양을 상
징하기도 하고, 소설에서의 '재현' 자체를 문제 삼는 기회를 제공하기
도 한다. 한편 화폐 위조는 소설 속에서, 소설의 언어와 예술 작품, 도
덕, 종교, 돈 따위와 관련이 있는 것이다. 또한 제임스 조이스는, 발레
리 라르보V. Larbaud[18]의 작품을 참조하고 에두아르 뒤자르댕[19]에 의해
창안된 기법을 더욱 강화해나가며, 그의 첫번째 내적 독백체의 작품인
『율리시스』(1922)를 쓴 바 있다. 그러나 그는 내적 독백에 곧 싫증을
느낀다. 그리하여, 객관적이지는 않으나 '내적' 배열에 의한 효과로서,
대상에 대한 지각을 체계적으로 구조화하는 언어 탐구 쪽으로 기울어
지게 된다.[20]

---

18 Valery Laraud(1881~1957): 『연인들, 행복한 연인들*Amants, heureux amants*』(1920~
1924)에서 내적 독백의 방법을 사용함.

19 Edouad Dujardin(1861~1949): 그의 작품 『월계수는 잘렸다*Les Lauriers sont coupés*』는
내적 독백이란 이름으로 새로운 형태의 심리 문학을 표방함. 1887년에 초판이 나오고,
1924년의 개정판에는 발레리 라르보의 서문이 들어 있음.

20 *Les oeuvres philosophiques*, volume dirigé par Jean-François Mattéi, PUF, 1992, tome 2,
p. 2351.

누보로망의 글쓰기는 거울에 비친 현실을 그대로 옮겨 적는 것이 아니라, 아무것도 아닌 것에서 무엇인가를 만들어내는 작업이다. 바로 플로베르가 목표로 삼았던 '무에 관한 책livre sur rien'이 그 전범이다. 한편 의식의 흐름 기법은, 자연주의적인 관점에서나 혼돈과 유기체의 해체와 지각 현상의 관점에서나, 단지 인성을 복사하는 데 그쳤을 뿐이다. 공간적 정확성과 그것을 뒤흔드는 시간의 모호함, 그리고 이 둘의 결합을 만들어내는 형식적이고도 투명한 역설은 고려하지 않은 채 말이다.[21] 글쓰기는 이제 더 이상 언어 외적인 현실을 이야기해 주는 것이 아니고, 바로 언어 자체를 문제 삼음으로써 묘사의 기법을 보여 주는 데 그 뜻이 있다. 그리고 이 묘사의 기법은 누보로망의 작가마다 다르고 또한 한 작가의 작품들에서도 서로 다르다. 문장과 책의 관계는 나뭇잎과 숲의 관계와 흡사한 같음 속의 다름의 경지라고 한 플로베르의 언급은 누보로망의 글쓰기에서도 그대로 여운을 남긴다. 육안으로 보기보다는 창을 통하여 보는 것이, 창을 통하기보다는 거울에 비친 모습을 보는 것이 더욱 아름답지만, 그보다 더 아름다운 것은 아무런 매개체 없이 그저 마음으로 보는 일일 것이다.

시적 산문

'누보로망은 시인의 막다른 골목'이라는 표현에서 보듯이 누보로망의 글쓰기는 시적 산문에 가깝다. 역설적 언어, 그리고 언어 자체가 바로 목적이 되는 것이 시라면 산문은 보편적이고 근본적인 언어 형식이라고 할 수 있을 것이다. 그러나 누보로망에서는 가장 보편적인 새로운

---

21 C. Brooke-Rose, *L'imagination baroque de Robbe-Grillet: Un Nouveau Roman?*, Ed. J. H. Matthews, Minard, 1983, p. 150.

언어의 창조, 기본 문법 체계를 뛰어넘는 각종 구두점의 자의적 사용, 그리고 같은 단락 안에서의 서로 다른 시제의 사용 등을 그 특징으로 꼽을 수 있을 것이다. 예를 들어 뷔토르의 『정도』는 문장의 줄 바꾸기가 기존의 문장 틀을 부숨으로써 단락의 형태와 의지를 송두리째 바꿔 놓는가 하면, 시몽의 『역사』는 400쪽이 넘는 장편소설임에도 불구하고 소문자로 시작된 첫 문장은 구두점을 모두 무시하며 펼쳐지다가 마침표가 아닌 중단표로 끝난다. 한편 로브그리예의 『변태성욕자』에서는 상상과 현실이 엇갈리면서 한 단락 안에서도 현재와 과거 시제가 번갈아가며 사용되기도 한다.

그리고 장면 연결이라는 독특한 기법은 '그리고, 그러나, 아니면' 따위의 등위접속사를 생략하며, 설명적이거나 결과적인 표현, 나아가 시간적인 접속사까지도 생략할 때가 있다. 이는 전통적 소설에서의 장면 연결이 주인공의 내적 성찰을 드러내는가 하면, 때로는 작가 겸 화자의 분별 없는 개입을 초래하기도 하여 작품이 수동적 심리의 안일함 속에 묻히게 하던 결과와 대조를 이루게 하는 요인이 되기도 한다.

예를 들어 시몽의 소설들은 『봄의 제전*Le Sacre du printemps*』(1954) 이후 시간의 지표는 점점 줄어들고 현재분사의 중복 사용이 모든 시제와 지속의 뉘앙스를 대신한다. 따라서 인물의 주관성은 연대기적 흐름을 따르지 않고 오직 글쓰기의 현재만을 따름으로써 단락과 장면의 연결은 논리적 설명보다는 이미지의 현전성에 의존한다. 또한 로브그리예의 『질투』에서의 장면 연결은 시각에 의한 물체와 더불어 청각에 의한 소리까지도 작품의 구조를 이루고 있어 소설이란 산문을 시의 형태로 착각할 만큼 그 기법은 다양하고도 풍요로워진다.

미자나빔

'미자나빔mise en abyme'은 앙드레 지드에 의해 처음으로 명명되고[22] 장 리카르두에 의해 체계적으로 의론화된 서술 기법 중의 하나이다. 지드 는 작품의 주제를 가장 명확하게 드러내주는 것은 똑같은 비율로 압 축이 된 가문(家紋)임을 지적하면서, 축소판 가문의 무늬나 그림을 'abîme'이 아닌 'abyme'이란 새로운 말로 표기한 것이다. 그리고 이를 계시적 기능과 대조법적 기능으로 크게 나눈 사람은 누보로망의 독보 적인 이론가라 할 수 있는 리카르두다. 그는 선사 시대의 동굴 벽화에 서 화가의 그림과 영화에서의 영상 기법에 이르기까지 그 표현 수법이 미자나빔에 해당되는 것들을 그의 저서[23]에서 정리하여 도식화한 바 있다.

저자인 지드 자신에 의해 유일한 소설로 인정받는 『사전군들』은 미 자나빔 기법이 본격적으로 적용된 작품 중의 하나이다. 이 이야기 속 에는 그와 비슷한 다른 이야기를 반복시킴으로써 줄거리의 주제가 드 러나도록 하는 '반복법'이 있고, 미시적 에피소드에서 거시적 에피소 드로 전환되는 '압축법' 또는 '예견법'이 들어 있다. 따라서 묘사는 물 체나 주제를 직접 묘사하는 방법에서 벗어나 물체나 주제의 그림·초 상화·입상·이미지 따위를 묘사하는 방법으로 전환되고 있음을 알 수 있다.[24]

자연히 『사전군들』에서의 '주제 없는 소설roman sans sujet'은 누보로망

---

22 A. Gide, *Journal 1889~1939*, Pléiade, Gallimard, 1951, p. 41.

23 J. Ricardou, *Le Nouveau Roman*, Seuil, 1973, 1990.

24 J. Ricardou·F. van Rossum-Guyon, *Nouveau Roman: hier, aujourd'hui, I. Problèmes généraux*, U.G.E., 1972, p. 82.

에 이르러 '줄거리 없는 이야기histoire sans intrigue'로 발전한다. 이 기법은 이야기 구조의 다변화와 심층화를 모색하면서 독자로 하여금 소비자가 아닌 창조자의 역할을 하도록 하는 데 상당 부분 기여한 것이 사실이다. 그러나 그 서술이 아직은 독자의 능동적인 참여를 이끌어내기보다는 작가의 전지전능한 시점의 그림자를 도처에 자리 잡게 하고 있었다. 바로 이 전지전능한 시점의 자리에 물체와 장면의 반복이 이루어지면서 누보로망은 인물과 물체 간의 관계망이 형성되는 장이 되며, 또한 복합 구도의 미자나빔은 작품 전체를 지탱해주는 견고한 요소로 작용한다.

객관화된 주관

마지막으로 주관화된 객관이 아닌 객관화된 주관의 글쓰기에 관해 살펴본다. 자유 간접 화법과 더불어 작가가 서술의 비개성화를 구현하는 데 사용하는 또 하나의 방법은 객관적 묘사의 기법을 빌려 화자의 의견이나 심리 상태를 간접적으로 표현하는 것이다. 누보로망 작가들의 물체들은 화자의 심리 상태에 따라 다르게 나타난다. 그것은 '물체가 인간 정신에 영향을 끼친다L'objet affecte l'esprit de l'homme'라는 명제 못지않게 대상의 인지 자체가 심리로부터 자유롭지 않다는 인식의 주관성에 기인하기도 한다. 모든 이야기는 주관성의 사실들로 구성되었다고 할 수 있다. 물론 누군가가 우리를 의식 속으로 들어가게 하지는 않는다. 그러나 이 의식의 내용이 어떤 의미로는 우리 앞에 펼쳐져 있는 것이다. 바로 이런 뜻에서 '주관성의 객관성'은 언급될 수가 있다. 전통적 의미에서 심리소설이라고 여겨지는 누보로망의 어떤 소설 속에도 '강박관념'이라든가 또는 '불안'이란 말은 거의 나오지 않는다.

대신에 강박관념과 불안이 책 속에 물질화되어 있을 따름이다. 그것은 어떤 이미지와 간격이 묘사 속으로 되돌아옴으로써 이들이 소설적 글쓰기의 차원으로 재창조되기 때문이다.[25]

리얼리즘 소설이 진리를 가장하기 위해 사용하였던 중성적인 문체는 로브그리예에 이르러 더욱 객관화된 주관의 글쓰기로 변화한다. 상상력에 의한 물체의 변용과 관련지어 로브그리예의 견해를 들어보자.

우선적으로 그 물체들을 보고 있는 시선이 있는 것이며 그 물체들을 재검토하는 사유가 있는 것이며 그 물체들을 변형시킬 열정이 있는 것이다. 우리 소설의 물체들은 인간의 지각이나 현실적인 지각 혹은 상상적인 지각을 떠나서는 결코 존재하지 않는다. 〔……〕 그런데 보다 넓은 의미로 받아들인다면(사전에서는 또한, 물체란 정신 속에 자리 잡고 있는 모든 것이라고 한다), 추억(이것을 통해서 나는 과거의 물체로 돌아간다), 계획(이것이 나를 미래의 물체로 옮겨놓는다. 즉 만일 내가 수영을 하러 가기로 결정한다면 나는 이미 머릿속으로 바다와 해변을 보게 된다), 그리고 모든 형태의 상상력이 또한 물체가 될 것이다.[26]

시와 소설적 산물이 19세기에는 서로 대조된 데 비하여, 20세기의 소설은 점점 시에 가까워지는 경향이 있다. 동시에 소설은, 당시에는 현격히 달랐던 내적 일기와 수필, 그리고 연극이나 그 밖의 장르의 영역을 침범하면서 나중에는 자서전 쪽으로 그 방향을 돌린다. 한편 자신

25 F. Baqué, 같은 책, p. 45.
26 A. Robbe-Grillet, 같은 책, p. 116~17.

들을 말라르메의 후예로 여기고 있던 초현실주의자들은 소설을 피상적이라고 하여 깊은 불신감을 드러냈으며, 작가가 글쓰기의 통제력을 상실할 때에만 비로소 소설에 관심을 가졌다. 아울러서 1930년대는 신사실주의 흐름의 요람기로서, 특히 아라공에 의해 빛을 발하던 시기인데, 이 흐름은 초현실주의 소설에서부터 사회주의 리얼리즘까지 걸친다. 아라공은 이미 초현실주의풍의 소설 『파리의 농부』(1926)에서뿐만 아니라, 시적 작품에 자서전적 자료를 가미한 『미완의 소설Le roman inachevé』(1956)과 20세기 예술가의 조건을 그린 『블랑쉬 혹은 망각Blanche ou l'oubli』(1967)을 통하여 누보로망을 연상케 하는 기법을 보여준 바 있다.

한편 실제로 누보로망에 이르면 소설은 줄거리에 따라 '이야기되는' 것이 아니라, 하나의 시선에 따라 '보여지는' 형태를 취한다. 시선으로 대체된 화자는 탈인격화의 단계를 넘어 사물화의 단계까지 이른다. 자연히 사물은 인간에 의거해서 설명되는 것이 아니라 인간의 존재와 심리가 사물을 통하여 드러나게 된다. 그리고 이 사물에 대한 묘사는 세밀한 묘사와 반복 그리고 변형을 통해서 객관화된 주관의 경지에 이르게 한다.

'인간의 삶을 문자 기호로 표현하는 것이 문학의 본령'이라고 한다면, 문자 기호 곧 '언어'의 문제는 나머지 두 요소인 '인간의 삶'과 '표현하다'의 문제보다 훨씬 더 부각되어온 것이 사실이다. 그러나 이 언어의 문제는 현대에 들어서면서, 특히 누보로망에서 현실의 묘사나 심리 상태의 표현을 새로운 글쓰기의 차원으로까지 끌어올려놓기에 이른다. 소설은 이제 무슨 역할을 하는 것이 아니라 이해를 하는 것이다. 그것은 세상을 알기 쉽게 하는 수단이 되며, 그 형태가 변화한다면 소설이 마땅히 대응해야 할 현실의 변화에 따른 것이다.[27] 그렇다면 이 같은 형태의 다양함에도 불구하고 소설이라는 장르는 그대로 존속할 것인가. 그리하여 글쓰기는 리카르두의 말처럼 '모험의 글쓰기'가 아닌 '글쓰기의 모험'으로 그 개념이 바뀐다. 글쓰기의 모험은 다시 이야기로 되돌아오는 특성을 지니며, 유럽 문화의 거대한 신화는 패러디화되고 이야기의 의미는 그 형태의 틀을 조금씩 벗어나면서 다시금 그 무엇인가를 말하기 시작한다. 미셸 레리스M. Leiris의 『게임의 규칙La règle du jeu』, 사르트르의 『말Les mots』, 바르트의 『바르트 그 자신R. Barthes par lui-même』, 사로트의 『어린 시절』, 그리고 로브그리예의 『로마네스크Romanesques』 3부작 등은 누보로망에서 누보 레시Nouveau Récit로, 곧 새로운 자전 문학Nouvelle Autobiographie으로의 이행을 가늠케 해주고 있다.

---

27 F. Baqué, 같은 책, p. 133.

새로운 개념으로서의 누보로망 기법

1947년에 발표된 나탈리 사로트의 『어느 미지인의 초상』 서문을 통하여 사르트르가 이 새로운 소설을 '앙티로망'이라 부른 이후 누보로망 혹은 앙티로망이라고도 불리는 소설들은 누보nouveau나 앙티anti라는 단어가 보여주듯이 기존의 소설에 반하여 새로운 소설 형식을 추구하였던 소설들을 의미한다. 미뉘와 갈리마르 두 출판사를 중심으로 작품 활동을 펼쳐나간 누보로망 작가들은 기존의 전통적 소설 양식과는 상이한 새로운 형태의 소설들을 발표하기 시작한다. 이들 중 누보로망 이론의 기수 역할을 했던 알랭 로브그리예는 『누보로망을 위하여』[1]라는 저서를 통해 누보로망 작가들을 "인간과 세계와의 새로운 관계를

---

1 A. Robbe-Grillet, *Pour un Nouveau Roman*, Ed. de Minuit. 1963.

표현(혹은 창조)할 수 있는 새로운 소설 형식을 찾으려고 하는 모든 작가들"로 규정하고 있다. 누보로망이란 어떤 고정된 소설 개념이기보다는 알랭 로브그리예의 주장처럼 각각의 소설가, 개개의 소설이 자신의 고유한 표현 양식을 고안하려는 노력을 의미한다. 이러한 관점에서 볼 때 미셸 뷔토르, 로베르 팽제, 알랭 로브그리예, 클로드 시몽, 나탈리 사로트, 장 리카르두, 클로드 올리에 등을 '누보로망 작가들'이라는 한 유파로 묶을 수도 있겠지만, 각자의 작품 세계나 지향하는 방향이 각기 다른 것도 당연한 귀결이라 할 것이다.

알랭 로브그리예는 1961년 발표한 「누보로망, 새로운 인간」[2]이라는 글을 통해 누보로망의 몇 가지 입장을 밝히고 있다. 첫번째로 로브그리예는 '누보로망은 하나의 이론이 아닌 탐구'라는 점을 천명한다. 즉 새로운 법칙이나 이론을 만들어내는 것이 아니라, 소설은 이러이러하게 쓰어진다는 일반적 통념을 거부한다는 것이다. 로브그리예는 두번째로 '누보로망은 소설 장르의 지속적 발전을 추구'한다는 점을 주장한다. 또한 세번째로 '누보로망은 인간에 대한 관심과 인간이 세상에서 처한 상황에 대한 관심을 갖는다'는 점을 설명한다. 네번째로 '누보로망은 전적인 주관성을 지향한다'는 점을 밝히고 있다. 즉 신만이 완벽히 객관적일 수 있다는 점, 책 속에 표현될 수 있는 인간은 작가나 독자 같은 인간, 즉 주어진 시간과 공간 속에서 보고, 느끼고, 상상하는 인간이라는 점이다. 다섯번째로 '누보로망은 성실한 모든 사람을 대상으로 한다'는 점, 여섯번째로 '누보로망은 이미 만들어진 의미를 제안하지 않는다'는 점을, 마지막으로 '작가가 할 수 있는 참여란 문학

---

2 A. Robbe-Grillet, "Nouveau Roman, homme nouveua", *Pour un Nouveau Roman*, de Minuit. 1963. p. 113.

을 통해서만 '가능'하다는 점 등을 들면서 누보로망의 소설가들의 문학
적 입장을 천명한다. 이러한 주장에서 보는 바와 같이 누보로망은 문
학에 대한 문학 자체의 반성으로 출발하여 진행되고 있기 때문에 '소
설의 소설'이라 불릴 수 있다는 것이다. 이러한 소설 전반에 대한 반
성이 소설의 형태, 줄거리, 인물, 화법의 문제 등에 대한 새로운 시도
들을 가능하게 한다.[3] 이러한 이유로 누보로망의 소설 미학에서 전통
적인 의미의 줄거리와 주인공을 비롯한 소설에 등장하는 인물들의 성
격의 일관성은 사라져버린다. 소설 속 인물들의 심리 상태는 더 이상
중요시되지 않으며 논리적이건 심리적이건 전통적 의미의 파국이나
결말은 더 이상 존재하지 않는다. 우리는 누보로망 작가들에게 공통
적으로 나타나는 특징적 기법인 미자나빔, 인칭 사용 및 시점의 다양
화 기법, 인물들의 이름, 객관적 대물렌즈적 기법, 반복의 기법, 콜라
주 기법을 중심으로 새로운 개념으로서의 누보로망의 기법을 살펴보
려 한다.

미자나빔

앙드레 지드의 『사전군들』에서 미자나빔이 사용된 이후 현대 소설에
서 이 기법은 소설의 자기 성찰적 측면을 부각시키는 중요한 기법으
로 사용되어왔다. 미자나빔 기법은 압축된 표현으로 전체의 동일한 의
미를 나타내는 기법이다. 소설 속에 또 하나의 소설적 요소를 함유하
는 격자 형식이라 불리는 미자나빔의 이론을 주창한 뤼시앵 댈렌바흐
L. Dällenbach는 문학 텍스트에서 가장 빈번히 사용되는 미자나빔의 다

---

3 김치수, 「누보로망의 현재」, 『문학사회학을 위하여』, 문학과지성사, 1979, p. 307.

섯 가지 형태를 이렇게 제시하고 있다. 이는,

1. 삽입된 이야기와 이를 둘러싼 이야기 속 인물들이 동명이인으로 유사성을 나타내는 경우

2. 소설 속 인물과 작가가 거의 동명이인인 경우

3. 삽입된 이야기와 둘러싼 이야기가 유사한 경우

4. 유사성을 나타내주는 배경이나 등장인물들의 배치가 반복적으로 사용되는 경우

5. 둘러싼 이야기에서 사용된 징후적 표현들이 삽입된 이야기 속에서 되풀이되는 경우[4]

로 주로 표현된다. 소설 속에 끼워진 이야기와 이를 둘러싼 소설이 유사 관계를 유지하는 경우가 가장 일반적인 미자나빔의 기법으로 사용된다. 미자나빔은 누보로망의 특징적 기법의 하나로 이해될 만큼 빈번히 사용되고 있다.

악몽에 시달리다 깨어나는 주인공에 대한 묘사로 시작되는 뷔토르의 『시간의 사용』은 탐정소설의 구조로 이루어져 있다. 주인공 르벨은 임지로 부임한 영국의 한 시골 마을인 블레스톤의 미술관에서 자신의 관심을 끄는 한 태피스트리와 카인을 표현한 스테인드글라스를 발견하게 된다. 16세기 중반에 제작된 카인을 묘사한 스테인드글라스는 중세와 성서를, 18세기 초반에 만들어진 태피스트리는 인본주의가 싹트던 16세기 르네상스와 고대 그리스-로마의 문화를 연상시킨다. 태피스트리를 통해 주인공은 미로를 헤매는 고대 그리스의 테세우스의 신화를 발견하며 그리스 신화 속에서 아리안느의 실을 찾아 미궁 속을

---

4 L. Dällenbach, *Le récit spéculaire. Essai sur la mise en abyme*, Seuil, 1977, p. 65.

헤매는 테세우스의 이야기는 블레스톤이라는 음울한 마을이라는 미로에 빠진 주인공의 모습을 함축적으로 보여주는 것이다. 『시간의 사용』에서 르벨이 미술관에서 발견한 태피스트리와 블레스톤에서의 르벨의 삶의 유사성은 미자나빔의 두드러진 예라 할 수 있다. 또한 『시간의 사용』에서 르벨이 읽게 되는 「블레스톤의 살해」라는 탐정소설은 소설 속에 삽입된 격자 양식의 소설로 미자나빔의 한 예로 제시될 수 있을 것이다. 르벨은 블레스톤에 있는 매튜 앤드 선 회사에서 1년간 계약으로 근무하면서 같은 회사에 근무하는 제임스 젠킨스, 앤과 로우즈라는 베닐리 자매 등을 만나면서, 그들 사이의 관계를 알게 된다. 이들을 알아가면서 르벨은 앤 베일리와 약혼하게 된 제임스 젠킨스가 「블레스톤의 살인」이라는 탐정소설의 작가 조지 윌리엄 버튼을 살해하려 한 진범이 아닐까 생각한다. 주인공이 읽게 되는 「블레스톤의 살인」이라는 소설, 카인이 그려진 스테인드글라스, 미술관의 태피스트리 등은 주인공 르벨의 블레스톤에서의 삶의 모습을 함축하고 있다. 그런 점에서 이 소설은 미자나빔의 기법을 철저하게 보여주는 소설이다.

　로브그리예의 『질투』에서 화자의 아내인 A...가 읽고 있는 「아프리카 소설」이 보여주는 『질투』와의 유사성은 『질투』라는 소설을 함축적으로 표현하고 있다. 『질투』에서와 마찬가지로 「아프리카 소설」에서는 질투에 사로잡힌 남편과 그의 아내, 아내의 애인이라는 삼각관계로 형성된 등장인물들이 존재하며, 질투에 사로잡힌 남편이 아내와 애인을 훔쳐보는 설정도 「아프리카 소설」을 둘러싸고 있는 『질투』와 동일한 구조를 이루고 있다. 「아프리카 소설」과 『질투』에서 유사하게 나타나는 원주민의 노랫가락, 맹수의 울음소리, 날아다니는 벌레들과 같은 요소들은 이러한 미자나빔의 기법을 확인시켜주는 요소로 작용한다.

로브그리예의 『변태성욕자』에서는 영화 광고판, 손목시계를 팔러 다니는 세일즈맨인 주인공 마티아스가 방 안에서 발견하는 거울과 그림 등에서 미자나빔의 기법이 사용되고 있다. 거울은 마티아스가 강간을 하고 숨기려 하는 것을 드러내주는 관찰자의 시각으로 작용한다. 이들은 달렌박이 제시하는 미자나빔 기법 중, 둘러싼 이야기에서 사용된 징후적 표현들이 삽입된 이야기 속에서 되풀이되는 경우라 할 수 있을 것이다. 로브그리예의 『고무지우개』에서는 오이디푸스 신화가 이러한 미자나빔의 기법으로 사용된다. 오이디푸스가 삼거리에서 자신의 친부인지 모르고 라이오스를 살해한 것처럼 『고무지우개』에서의 주인공인 탐정 발라스는 사건을 의뢰받은 낯선 곳에서 뒤퐁 교수를 살해하게 되고 자신이 살해한 뒤퐁 교수는 발라스 자신의 아버지임이 밝혀진다. 부은 발이라는 오이디푸스 이름의 기원과 길을 잃은 채 거리를 헤매는 발라스의 부은 발이라는 유사성에서도 미자나빔의 기법이 사용되고 있음을 살펴볼 수 있다. 클로드 시몽의 『풀L'herbe』에서는 주인공 루이즈가 임종을 맞은 친척에게서 물려받은 양철로 만든 비스켓 상자 속의 내용물로 인해 죽어가는 친척과 자신을 동일시하며 애인을 따라 떠나버리려는 의도를 포기하게 된다. 상자 속에서 발견한 낡은 사진과 메모 등의 소소한 물건들을 통해 루이즈는 죽어가는 숙모와 자신의 유사점을 발견하게 된다.

뤼시앵 댈렌바흐는 「미자나빔과 누보로망」이라는 논문을 통해 뷔토르의 『시간의 사용』, 로브그리예의 『질투』, 클로드 시몽의 『풀』에 나타나는 미자나빔의 기법을 분석하면서 1950년대의 누보로망은 대부분 가장 일반적인 형태의 미자나빔 기법을 사용하고 있음을 밝히고 있다. 하지만 누보로망에서 사용되고 있는 미자나빔은 일반적이고 기본적인 형태를 사용한다 하더라도 전통적 소설에서보다 더 빈번하고 다양한 미자나빔 기법이 사용되고 있음을 분석을 통해 제시하고 있다. 또한 1950년대의 누보로망에서 사용된 미자나빔에서 삽입된 이야기는 소설의 중심부에 위치한다기보다는 작품 전체에 분산되어 일종의 망을 형성하며 반복적으로 사용된다는 특징을 지니고 있다. 비록 중심적인 역할을 하지 않더라도, 1950년대의 누보로망에서는 텍스트적이며 메타텍스트적인 미자나빔 기법의 중요성이 부각된다는 점을 댈렌바흐는 강조하고 있다.[5]

로브그리예의 『뉴욕에서의 혁명 계획*Projet pour une révolution à New-York*』 (1970)에서 사용되는 미자나빔은 마치 뫼비우스의 띠, 혹은 자신의 꼬리를 삼키는 우로보로스의 뱀처럼 안과 밖이 맞물려 있는 형태를 띠고 있다. 삽입된 이야기와 그를 둘러싼 이야기는 어느 것이 삽입된 이야기이며 어느 것이 둘러싼 이야기인지 모를 만큼 맞물린 형태로 전개되는 것이다. 뷔토르의 『시간의 사용』에서 미자나빔의 기법을 확연히 찾아볼 수 있는 데 반해 『어디*Où*』에 나타나는 미자나빔은 지시적인 텍스트 안에서 작용한다. 『어디』에서 작가인 뷔토르는 소설 속에 개입하며 소설가로서의 자신을 텍스트 안에서 반추해본다. 하지만 『어디』에서 미자나빔은 작가와 소설 속 인물의 층위에서 나타나는 것이 아니라 주인공이 발견하는 앙코르의 유적들 속에서 나타난다. 클로드 시몽의 『3부작*Tryptique*』에서는 세 가지의 에피소드가 엇갈려 소개된다. 프랑스 북부의 한 마을에서의 결혼식 날 신랑이 신부를 내버려둔 채 옛 애인에게 이끌리는 이야기, 중부의 한 작은 마을에서 어린 소녀를 봐주기

---

5 L. Dällenbach, 같은 책, p. 174.

로 한 여인이 아이를 내버려둔 채 애인을 만나러 간 사이에 아이가 강물에 빠지는 이야기, 남부 휴양지의 한 호텔에서 아들을 돕기 위해 온 어머니와 정치가의 정사 등은 마치 퍼즐 조각들처럼 구성되어 있다.

장 리카르두의 『말해진 장소Les lieux-dits』에서의 미자나빔의 기법은 다양하게 표현되고 있다. 크뤼시 미술관에서 전시실의 중앙을 차지하고 있는 거대한 그림은 여덟 가지의 풍경으로 둘러싸여 있고, 이 여덟 가지의 풍경은 주인공들이 방문하는 여덟 곳의 여행지의 여정과 여덟 장으로 구성된 소설의 구성과 밀접한 관련을 맺고 있다. 리카르두는 끝없이 중첩되는 미자나빔의 기법을 『말해진 장소』에서 사용하고 있다. 소설 속에 삽입된 이야기는 또 다른 이야기를 삽입하고 있고 이 이야기는 또 다른 이야기를 삽입하고 있는 것이다.

댈렌바흐는 "미자나빔과 누보 누보로망"이라는 논문을 통해 뷔토르, 로브그리예, 시몽, 리카르두 등의 1970년대의 누보 로망에 나타나는 미자나빔의 분석을 제시하면서 1950년대의 누보 로망에서와는 달리 미자나빔이 더욱 확장된 형태로 사용되고 있음을 지적하고 있다. 이야기의 구조가 우연적이며, 붕괴된, 초반성적인 텍스트들의 출현은 허구적이라는 소설 구조로서 미자나빔의 위기를 야기시킨다는 것이다. 그러나 이러한 점을 제외한다면 1970년대의 누보 로망에서도 1950년대의 누보 로망에서 미자나빔이라는 기법을 통해서 제기되었던 기본적인 문제들은 더욱 강조되고 있다.[6]

---

6 L. Dällenbach, 같은 책, pp. 200~201.

인칭의 사용 및 시점의 다양화 기법

가장 단순한 소설 형태의 독서에서는 세 명의 인물이 관련된다. 이는 작가, 주인공, 독자이며 일반적으로 소설은 주인공에 대해 3인칭의 형식을 취한다. 이야기를 하고 있고 일상적인 대화에서는 '나'에 해당하는 작가, 작가가 해주는 이야기를 듣는 독자인 '너', 이야기의 대상이며 주인공인 '그'가 존재한다. '그'는 독자를 외부에 두고 작가인 '나'는 독자를 내부로 들어가게 하지만 이는 사진 촬영사가 자신의 사진을 인화하는 암실처럼 닫힌 내부가 될 위험이 있으며, 이 인물들은 우리에게 그가 자신에 대해 알고 있는 것이 무엇인지를 이야기해줄 수 없다. 만일 독자가 주인공의 자리에 있다면 그는 주인공과 동일한 시간에 있어야 하며, 주인공이 모르는 것을 그도 몰라야 하며, 사물들도 주인공에게 나타나듯이 독자에게도 나타나야 한다는 것이다. 이때 서술된 것과 서술하는 것 사이의 시간적 거리는 좁혀질 수 있다. 이러한 이유로 누보로망에서는 독자의 대표자, 말을 거는 2인칭의 대표자가 작품 속에 도입된다. 그는 자신의 이야기를 남에게서 듣는 사람이다.[7]

소설에서의 화자는 순수한 1인칭이라고 볼 수 없으며, 무조건 작가 자신으로 동일시할 수도 없는 존재이다. 즉 화자는 소설 속에 등장하는 허구적 인물 중의 하나이며 작가의 대표인 동시에 독자의 대표이기도 하다. 뷔토르는 화자란 작가가 독자로 하여금 일련의 사건을 감상하고 향유하고 이용하도록 권고하는 관점이라 말한다.[8] 소설 속에서 화자는 이야기된 세계와 그것을 이야기하고 있는 세계 사이의 접점이며 현실적인 것과 상상적인 것 사이의 절충안이다.

---

7 M.뷔토르,『새로운 소설을 찾아서』, 문학과지성사, 1996, pp. 144~45.
8 M.뷔토르,「소설에서의 인칭 대명사의 사용」, 같은 책, p. 91.

『시간의 사용』에서 자크 레벨과 블레스톤의 관계는 주체와 대상의 관계가 아니라 주체와 또 다른 주체의 관계로 변한다. 실제로 이 소설의 끝에 가면 블레스톤이란 도시는 화자에 의해 인격화되고 블레스톤은 하나의 작중인물처럼 되어 화자는 이 도시에 말을 걸기까지 한다.[9]

뷔토르의 『정도』에서 2인칭 'tu너'의 사용은 1, 2, 3부에 따라 피에르 베리에와 그의 조카, 사돈이라는 각기 다른 세 사람의 독백 형태로 변모한다. 뷔토르는 『변경』을 통해 '당신vous'이라는 2인칭을 사용한 내적 독백을 제시한다. 소설에서의 2인칭은 자기 자신의 이야기를 듣는 수신자를 1인칭과 3인칭 사이에 위치시키는 중간적 형태로서 'vous'의 사용은 등장인물의 상황과 등장인물에게서 언어가 생겨나는 방법을 묘사할 수 있게 해준다고 뷔토르는 설명한다. 작중인물이 자기 자신의 이야기를 전체적으로 알고 있고, 그가 그 이야기를 자신에게나 남에게 스스로 이야기를 할 때 1인칭의 사용은 아무런 문제가 되지 않을 것이다. 하지만 그가 하는 이야기 속에서 그가 무언가를 감추고, 거짓말을 한다면 그가 하는 이야기는 자신이 하는 이야기의 모든 요소를 내포하고 있지 않으며, 혹은 그가 자신의 이야기 속 요소들을 적절하게 연결할 능력이 없는 것으로 간주할 수 있다. 뷔토르는 의식의 진정한 진행을 서술하고자 할 때, 언어의 출현 자체, 단어의 출현 자체를 서술하고자 할 때 2인칭의 사용이 가장 효과적일 것이라 생각한다.[10]

베케트의 『이름 붙일 수 없는 자』는 하나의 거대한 내적 독백으로 이루어진 소설이라 할 수 있다. '나'라는 화자는 불확실하며 의심이 가는 존재일 뿐이다. 1인칭을 사용하는 『이름 붙일 수 없는 자』의 화자의

---

9 『시간의 사용』 제5부 참조.

10 M. 뷔토르, 같은 책, p. 97.

독백 속에서 내면화된 1인칭으로서의 '나'와 객관적으로 보여지는 자신이 함께 보여진다.[11] 즉 이야기를 계속하는 '나'만이 존재한다. 내적 독백을 통해서 소설 속 인물들은 우리에게 이야기가 만들어지는 그 순간에 자신의 이야기를 들려주는 것이다. 1인칭으로 된 이야기에서 화자는 자기 자신에 관해서 아는 것을, 자신이 아는 것만을 이야기할 수 있다. 내적 독백에서 이는 더욱 어려워지는데 화자는 내적 독백을 통해 자기 자신에 대해서 아는 바를 동일한 순간에만 이야기할 수 있기 때문이다. 즉 내적 독백의 순간에 화자는 닫혀 있는 의식 앞에 놓이게 된다.[12] 베케트의 『몰로이』에서의 1부는 몰로이가 자신의 어머니를 찾아 헤매는 내용을 담고 있고, 2부에서는 모랑이 몰로이를 찾아 헤매는 내용이 제시된다. 뚜렷한 논리적 설명 없이 소설의 시점은 화자 몰로이에서 모랑으로 이동하게 된다. 『말론느 죽다』에서 1인칭 '나'로 이야기를 이끌어가던 화자 말론느는 어느 순간 더 이상 '나'라는 1인칭 주어를 사용하지 않겠다고 선언한다. 『이름 붙일 수 없는 자』에서 '나'라는 화자는 1인칭의 내적 독백을 쏟아내다가 어느 순간 "이 1인칭은 지긋지긋하다"고 소리친다. 이야기를 계속하는 '나'만이 존재하며 화자인 '나'는 자신을 이름이라는 허구 속에 감추고 자신을 찾아가려 하나 이러한 시도는 실패로 끝난다.

누보로망의 1인칭 소설은 전통적 소설에서처럼 소설가나 화자의 '나'를 보여주는 것이 아니라 '무화하는 나Je néant', 즉 1인칭이 존재

---

11 "말하는 것이 나라는 것을 내가 믿는다고 저들은 믿는 것일까? 역시 저들다운 생각이다. 저들이 저들 자신들의 말이 있고 그 말을 할 수 있듯이, 나는 내 자신만이 가진 말이 있고, 내가 그 말을 할 수 있다고 내가 믿게끔 하기 위해서인 것이다." S. Beckett, *L'innommable*, Ed. de Minuit, p. 120.

12 M.뷔토르, 「소설에서의 인칭 대명사의 사용」, 같은 책, p. 95.

하지 않음을 역설적으로 보여주고 있다. 로베르 팽제의 『어떤 사람 *Quelqu'un*』에서의 주인공 '나'는 누군가로만 지칭될 뿐이다.

클로드 시몽의 『바람』에서 소설의 화자는 몽테스를 둘러싼 사건들의 관찰자이다. 소설의 크고 작은 사건들은 소송을 맡은 공증인을 통해 화자가 듣는 이야기, 몽테스가 화자에게 한 이야기, 화자 자신의 상상력 등에 의해 서술된다. 『바람』에서는 인식, 기억, 상상력이라는 세 가지 요인에 의해 몽테스를 중심으로 일어나는 사건들의 조각조각이 화자에 의해 재구성된다. 1958년 발표된 『풀』의 중심인물은 루이즈이며, 소설은 루이즈의 시점으로 시작되지만 곧 작가의 전지적 시점으로 이동되어 서술됨을 관찰할 수 있다. 『풀』에서도 전통적 소설의 줄거리라는 개념은 존재하지 않는다. 루이즈를 둘러싼 시집 가족들에 대한 묘사, 과거의 회상, 지각된 이미지에 더해지는 상상력 등이 시간적 사건의 연대기를 무시한 채 소설을 이끌어나간다.

소설 속에서 사용되는 1인칭, 2인칭, 3인칭은 상호 간에 서로 통하며, 작품 내부에서 끊임없는 인칭의 이동이 일어난다. 프랑스어에서 2인칭 단수를 2인칭 복수로 사용하는 경우, 예의상 2인칭 대신 3인칭을 사용하는 경우, 어린아이에게 이야기하면서 상대방을 가리키면서 1인칭을 사용하는 경우의 예를 우리는 일상생활에서도 쉽게 찾아볼 수 있다. 소설 속의 1인칭인 '나'는 3인칭인 '그'를 감추고 2인칭인 '당신'이나 '너'는 다른 두 인칭을 감추며 이들 사이에는 일종의 교류가 생긴다.[13] 소설에서의 화자는 소설가와 마찬가지로 '말을 넘겨주고' 자신의 1인칭을 다른 사람에게 넘기는 것이다.

---

13 M.뷔토르, 같은 책, p. 145.

이름

이름은 한 개인의 정체성을 드러내주는 지표로 작용한다. 이름으로 개인과 개인은 구별되며, 이들이 속한 문화와 사회를 알려주는 지표의 역할도 한다. 하지만 누보로망에서 소설 속 등장인물들의 이름은 더 이상 개인의 정체성을 드러내주는 것이 아니라 정체성의 불확실함을 나타내기 위해 사용된다고까지 말할 수 있을 것이다.

카프카 소설의 주인공이 K라고만 지칭되듯이, 소설 속 인물들의 익명성은 누보로망에서 자주 찾아볼 수 있는 특징이다. 나탈리 사로트가 『의혹의 시대』에서 1인칭인 익명의 '나'를 사용한 이후, 누보로망 작가들의 소설 속에서도 등장인물들은 자주 익명으로 언급된다. 로브그리예의 소설 속에서는 이러한 등장인물들의 익명성은 두드러진다. 『질투』에서 화자의 아내는 A…라고만 지칭되며 A…는 화자의 관찰자적인 시각을 통해 묘사된다. 관찰자인 남편의 이름은 언급되지 않은 채 익명의 시선으로 A…의 행동을 지켜볼 뿐이다. 『지난해 마리앙바드에서』의 등장인물들도 A와 X로 지칭된다. 『불멸의 여인』에서의 등장인물들은 L, N, M 등으로만 불린다. 『미로 속에서의 병사』에게는 이름도, 군번도 존재하지 않는다. 익명의 등장인물의 출현은 로브그리예 이외의 다른 누보로망 작가들에게서도 나타나는 현상으로 팽제의 『어떤 사람』의 등장인물도 1인칭으로 소설을 이끌어나가지만 어떤 사람이라고만 막연히 지칭되는 익명의 인물이다. 베케트의 소설 속에서 1인칭 화자인 동시에 주인공인 인물들도 익명의 '나'로 자주 지칭된다. 베케트의 『첫사랑』에서 1인칭으로 자신의 이야기를 하는 주인공에게는 이름이 부여되지 않는다. 이야기를 하는 '나'만이 존재할 따름이다. 『그건 어떤가Comment c'est』에서도 '나'로만 지칭되는 화자는 익명으로 자신의 이야기를 이끌어나간다.

동일한 이름을 지닌 다른 인물들이 소설 속에 나타나는 경우도 누보로망에서 쉽게 찾아볼 수 있는 예이다. 베케트의 『몰로이』에서 자전거한 대에 몸을 싣고 몰로이를 찾아 나서는 모랑 부자는 아버지와 아들두 사람 다 자크 모랑이라는 동일한 이름을 가지고 있다. 동일한 이름을 지니고 몰로이를 찾는다는 동일한 사명을 지닌 이들은 아버지와 아들로만 구분이 될 따름이다. 뷔토르의 『정도』에서 역사 교사인 피에르 베르니에는 자신이 맡고 있는 학급 전체를 묘사하고자 한다. 수업 시간에 일어나는 모든 것을 기록하여 의식의 차원으로 끌어내는 일을 시도하는 베르니에는 자신이 가르치고 있는 한 학급 전체를 글로 만드는 일을 시도한다. 41명의 학급 학생과 그들을 가르치는 교사들을 통해 그 학급 전체를 재현하고자 한다. 베르니에의 관찰 대상이 된 학급에는 친척 관계도 아니면서 파르주라는 같은 성을 지닌 두 명의 학생이 있다. 위테르라는 성을 가진 학생과 그의 먼 친척뻘 되는 교사 위테르, 베르니에의 조카이며 그와 피에르라는 같은 이름을 지닌 엘레 등 동일한 이름의 다른 인물들은 묘사 대상인 학급에서도 발견된다.

누보로망에서는 한 등장인물의 이름은 소설이 진행되면서 다른 이름으로 혹은 다양한 다른 이름들로 바뀌기도 한다. 로브그리예의 『쾌락의 집La maison de rendez-vous』에 나오는 등장인물들은 소설이 진행됨에 따라 점차 다양한 이름으로 불린다. 레이디 아바는 레이디 베르그만이라 불리기도 하며, 에바, 에바 베르그만, 혹은 자클린느라 불리고, 존슨은 소설 속에서 존스톤 혹은 존스톤느라 불리기도 한다. 마르샤는 철자법이 다른 마르샹과 마르샹으로 불리며 로렌은 로렌느, 혹은 로린으로 불린다. 혼혈 여인도 어떤 경우에는 킴으로, 어떤 경우에는 키토라는 다른 이름으로 불린다. 베케트의 『이름 붙일 수 없는 자』에서 화자는 자신을 바질이라고 소개했다가 후에 자신의 이름은 마후드라고 한다. 혹은 자신을 자신이 만들어낸 가상의 인물들, 몰로이, 모랑, 말론느, 맥먼으로 여기기도 한다. 어떠한 이름들도 주인공의 존재에 대한 확신을 주지 못하며 단지 이야기를 이어나가고 있는 '나'만 있다는 사실이 확연해질 따름이다.

소설 속의 주인공들은 한 인물의 이름을 무관심하게 다른 이름으로 부르기도 한다. 베케트의 『첫사랑*Premier Amour*』에서 주인공을 부양하는 여자는 '루루'라 불리다가 어느 순간 '안나'라 지칭되며 이 사실에 대한 어떠한 설명도 부여되지 않는다. 『말론느 죽다』에서는 자신이 어디에 있는지, 몇 살인지 모른 채 죽음까지의 시간을 때우기 위해 이야기를 꾸며내는 주인공 말론느가 등장한다. 말론느의 이야기 속에 등장하는 인물은 처음에 사포로 불리다가 이야기가 진행되면서 말론느에 의해 맥먼이라는 다른 이름으로 불린다.

소설 속에서 등장인물들은 소설 속의 다른 인물들에게 이름을 지어주기도 한다. 베케트의 『이름 붙일 수 없는 자』에서 애벌레를 하나 발견한 화자는 "이 은둔자에게 이름을 지어주어야 한다. 이름이 없다면 구원도 없다. 보름이라 이름을 지어줘야지. 〔……〕 내가 더 이상 마후드라고 불리고 싶지 않은 순간이 오면 이 이름은 내 이름이 될 것이다"[14]라고 말한다. 책의 제목이 '이름 붙일 수 없는 자'인 것처럼 소설 속의 화자가 애벌레에게 부여하는 이름이 곧 화자의 이름이 될 수도

---

14 S. Beckett, *L'innommable*, Ed. de Minuit, 1953, p. 103.

있는 것이다. 『그건 어떤가』에서 익명성을 고수하는 화자는 새로운 등장인물에게 핌이란 이름을 부여한다. "그는 이름이 없었다. 그에게 핌이란 이름을 준 사람은 나다."[15] 이름은 더 이상 개인의 정체성을 나타내는 지표로 작용하지 않는 것이다.

베케트의 『몰로이』에서 어머니를 찾아 나선 몰로이는 자신의 이름이 몰로이인지에 대한 확신이 없다. 몰로이는 어머니의 이름을 묻자 대답을 하지 못하며 어머니의 이름도 역시 몰로이일지 모른다고 대답한다. 몰로이 자신의 이름뿐 아니라 가족들의 이름에도 혼동이 온다. "어머니는 나를 한 번도 아들이라고 부른 적이 없었고…… 나를 단이라 불렀다. 내 이름이 단이 아닌 이유를 모르겠다. 단은 아버지의 이름이었을지도 모른다. 나는 그녀를 어머니로 여겼는데 그녀는 나를 우리 아버지로 여긴 것이다…… 어머니를 불러야 할 때면 난 그녀를 마그라 불렀다."[16] 몰로이에게는 자신이 누구인지를 잊어버리는, 혹은 자신의 존재조차 잊어버리는 순간들이 엄습한다. 베케트의 소설에서 제기되고 있는 정체성에 대한 근본적인 문제 제기는 이렇듯 등장인물들의 이름에서도 드러나고 있다. 자신이 누구인가에 대한 불확실성을 안은 채 글을 쓰는 주인공들은 존재의 흔적을 찾기 위한 글쓰기를 시도하며, 존재의 불확실성은 이들이 지닌 이름조차 의심스럽게 만든다. 이름과 사람 사이에 존재하는 괴리를 표현함으로써 베케트는 언어와 사물 사이의 괴리를 탁월하게 표현하고 있는 것이다.

---

15 S. Beckett, *Comment c'est*, Ed. de Minuit, 1961, p. 59.
16 S. Beckett, *Molloy*, Ed. de Minuit, 1951, p. 23~.

객관적 대물렌즈적 기법

소설 속에서 연대기적인 줄거리 위주로 보편적인 역사를 기술한다는 것이 불가능하다는 것을 인식하는 누보로망 작가들에게 등장인물들의 과거를 모두 기술한다는 것, 즉 이들의 내면성을 모두 기술한다는 것은 불가능한 작업으로 여겨진다. 즉 인물들은 사물로 변모하며, 외면적으로만 이들을 볼 수 있을 뿐 이들에게 말을 거는 것조차 불가능해진다. 로브그리예와 뷔토르의 작품들 속에서는 특히 묘사되는 사물들과 이들의 역할이 중요한 위치를 차지한다. 연대기적인 사건의 나열이 아닌 사물들의 자세한 관찰과 이에 대한 세밀한 묘사가 소설의 주 관심사로 등장하는 것이다. 장 리카르두는 누보로망에서 "묘사를 할 때 부차적으로 취급되는 사물이란 결코 있을 수 없다. 묘사는 포착되는 모든 것을 동일한 한 장면에 담아야 한다"[17]고 주장한다. 누보로망 작가들의 작품 속에서는 카메라의 렌즈로 사물을 관찰하는 듯한 관찰자의 시각이 존재한다. 이러한 관찰자의 시각은 로브그리예의 『질투』를 통해서 잘 드러나고 있다. 『질투』에서는 A..를 세밀하게 관찰하는 A..의 남편은 관찰자이면서 직접적으로 소설 속에 개입되지 않는 화자이다. 1인칭이 사용되지 않는 『질투』에서 화자는 '무화하는 나', 부재하는 존재를 역설적으로 드러낸다. 『질투』에서 자유 간접화법이 사용되며 이를 통해 로브그리예는 현실에서 소외되는 인간의 전형을 그려내고 있다. 세밀한 관찰자의 시각 속에서 현실과 상상의 경계선은 무너져버리고, A..는 추상화된 사물처럼 세밀히 묘사된다.

미셸 뷔토르는 『변경』에서 기차 안의 인물들과 이들 주위에 있는 사

---

17 J. Ricardou, *Le Nouveau Roman*, seuil, p. 83, p. 125.

물들을 세밀히 묘사하며 기차 바깥으로 지나치는 움직이는 사물을 묘사해낸다. 달리는 기차 속의 등장인물이 그려내는 움직이는 사물의 묘사는 독자들에게 마치 기차를 타고 지나가는 풍경들이나 사물들을 보는 것 같은 감각을 부여한다.

클로드 시몽의 경우 『파르살 전투*La bataille de Pharsale*』의 3부에서 일곱 번째 에피소드는 'O'라는 부제가 붙어 있다. O는 관찰자의 눈의 위치로 명명되어진다. '사건들의 연대기'라는 부제가 붙은 3부에서는 모든 장면이 이제 O에 의해 묘사된다. 기차에 탄 O, 침대에 앉은 O, 사무실에서 편지를 쓰는 O, 미술관에서 구입한 그림엽서들을 보는 O, 화가인 O와 그의 모델, 어린 딸과 함께 노는 O, 정사 중인 O, 거리의 지나가는 사람들을 관찰하는 O, 파르살 전투지를 찾는 O, 라틴어 번역을 하는 O, 전쟁터에 있는 O, 미술관에서 브뤼겔의 작품을 감상하는 O 등이 묘사되고 다시 정사 장면이 반복되어 묘사되지만 O는 이번에는 상대편 여자이다. 같은 정사 장면이 남자인 O에 의해 먼저 묘사되며 상대 여자인 O에 의해 다시 묘사된다. 즉 같은 장면이 각기 다른 관찰자의 위치에 의해 다르게 포착되며 다른 관점으로 묘사되는 것이다. 시몽의 이러한 기술 방식은 화자, 작가, 더 나아가 우리가 세상을 인식하는 방식이 단편적이며 혼돈적이라는 점을 시사하고 있다. 누보로망이 묘사하는 세계는 '지금, 여기'라는 상황, 즉 카메라의 대물렌즈에 포착되는 단편적인 상황을 언어로 표현하는 작업인 것이다.

반복의 기법

반복의 기법은 누보로망 작가들에게서 공통적으로 가장 빈번히 사용되는 기법일 것이다. 이는 동일한 단어들의 반복, 동일한 이미지나 테마의 반복으로 표현되곤 한다. 로브그리예의 『질투』에서는 "지금 기둥의 그림자······"로 시작되는 문장이 텍스트의 처음부터 끝까지 반복되어 사용된다. 화자인 남편이 바라보는 틀어 올린 A...의 머리 모양과 짓이겨진 지네의 흔적이 다양하게 변모되면서 반복된다. 시작도 끝도 알 수 없이 들리는 아프리카의 음악도 소설 속에서 여러 차례 반복된다. 『변태성욕자』에서 마티아스가 어린 시절 갈매기를 그리는 장면이 반복적으로 소개되며, 『미로 속에서』에서도 군인과 아이가 만나는 장면이 반복된다. 뷔토르의 『변경』에서 파리와 로마를 오가는 기차 밖으로 지나가는 풍경, 두 도시의 모습은 조금씩 변모하면서 반복된다. 『고무지우개』에서 주인공 발라스가 길을 잃는 장면은 여러 차례 소설속에서 반복되어 소개된다. 살인 사건을 해결하기 위해 한 도시에 파견된 탐정 발라스에게 이 도시의 거리와 집들은 비슷비슷하게만 여겨진다. 비슷비슷해 보이기 때문에 이 거리에서 발라스는 길을 잃고, 이러한 상황은 소설 속에서 반복적으로 묘사된다.

누보로망에서 단어의 반복은 새로운 이미지를 만들어내기도 한다. 로브그리예의 『변태성욕자』에서 8이라는 숫자는 '8자 형태en forme de huit'라는 이미지로 여러 차례 소설 속에서 반복되어 사용되며, 뷔토르는 『밀랑의 통로』에서 '파란색bleu'이라는 단어를 반복적으로 사용한다. 루이의 짙은 파란색 양복, 파란색 담배가 들어 있는 담뱃갑, 파란색 통, 파란색 체크 무늬의 앞치마, 파란색 양복 등, 파란색이란 단어의 반복적 사용은 소설에 파란색의 이미지를 제공한다.[18]

단어들의 반복을 통해 한 기억을 회상하는 도중에 다른 기억이 떠오

---

18 J. Ricardou, 같은 책, p. 83.

를 때 문장은 중단되고 또 다른 문장이 연이어 시작되는 기법은 클로드 시몽의 소설 속에서 자주 발견된다. 각기 다른 기억, 즉 다른 공간과 시간을 기술하는 다른 문장들의 병렬들은 완전한 두 기억의 단절이 아니라 이러한 두 개의 각기 다른 기억들이 서로 연관성을 지닌 채 연결된다는 점이 클로드 시몽의 소설 기법의 한 특징을 이루고 있다. 시몽의 소설에 자주 등장하는 정사 장면의 묘사는 정지된 화면처럼 멈춘 이미지에서 또 다른 이미지로 전이되어버린다. 『3부작』에서는 '대조되는contraste' '반질반질한lisse'과 같은 단어들의 반복, 『팔라스Le Palace』에서는 신문이나 포스터에 나타나는 단어들이 반복적으로 사용된다. 『플랑드르로 가는 길』에서는 드 레이샤의 죽음이 소설 속에서 반복적으로 언급된다. 현재분사와 마침표 없이 몇 페이지씩 쉼표로 이어지는 긴 문장들이 반복적으로 사용되는데, 시몽은 "나를 사로잡는 것은 불연속성, 우리가 느끼는 감정의 편린적 양태, 이 두 가지이다. 이들은 서로 연결되지 않으면서도 동시에 의식 속에서 근접해 있다. 내 문장은 이런 근접성을 표현하려는 시도이다. 현재분사의 사용은 관습적인 시간 개념에서 탈피하게 해준다"[19]라고 이러한 현재분사의 빈번한 사용을 설명하고 있다. 현재분사를 쓸 때는 행위가 끝나지 않고 이미지로 남아 있기 때문에 독자는 화자와 함께 상상력을 펼칠 수 있게 된다는 점을 클로드 시몽은 중시한다.

사로트의 『마르트로Martereau』에서 빌라를 방문하는 장면은 화자를 통해 반복적으로 기술되지만 첫번째는 화자의 열광적인 시선으로, 두번째

---

19 『르몽드』와의 1960년 10월 8일자 인터뷰.

는 실망에 가득한 시신으로 묘사된다. 『천문관*Le planétarium*』에서도 기미에 씨가 자신의 누이를 방문하는 장면이 반복되지만 각기 기미에와 누이라는 다른 화자의 관점에서 서술된다. 뷔토르의 『정도』에서도 학교생활과 가정생활에서 같은 장면들이 반복되고 있지만, 반복되는 장면들은 각기 다른 화자들의 관점으로 독자들에게 소개된다.

누보로망 작가들이 사용하는 단어나 이미지의 반복은 같은 방식의 반복이 아니라 조금씩 변형되어 사용되며, 이는 전통적 의미의 이야기 구조가 해체되는 것을 보여주고 있다.

콜라주 기법

콜라주 기법은 이미 존재하고 있는 작품 속에서 따온 요소들을 그대로, 혹은 변형된 형태로 연결 짓는 기법이다. 원전을 밝히는 인용과는 달리 콜라주 기법에서는 사용된 원전에 대한 설명은 없다. 20세기 이전에도 많은 작가들에 의해 사용되어왔던 콜라주 기법은 현대 소설에서 더욱 빈번히 사용된다. 콜라주 기법의 사용은 작가에 따라 각기 다른 형태로 나타난다. 콜라주 기법은 장이 바뀔 때에 단편적 사건들의 배열이나 장면과 장면의 연결과 같은 형태로 나타난다. 이제껏 흉내낼 수 없는 천재의 작품이라도 된 듯 신성시되어오던 원전의 신비를 벗겨버림으로써 콜라주 기법은 비평적 기능을 하기도 하고, 소설 속에 현실을 통합하므로 변증법적인 기능을 지니기도 한다. 또한 콜라주 기법은 새로운 상상력으로 원전을 새롭게 변모시키는 창조적인 기능도 지니고 있다. 누보로망 작가들의 작품에서도 이러한 콜라주 기법은 다양하게 사용된다.

로브그리예의 『고무지우개』에서 사용되는 콜라주 기법은 비평적 기능을 지닌다고 할 수 있다. 탐정 발라스는 뒤퐁 교수의 살인 사건을 추적하며 범인을 추적하다가 결국 뒤퐁 교수를 우발적으로 살해하게 되며, 뒤퐁은 자신의 아버지였음이 밝혀진다. 『고무지우개』는 그리스 연극의 걸작으로 여겨지는 소포클레스의 『오이디푸스 왕』과 같은 내용과 구조를 다루고 있다. 테베의 왕인 오이디푸스는 도시를 휩싸는 역병의 원인을 알아내기 위해 신탁의 도움을 청한다. 역병의 원인을 색출해 징벌함으로써 도시를 정화시키려는 오이디푸스가 범인을 찾아가는 과정에서, 범인은 아버지를 죽이고 어머니와 결혼한 부정한 자, 다름 아닌 자기 자신임이 밝혀진다. 끔찍한 신탁에서 벗어나고자 몸부림쳤지만 신탁은 그대로 이루어졌고, 테베로 오는 삼거리에서 말싸움 끝에 우발적으로 죽인 노인이 선왕이자 자신의 아버지인 라이오스 왕임이 밝혀지는 것이다. 발라스는 현대에 새롭게 변모하여 재현된 오이디푸스이다. 탐정소설처럼 범인을 추적해나아가는 과정과 자신의 아버지를 아버지인 줄 모른 채 우발적으로 살해하는 점에서 발라스와 오이디푸스는 유사하다. 부은 발이라는 이름을 지닌 오이디푸스처럼 발라스도 부은 발 때문에 쩔뚝거리며 거리를 헤맨다. 테베의 이방인으로 여겨졌던 오이디푸스는 결국 테베 태생임이 드러나고, 발라스에게 낯설기만 한 도시는 결국 어머니와 함께 와본 적이 있던, 아버지가 사는 도시임이 밝혀진다.

콜라주 기법의 비평적인 기능은 클로드 시몽의 『농경시』에서도 드러난다. 시몽의 『농경시』는 기원전 로마의 시인이었던 비르길리우스의 동일한 제목의 서사시에서 영감을 받은 소설이다. 비르길리우스의 『농경시』는 전쟁과 도시에 대한 환멸, 자연을 일구며 사는 생에 대한 동경, 생의 신비에 대한 외경 등을 다루고 있지만, 시몽의 『농경시』

에서는 각기 다른 3세기 동안의 시간적 배경 아래에서 스페인 내전과 1940년 프랑스의 패배, 프랑스 혁명과 나폴레옹 시대 한 장군의 이야기가 서로 교차되어 서술된다.

콜라주 기법의 변증법적인 기능은 클로드 시몽의 소설 속에서 발견된다. 시몽의 『전도체Les corps conducteurs』는 미국의 한 대도시에 대한 작가의 비전이라 할 수 있다. 미국의 어느 대도시에서 거북스러움을 느끼는 이방인인 화자, 긴 비행기 여행에서 화자가 느끼는 피로감, 기약 없이 여인과 보내는 하룻밤, 스페인어로 진행되는 작가 회의에서 소모적 토론을 지켜보는 화자 등의 장면 장면이 중첩적으로 보여진다. 계속적으로 중첩되는 이미지는 화자가 파악하는 분열된 세상의 모습, 과거와 뒤섞이면서 사라져버리는 현재를 나타낸다. 미국의 대도시의 현실적이며 다양한 모습들이 콜라주 기법으로 작품 속에서 드러난다. 『파르살 전투』에서 시몽은 프루스트, 세자르, 아퓔레Apulée 같은 고전적 작가들의 작품들을 콜라주 기법으로 사용하는 동시에 신문의 기사, 광고의 문구 같은 비문학적이며 대중적인 텍스트들을 역시 콜라주 기법으로 사용하고 있다.

뷔토르의 작품 속에서 콜라주 기법은 원전을 변모시켜 새로운 이미지를 창출하는 창조적인 기능으로 사용된다. 『모빌』에서 콜라주 기법은 제퍼슨의 인종차별적인 성향을 나타낼 때만 사용되며, 『1초에 6,810,000리터의 물6,810,000literes dé au par seconde』에서는 샤토브리앙F. R. de Chateaubriand의 『아탈라Atala』에 나오는 나이아가라 폭포에 대한 묘사가 콜라주 기법으로 사용된다. 샤토브리앙의 텍스트에서 나이아가라

폭포에 대한 묘사는 1797년 『혁명에 관한 시론Essai sur les révolutions』에 등
장하며 샤토브리앙은 1801년 고쳐 쓴 이 부분을 『아탈라』에 삽입하는
데, 뷔토르는 이 텍스트의 두 판본을 『1초에 6,810,000리터의 물』에서
사용한다.[20] 뷔토르는 샤르보니에와의 인터뷰에서 『1초에 6,810,000리
터의 물』은 샤토브리앙의 작품을 인용한 것이 아니라 이를 작품의 재
료로 사용했다고 밝히고 있다. 뷔토르의 『1초에 6,810,000리터의 물』
속에서 샤토브리앙의 텍스트는 변형되어 사용되며, 샤토브리앙의 언
어들은 뷔토르의 텍스트 속에서 변모하면서 새로운 이미지들을 만들
어낸다.

이처럼 누보로망에서 콜라주 기법은 다른 원전에서 비롯되는 경우
외에도 작가 자신이 이전에 쓴 텍스트를 원전으로 사용하기도 한다.
텍스트 간의 상호 관련성, 즉 한 작품에서 사용되었던 모티프나 내용
이 다른 작품에서 다시 나타나는 간텍스트성은 클로드 시몽의 소설에
서도 빈번히 사용된다. 『플랑드르로 가는 길』에 등장하는 드 레이샥
이란 이름은 『역사』에서 재등장하며, 『역사』의 첫 부분에서 클로드 시
몽이 자세하게 묘사하며 새로운 연상을 유출시키는 아카시아 나무는
최근 출판된 소설의 제목이 되고 있다. 베케트의 소설에서도 몰로이,
모랑, 머피, 말론느 같은 이전 텍스트의 등장인물들의 이름이 재사용
된다.

누보로망에서 사용되고 있는 콜라주 기법은 롤랑 바르트가 주장하
는 '뜯어 맞추기'의 개념으로 이해할 수 있을 것이다. 의미가 탄생하도
록 사건들의 단편들을 '시험해보는' 작가가 하나의 구조를 세우기 위

---

20 G. Genette, *Palimpsestes*, 1982, Seuil, p. 62.

해 사건들을 기능들로 변형시키는 것이며, 뜯어 맞추기는 누보로망에서 '구성'의 개념인 것이다.

누보로망에서 소설 자체에 대한 의문 제기는 변해가는 세상의 모습에 대한 해답을 제시하는 것이라고 뷔토르는 주장한다.[21] 이는 문학 자체에 대한 의문 제기라는 로브그리예의 의견처럼, 누보로망 작가들을 통해 보여지는 다양한 소설 기법을 통해 드러나고 있다. 우리가 살펴본 다양한 누보로망의 기법을 통하여 누보로망 작가들이 보여주는 것은 문학이란 무엇인가에 대한 궁극적인 의문 제기이다. 사물화된 인간의 삶을 보여줌으로써 비극적 인간 운명에 대한 깨달음을 역설적으로 보여주는 것이다.

21 M. Butor, *Répertoire III*, p. 18.

누보로망 작가의 개별 연구

사무엘 베케트Samuel Becket(1906~1989)

연극 「고도를 기다리며」로 세계적인 작가의 반열에 오른 사무엘 베케트는 극작가이기 이전에 많은 실험적 소설을 쓴 소설가이다. 아일랜드의 수도 더블린 교외인 폭스록Foxrock에서 1906년 태어난 베케트는 중산층 가정의 차남으로 평범한 청소년기를 보낸 후, 1923년 더블린의 트리니티 대학에 입학해 프랑스 문학과 이탈리아 문학을 전공했다. 트리니티 대학 재학 시절, 데카르트와 단테에 심취했던 사무엘 베케트는 1926년 프랑스로 첫 여행을 떠난 후 1927년에는 피렌체에서 몇 달간 체류할 수 있는 기회를 갖게 되고, 다음 해에는 22세의 나이로 파리의 고등사범학교에서 영어 강사 자리를 얻게 됨으로써 파리 생활을 시작하게 되었다. 이 시절 같은 아일랜드인으로 세계적 명성을 얻고 있던 소설가 제임스 조이스와 친분을 맺게 되고, 조이스의 『작업 과정Work in progress』의 집필에도 참여했던 베케트는 조이스의 비서라 불릴 정도로 조이스와 가깝게 지냈으나 베케트에게 마음을 두고 있던 조이스의 딸 루시아를 매정하게 거절한 후 조이스와는 소원한 관계가 되어버린다. 더블린으로 돌아온 베케트는 트리니티 대학의 불문학과에 자리를 얻게 되지만 2년 후 학위 논문을 포기한 채 파리로 되돌아온다. 이때 파리에서 베케트는 엘뤼아르, 브르통, 크르벨 같은 초현실주의자들의 시를 번역했다 한다. 아버지 사망 후 1932년부터 1937년까지 아버지의 유산으로 런던에서 어렵게 작품 활동을 하며 정신병원에서도 일을 하던 베케트는 칼 융K. Jung의 강연을 듣는 기회를 얻게 되며, 이때 융이 강연에서 인용한 이야기가 베케트의 작품 속에 인용되고 있다. 1934년 첫 단편집 『발길질을 하느니 찔러버려라More picks than kicks』를 런던에서 출간하여 비평가들의 호응을 얻었으나 내용상 성적인 은유가 포함되어 있다는 이유로 아일랜드에서 베케트의 첫 단편집은 출판 금지를 당하게 된다. 42곳의 출판사에서 거부당한 『머피Murphy』가 1937년 영국에서 출간되고, 1938년 프랑스로 다시 이주한 베케트는 화가 반 벨드 형제와 친분을 쌓게 되며, 프랑스어로 작품을 집필하기 시작한다. 어느 날 밤, 파리의 몽파르나스 거리에서 베케트는 포주인 한 남자에 의해 칼에 찔리는데, 가해자는 경찰에서 범죄의 동기를 추궁당하자 "왜 그랬는지 나도 모르겠다"라고 대답했다고 한다. 이 사건에서 가해자의 대답은 후의 베케트의 작품 여러 곳에서 반영되고 있다고 하겠다. 나치 치하의 프랑스에서 베케트는 레지스탕스에 가담하며, 1942년, 이 사실이 나치에 적발되어 체포되기 직전 남프랑스의 루시옹 지방으로 피신해 한 농가에서 지내게 된다. 루시옹의 한적한 농가에서 농사일과 글쓰기를 병행하며 보내는 동안 쓴 소설 『와트*Watt*』가 영어로 완성된다. 종전 후 1945년 파리로 돌아온 베케트는 셍-로의 적십자에서 일하기도 하며 프랑스에 정착하기를 희망하게 된다. 1946년, 일련의 소설들이 프랑스어로 씌어지며 1970년 발표된 『메르시에와 카미에*Mercier et Camier*』『첫사랑*Premier amour*』외에도 『쫓겨난 자*L'expulsé*』『진정제*Le calmant*』『종말*La fin*』등의 단편소설들을 집필하게 된다. 『몰로이』『말론느 죽다』『이름 붙일 수 없는 자』3부작은 주로 누보로망을 발간하던 미뉘 출판사의 편집인 제롬 랭동에 의해 발간되며, 이후 프랑스어로 씌어진 베케트의 모든 작품들이 미뉘 출판사에서 출간된다. 소설을 쓰는 간간이 집필된 베케트의 초기 희곡 『엘루테리아*Eleuthéria*』와 『고도를 기다리며』중 『고도를 기다리며』는 로제 블랭의 연출로 무대화되어 대성공을 거두게 된다. 오지 않는 고도를 기다리는 에스트라공과 블라디미르의 이야기는 전쟁을 치른 황폐한 1950년대의 파리에서 큰 반향을 얻게 되며 이오네스코E. Ionesco, 아다모프Adamov의 연극과 함께 새로운 내용과 형식을 담은 누보 테아트르Nouveau théâtre의 출현을 의미하게 된다. 『고도를 기다리며』가 세계적 명성을 얻은 후 『승부의 끝*Fin de partie*』『크랍의 마지막 테이프*La dernière bande*』『무언극 I, II*Acte sans paroles I, II*』『행복한 나날들*Oh les beaux jours!*』『연극*Comédie*』등의 희곡들이 영어와 프랑스어로 발표되며, 「넘어지는 모든 것들*Tous ceux qui tombent*」「재*Cendres*」「말과 음악*Paroles et musique*」「카스캉도Cascando」등의 라디오 드라마가 발표되었다. 자신의 희곡의 연출에 극도로 엄격했던 베케트는 점차 연출 작업에 관심을 나타내어 독일에서는 점차 자신의 작품을 직접 연출하게 된다. 젊은 시절부터 영화에 관심을 갖고 있었으며 한때 아이젠슈타인의 조수가 되기를 희망했던 베케트는 대사가 없는 짧은 영화 대본 「영화

Film」를 쓰고 이는 미국의 연출가 알란 슈나이더에 의해 버스터 키튼 주연의 영화로 만들어져 베니스 영화제에 소개되기도 하였다. 『고도를 기다리며』의 성공 이후 베케트는 소설가보다는 극작가로 더 알려지게 되지만 희곡과 함께 소설도 꾸준히 집필했다. 마지막 장편소설인 『그 건 어떤가』 『단편소설집Têtes-mortes, nouvelles et textes pour rien』과 「감소시키는 자Le dépeupleur」 「또다시 끝내기 위하여와 다른 실패작들Pour finir encore et autres foirades」 「동행Compagnie」 「잘못 보이고 말실수를 하고Mal vu mal dit」 등의 산문들을 남겼다. 1969년 베케트는 노벨문학상을 수상하게 되며 자신이 직접 스웨덴에 가는 대신 그의 출판인인 제롬 랭동을 보내 노벨상을 대리 수상하게 한다. 이후 1970년대와 1980년대에 발표된 베케트의 작품들은 점차 간략하고 절제된 언어와 이미지를 사용하게 된다. 짧은 분량의 산문집들이 발표되며 텔레비전이라는 새로운 매체에 관심을 보이던 베케트는 네 편의 짧은 텔레비전 드라마를 집필, 영국 BBC 방송을 통해 이 작품들이 방영되기도 했다. 고도가 의미하는 것이 무엇이냐는 집요한 질문들을 받을 때마다 "고도가 누구인지를 알았다면 책 속에 썼을 것이다"라고 대답했다는 베케트는 자신의 작품에 대한 설명이나 주해를 극도로 싫어했던 작가였다. 1989년 12월 베케트는 파리에서 83세의 나이로 생을 마감한다.

*

『고도를 기다리며』의 명성으로 인해 오늘날 베케트는 희곡 작가로 더 알려져 있지만, 베케트는 소설을 쓰는 도중 머리를 식히기 위해 희곡을 집필했다고 언급할 정도로 그의 소설 작업은 베케트의 작품 세계에서 중요한 위치를 차지하고 있다. 아일랜드 태생의 작가이면서 모국어인 영어뿐만 아니라 프랑스어를 자유롭게 구사했던 베케트는 작품을 이 두 언어를 사용하여 한 언어에서 다른 언어로 자신의 작품을 직접 번역하기도 했다. 베케트 작품의 프랑스어 출판은 누보로망을 주로 출간하던 미뉘 출판사에서 이루어졌으며, 베케트의 초기 소설에서 보여지는 새로운 형식과 내용이라는 실험성은 작가 베케트를 누보로망 소설가의 한 사람으로 인식하게 한다 할 것이다.

영어로 씌어진 베케트의 첫 장편소설인 『머피』의 주인공인 머피는 세계와 유리되어 사는 특이한 인물이다. 그는 별자리 점을 믿으며 요람에서 나체로 잠을 자고, 일하는 것을 거부한다. 즉 자신의 세계에 갇혀 사는 인물로 묘사된다. 세상에 대한 의구심을 품은 채 '나는 누구인가' '나를 둘러싼 이 세상은 무엇인가'에 대한 의문을 품은 머피는 점점 더 세상과 단절되어 정신 병원에서 살게 된다. 정신 병원의 한 다락방을 차지하게 된 머피는 가스 난방기에서 나오는 가스에 중독되어 죽고 화장해서 한 줌의 재가 된 머피의 유해는 지저분한 술집 바닥의 청소용 톱밥과 뒤섞여 사라진다. 첫 소설 『머피』에서 다루어지고 있는 정체성의 추구는 이후의 베케트의 소설들 속에서 중요한 모티프로 발전하게 된다.

영어로 집필된 두번째 소설 『와트Watt』에서는 크노트 씨의 집에 새로운 하인으로 도착한 주인공 와트가 크노트의 집을 떠나기까지의 이야기를 다루고 있다. 크노트의 하인으로 그의 집에 들어왔지만 크노트의 집에 머무르는 동안 와트는 크노트에 대하여 아는 것이 거의 없다. 크노트는 어떤 날은 커 보이기도 하고 어떤 날은 작아 보이기도 하며, 어떤 날은 마르고 금발머리로 보이다가 어떤 날은 건장하고 갈색머리인 남자로 보이는 종잡을 수 없는 인물이다. 크노트의 집에서 와트는 크노트에 대해 생각하고 그를 상상해보는 데 온 시간을 다 바친다. 크 노트의 또 다른 하인 어스킨을 통해 와트는 크노트에 대한 정보를 수 집해보려고 하지만 어스킨은 거의 도움이 되지 못한다. 결국 크노트 의 집에서 보내는 와트의 삶은 크노트가 누구인가에 대한 추정을 하는 데 바쳐진다. 불확실한 현실에 의미를 부여하기 위해서 와트는 크노트 에 대한 현실을 자신이 만들어내려 하는 것이다. 즉 추론으로 세상을 파악하려는 노력[1]을 시도한다. 와트의 이러한 추론은 어스킨과 크노트 가 어떻게 서로 연락을 취할 것인가에 미치게 되고 크노트가 초인종을 눌러 어스킨에게 연락을 한다면 어스킨의 방에서 초인종 소리를 들을 수 있을 것인가에 대한 의구심을 품게 된다. 이를 직접 확인해보기 위 해 와트는 어스킨의 방에 잠입해보기도 한다. 어스킨의 방에는 초인종 은 있지만 소리는 들을 수 없는 것이었다. 한편 크노트의 방문 앞에는 온갖 내용물이 혼합된 식사가 든 그릇 하나가 놓여지고 이 그릇은 비 워진 채 다시 문 앞에 놓여진다. 이 그릇이 비워지면 문 앞에는 새로 운 식사인 그릇이 놓여진다. 그릇이 비워진다는 것에서 출발해서 와트 는 크노트가 방에서 개를 기르는가에 대한 의구심을 갖게 된다. 하지 만 와트는 개를 본 적도 개의 소리를 들은 적도 없다. 같은 집에 살면 서 크노트는 와트와 거의 마주치지도 않지만 와트는 크노트가 존재하 기 위해서는 누군가 그를 볼 사람을 필요로 한다고 생각한다. 하지만 크노트를 통해 세상을 파악하려는 와트의 노력은 수포로 돌아간다. 어 느 날 와트는 크노트의 집에서 영지 내의 작은 별장으로 보내지고 이

---

1 L. Janvier, *Pour Samuel Beckett*, Ed. de Minuit, 1968.

제껏 소설 속에서 '나'라고 말하며 와트의 이야기를 하던 화자가 이야기에 등장한다. 샘이라 불리는 화자는 와트의 친구가 되어, 이들은 넘어지고 다치며 방랑하듯이 영지를 벗어나 역에 도착한다. 누군지 알아볼 수도 없이 상처투성이가 된 와트가 가장 멀리 갈 수 있는 기차표를 사는 것으로 소설은 끝을 맺는다. 『와트』에서 크노트를 통해 세계를 파악하려는 와트의 의도는 빗나가버린 채 와트는 크노트로 대표되는 세계에서 쫓겨나게 된다.

초기 소설 『머피』와 『와트』에서 공통적으로 나타나는 것은 주인공들의 이야기를 하는 화자의 존재이다. 독자들을 의식한 채 글 쓰는 행위를 자각하는 화자의 존재는 베케트의 소설 속에서 지속적으로 보여진다. 1940년대에 집필된 일련의 단편소설들 중 『쫓겨난 자』는 자신이 살던 집에서 어느 날 집 밖의 층계 계단으로 내던져진 채 쫓겨난 화자가 1인칭으로 기술하는 이야기이다. 집에서 쫓겨난 후 '나'는 자신이 살던 마을이지만 낯설기만 한 마을을 불편한 다리로 걸어가 순경을 만나 주의를 받기도 하고, 관을 실은 마차를 만나기도 하며, 마부와 식사를 하고 마차 보관소에서 말과 함께 밤을 보내게 된다. 말의 눈초리에 불편함을 느낀 화자는 마차 보관소를 빠져나오며 이야기는 이 부분에서 갑자기 멈춰진다. 화자는 "내가 왜 이 이야기를 했는지 모르겠다. 다른 이야기를 했을 수도 있었을 텐데. 아마도 다음번에는 다른 이야기를 할 수 있을 것이다. 명민한 사람들이여, 당신들은 이 이야기가 서로 비슷비슷한 이야기라는 걸 알게 될 것이다"[2]라는 문장으로 소설을 끝맺는다. 1인칭으로 마치 자신의 경험을 이야기하듯 하던 화자

---

2 S. Beckett, *L'expulsé*, Ed. de Minuit, p. 37.

의 이야기는 마지막 문장에 의해 허구일 수도 있음이 시사되는 것이다. 『진정제』는 『쫓겨난 자』의 후속 편처럼 시작된다. 1인칭의 화자는 "내가 언제 죽었는지 모르겠다. 90세쯤의 나이에 늙어서 죽은 것으로 알고 있었다"[3]라는 문장으로 소설을 시작한다. 침대 속에서 자신의 육신이 썩어가는 것을 느끼는 두려움을 피하기 위해 화자는 자기 자신에게 이야기를 하나 해주기로 결정한다. 화자는 "내가 오늘 저녁 하는 이야기는 오늘 저녁 이 시간에 일어나는 이야기이다"라고 한정 지음으로써 소설 속의 이야기와 사건이 같은 현재의 시간에 진행됨을 상기시킨다. 화자가 진행하는 이야기 속에서 화자는 텅 빈 듯한 마을에서 헤매다 탑 속에 숨게 되고, 그곳에서 염소를 모는 한 아이와 노인을 만나게 된다. 노인은 화자에게 자신의 이마에 입 맞춰주는 대가로 화자에게 진정제 한 통을 내민다. 『종말』도 『진정제』의 후속 편처럼 진행된다. 『종말』에서의 화자인 '나'는 양로원에서 쫓겨나 강가로 간다. 이리저리 숙소를 구하던 화자는 한 여인에게 지하실 방을 얻지만 진짜 주인의 출현으로 방에서 쫓겨나 바닷가의 주막, 언덕 위의 동굴 등을 전전하게 되고 그의 상태는 점차 악화된다. 길거리에서 구걸을 하게 된 화자는 이제 자신의 종말을 준비하려 한다. 낡은 나룻배에 누워 담요를 뒤집어쓰고 죽음을 맞이하려는 화자는 진정제를 삼키고, 배 속으로 점차 물이 스며든다. 소설은 "내가 만들 뻔했던 이야기를 조금은 후회 없이 생각할 것이다. 끝낼 용기도, 계속할 힘도 없는 내 삶의 모습인 이야기를"[4]이라는 화자의 독백으로 끝맺는다. 뻣뻣한 다리로 잘 걷지 못하는 『쫓겨난 자』의 주인공, 침대에서 죽음을 기다리며 이야기

---

3 S. Beckett, *Le calmant*, Ed. de Minuit, p. 39.
4 S. Beckett, *La fin*, Ed. de Minuit, p. 112.

를 만들어내는『진정제』의 주인공, 혹은 진정제를 삼키며 낡은 나룻배에 누워 죽음을 기다리는『종말』에서의 주인공이 보여주듯이 세 편의 단편에서 '나'라는 1인칭 화자-주인공의 상태는 이야기가 진행될수록 악화되며, 이야기를 만들어내는 것이 이들 자신들이라는 불확실한 존재를 찾아나가는 한 방법임을 나타내고 있는 것이다.

  베케트의 노벨상 수상 후인 1970년 발표되었지만 1940년대에 집필된 중편소설『첫사랑』역시 1인칭으로 서술된 작품이다. 작가의 전기적 측면이 드러나고 있다고 평가받는『첫사랑』에서 직업을 갖고 있지 않은 '나'라는 화자는 아버지 사망 후 집에서 쫓겨나 묘지, 운하 주위 등을 배회하게 되고 어느 날 루루라는 한 여자를 만나게 된다. 루루의 집에서 지내게 된 화자는 소파를 제외한 모든 가구들을 복도로 내놓고 방 하나를 차지하고는 루루가 가져다주는 음식을 먹으며 소파에서 웅크리고 지낸다. 생활을 위해 루루는 매춘을 하게 되고 어느 날 화자의 아이를 갖게 되었다고 주장한다. 아기가 태어나고 아기의 울음소리를 견디다 못한 화자는 복도에 쌓인 가구들을 넘어 루루의 집을 빠져나간다. 소설 속에서 루루라는 이름조차 확실하지 않으며 이야기가 진행되면서 여자의 이름은 루루에서 안느로 바뀌어버린다. 세 편의 단편의 주인공들처럼『첫사랑』에서의 1인칭 화자에게도 이름이 부여되지 않는다. '나'라는 화자는 자신의 이야기를 하듯 소설 속의 이야기를 진행시키지만, 이야기를 만들어가는 '나'조차 불확실한 존재일 따름이다.

  세 편의 단편과 중편소설『첫사랑』에서는 1인칭 화자-주인공이 이야기를 진행하지만『메르시에와 카미에』에서 이제 화자는 메르시에와 카미에를 관찰하는 제3의 존재로 부각된다. 소설 속에서 화자는 메르시에와 카미에의 여행에 동참했었다고 독자들에게 주장한다.『고도를 기다리며』의 등장인물인 블라디미르와 에스트라공을 연상시키는 메르시에와 카미에는 살아남기 위해 말하는 인물들이다. 소설 속에서 부랑자처럼 되어버린 두 인물 메르시에와 카미에는 두 사람이 가진 우산 하나, 우비 한 벌, 가방 하나, 자전거 한 대를 지닌 채 여행을 떠나고, 여행을 하는 도중 우비를 제외한 자신들의 소유물을 하나씩 잃어버린다. 우비와 우산, 자전거, 가방 같은 등장인물들의 소유물들은 베케트의 소설 속에서 중요한 모티프로 사용되면서 반복적으로 등장하는 소품들이다. 주인공들의 방랑과 헤맴에 동반되는 이러한 소품들은 방랑이 진행되는 과정에서 사라져버리며 등장인물들의 육체적 조건은 점점 더 악화된다. 갖은 어려움을 겪는 여행의 동반자였던 메르시에와 카미에가 각자 헤어진 후 오랜 시간이 흐른 어느 날, 집에서 나오던 카미에는 악취를 풍기는 한 노인과 그의 동반자를 만나게 되는데, 노인은 자신의 동반자가 메르시에라고 한다. 자신은 와트라는 것이다. 술집에서 취하도록 마신 세 사람은 각자 갈 길을 떠난다.

베케트의 소설 속에서 이야기를 이끌어가기도 하다가 이야기를 불확실하게 만들어버리는 화자의 개입은 『몰로이』『말론느 죽다』『이름 붙일 수 없는 자』의 3부작을 통해 더욱 두드러진다. 3부작을 통해 드러나는 화자인 '나'는 소설 속에서 더욱더 불확실한 존재일 따름이다 탐정소설의 형태로 시작되는 『몰로이』의 1부에서는 어머니를 찾는 몰로이의 이야기가 진행되며, 2부에서는 몰로이를 찾는 모랑과 그의 아들의 이야기가 소개된다. 『몰로이』는 "나는 지금 어머니의 방에 있다. 지금 거기서 살고 있는 사람은 바로 나다. 내가 어떻게 거기에 왔는지 나는 모른다"라는 문장으로 시작된다. 소설 속의 '나'는 몰로이로 밝혀지며 자신의 이름이 몰로이라고 말하지만 몰로이 자신도 그것이 진정한 자신의 이름인지에 대해서는 확신하지 못한다. 2부에서 몰로이를 찾으라는 명령을 받은 모랑은 아들과 함께 자전거를 타고 몰로이를 찾아 나선다. 하지만 진짜 몰로이가 있는 것인가, 그는 단지 모랑이 만들어낸 악몽에 불과한 것인가에 대해서도 소설은 명확한 답을 제시하지 않고 있다. 모랑의 아들은 몰로이를 찾는 여정 중 모랑을 버리고 떠나버리고, 소설의 전반부에서 묘사된 몰로이와 비슷해진 모랑은 몰로이를 찾아 나선 힘겹고 긴 여행에서 돌아온 후, 자기 자신이 모랑이라는 것조차 기억할 수 없게 된다. 몰로이를 찾아 나선 모랑이 찾아 헤매던 것은 자기 자신이기도 한 것이다. 결국 몰로이는 자신이 찾던 어머니를 찾지 못하고, 모랑은 자신이 찾던 몰로이를 찾아내지 못하지만, 이러한 누군가를 찾는 여정의 실패는 이들에게 이야기를 만들어내고 등장인물들을 만들어나가는, 단어들에 의미를 부여하는 글쓰기의 시작으로 귀결된다.

『말론느 죽다』에서는 자신이 어디에 있는지, 몇 살인지 모른 채 죽어가고 있는 말론느의 목소리가 이야기를 이어간다. 그가 알고 있는 사실은 자신이 죽어가고 있다는 것뿐이다. 『말론느 죽다』에서 침대에 누워 양손만 움직일 수 있는 채 죽음을 기다리는 말론느가 할 수 있는 유일한 일은 이야기를 하는 것이다.[5] 쓰다 만 연필 조각과 공책을 벗 삼아 말론느는 이야기를 만들어간다. 죽음까지의 시간을 때우기 위해 이야기를 꾸며내는 말론느의 이야기 속에 사포라는 인물이 등장하고

---

5 "내 몸에서 가장 나중에 죽는 부분은 머리일 것이다. 손을 모아봐. 못 하겠어. 처절하게 누더기처럼 되어버린 자. 이야기가 끝났을 때도 아직 살아있을 것이다. 있을 수 있는 괴리. 내게는 끝났다. 더 이상 '나'라고 하지 않을 것이다." *Malone meurt*, Ed. de Minuit, 1951, p. 208.

사포는 어느 순간 화자의 결정에 의해 멕먼으로 불리게 된다. 사포의 부모는 모든 것을 희생하며 사포를 교육시키려 하지만 사포는 그 어느 것에도 관심이 없는 인물이다. 늙어서 거지처럼 되어버린 사포는 멕먼이라 불리고 양로원에 가게 된 멕먼은 이가 하나만 남은 몰이라는 늙은 여인을 만나 애인이 된다. 몰이 죽은 후, 켈트 유적지인 어떤 섬의 유물 발굴에 동원된 멕먼은 말론느와 함께 사라져버린다. 『말론느 죽다』에서 1인칭 '나'로 이야기를 이끌어가던 화자 말론느는 어느 순간 더 이상 '나'라는 1인칭 주어를 사용하지 않겠다고 선언하지만 화자는 끊임없이 자신에 대해 이야기한다. 말론느가 죽은 후 하는 말[6]은 주인공 말론느의 말인지 혹은 작가 베케트의 말인지조차 불확실하다.

로브그리예가 누보로망을 선언하며 "더 이상 할 말이 없다는 것을 말하기 위해 글을 쓴다"고 한 것처럼 『이름 붙일 수 없는 자』에서는 화자는 "더 이상 할 이야기가 없지만, 말을 해야 한다"고 주장한다. 3부작의 마지막 작품인 『이름 붙일 수 없는 자』에서 화자인 '나'는 자신이 누구인지, 어디에 있는지, 언제부터 그곳에 있는지도 모르는 채 어둠 속에 내던져 있는 존재이다. 화자는 자신을 계란처럼 둥글고 두 개의 구멍을 지닌 일종의 둥근 공으로 상상한다. 화자는 자신이 마후드라 불리던 몸통뿐인 인간이었다는 것을 기억해낸다. 하지만 이 기억은 화자의 상상 속에서 이루어진 일일 수도 있다. 톱밥이 깔린 항아리 속에 담겨 있는 몸통만 남은 마후드가 온전한 다리를 지녔던 시절, 여행을 떠나 온갖 고난을 겪으며 불구가 되어 돌아오지만 가족들은 모두 죽어버리는 이야기가 소개되며, 마후드란 등장인물이 사라지고 '나'라

---

6 "머피, 메르시에, 몰로이, 모랑, 그리고 각기 다른 말론느들과는 이제 끝장이다." 같은 책, p. 116.

는 화자로 대치된다. 마후드가 사라지고 보름이라는 이름이 새롭게 나타나는데 보름은 다름 아닌 한 마리 애벌레일 뿐이다. 애벌레 한 마리를 발견한 화자는 "이 은둔자에게 이름을 지어주어야 한다 이름이 없다면 구원도 없다. 보름이라 이름을 지어줘야지. 〔……〕 내가 더 이상 마후드라고 불리고 싶지 않은 순간이 오면 이 이름은 내 이름이 될 것이다"[7]라고 말한다. 3부작을 통해 베케트 소설 속의 화자들은 내면화된 1인칭으로서의 '나'와 객관적으로 보여지는 자신을 함께 묘사한다.[8] 『이름 붙일 수 없는 자』에서 1인칭의 내적 독백을 쏟아내던 화자는 어느 순간 "이 1인칭은 지긋지긋하다"[9]고 소리친다. 이제 이야기를 계속하는 '나'만이 존재하는 것이다.

베케트의 소설 중 가장 읽기 어려운 작품으로 손꼽히는 『그건 어떤가』는 방점 없이 나열되는 문장들로 구성된 3부로 나뉜다. 『그건 어떤가』에서는 공간의 이동과 이를 설명하는 화자의 말로 이루어진 화자의 여정을 3단계로 보여준다. 이름이 부여되지 않은 화자의 여정에서의 첫번째 단계는 진흙 속에서 기어가며 누군가를 찾는 화자의 모습이 묘사된다. 방점 없이 나열되는 문장 속에서 진흙 속을 헐떡이며 기어가는 화자의 숨결이 느껴지는 듯한 첫번째 단계를 지나 두번째 단계에서 화자는 핌이라는 이름을 가진 형을 찾고 그와의 교감을 시도하지만 결국 핌을 학대하고 핌이 가진 가방을 뺏는다. 자신이 지닌 마지막 소유물인 가방까지 뺏긴 핌은 가방처럼 구겨져버린다. 두번째 단계의 끝

---

7 S. Beckett, *L'innommable*, Ed. de Minuit, 1953, p. 103.
8 "말하는 것이 나라는 것을 내가 믿는다고 저들은 믿는 것일까? 역시 저들다운 생각이다. 저들이 저들 자신들의 말이 있고 그 말을 할 수 있듯이, 나는 내 자신만이 가진 말이 있고, 내가 그 말을 할 수 있다고 내가 믿게끔 하기 위해서인 것이다.", 같은 책, p. 120.
9 같은 책, p. 114.

부분에서는 화자의 어깨를 부여잡는 봄이라는 인물이 언급된다. 세번째 단계에서 주인공은 자신이 핌을 괴롭혔듯이 모든 것을 포기한 상태로 진흙 속에 엎드려 자신을 괴롭힐 사람을 기다린다. 소설의 도입부에서 괴롭힐 사람을 찾아 나선 가해자의 모습이던 화자는 소설의 끝부분에서는 그 자신이 가해자를 기다리는 모습으로 변해버린다. 소설의 끝부분에서 주인공은 "핌도 봄도 없었다. 진흙 속에 빠진 나만이 있을 뿐"이라고 단정 짓는다. 소설 속에서 주어가 의도적으로 생략되기도 하며, 구두점이 무시되거나 수많은 한순간의 침묵으로 자주 끊기는 문장이 반복되기도 한다. 주인공이 말하는 '나'는 이름도 없고, 어디서부터 왔는지도 모르는 채, 도움을 청할 곳도 없는 인물이다. 『그건 어떤가』의 주인공의 여정은 마지막 만삭인 죽음에 다다르기 위한 고독한 여행인 것이다.

*

베케트의 소설들은 점차 하나의 거대한 내적 독백으로 이루어진 소설로 변모한다. 베케트의 소설에서 줄거리나 등장인물들의 행위, 텍스트의 논리성은 부차적인 역할을 할 뿐이다. 이야기는 논리적으로 서술되지 않으며, 소설을 통해 외부 세계라는 환상을 보여주지도 않는다. 분열된 이야기의 요소들은 텍스트의 이곳저곳에 흩어져 나타날 뿐이다. 소설이건 희곡이건 베케트의 텍스트에서 등장인물들이 만들어내는 이야기들은 대부분 미완적이다. 등장인물-화자는 자전적 요소인 추억의 파편들과 허구가 섞인 이야기를 들려준다. 라디오 드라마인 「카스캉도」에서도 화자인 목소리voix는 이야기 속에서 '자전적 요소'와 '줄거리적 요소'를 교대로 사용한다. '줄거리적 요소'란 이야기의 순간이며 '자전적 요소'란 이야기를 만들어내는 자신에 대한 성찰의 순간이다. 이러한 '자전적 요소'와 '줄거리적 요소'의 교대적 사용은 베케트의 등장인물-화자들이 만들어내는 이야기의 중요한 특징이 된다. 등장인물들은 이야기하며 자신들의 이야기에 대해 끊임없는 주해를 단다. 또한 베케트의 텍스트 속에서는 줄거리의 해석에 대한 모호함을 의도적으로 유지하고 있다. 고도가 무엇을 의미하는가, 혹은 『넘어지는 모든 것들』의 루니 씨가 정말 아이를 죽였는가 죽이지 않았는가에 대한 해석은 부차적인 문제로 남게 된다. 텍스트들에 남아 있는 이러한 모호함이 오히려 베케트 텍스트들에 다양하고 풍요로운 해석들을 제공하는 것이다.

베케트의 소설에서 지속적으로 다루어지고 있는 문제는 혼자일 수밖에 없는 개인과 세계와의 만남이다.[10] 소설 속에서 이러한 개인과 세계의 만남은 대부분 세상 앞에 선 개인의 패배로 종결되며, 이는 베케트의 작품들이 비극적인 세계관을 나타내고 있다는 견해를 어느 정도 뒷받침해주고 있다. 베케트의 작품들 속에서는 끊임없이 자신의 정체성을 찾는 주인공들의 모습이 그려지지만, 이들이 찾는 정체성 자체도 불확실할 따름이다. 소설 속에서 이야기를 계속하는 '나'만이 존재하며 화자인 '나'는 자신을 이름이라는 허구 속에 감추고 자신을 찾아가려 하나 이러한 시도는 실패로 끝난다. 베케트의 소설에서 제기되고 있는 정체성에 대한 근본적인 문제 제기는 글쓰기를 하는 주인공들의 예로 귀착된다. 자신이 누구인가에 대한 불확실성을 안은 채 글을

---

10 L. Janvier, *Pour Sammuel Beckett*, Ed. de Minuit, 1968.

쓰는 주인공들은 존재의 흔적을 찾기 위한 글쓰기를 시도하는 것이다. 베케트의 소설 속에서 주인공이 완성해나가는 이야기는 등장인물-화자의 자전적 국면을 내포하고 있지만 대부분의 베케트 소설 속에서 등장인물들은 자신이 자전적 이야기를 하고 있다는 것을 부정한다. '나'라는 주어를 사용하기를 거부하는 등장인물들의 이야기는 진실과 허구의 대립항을 끊임없이 넘나든다. 신체적으로 쇠락해가는, 혹은 불구에 이르는 등장인물들의 긴 내적 독백이 강조되는 것이다. 베케트 소설의 주인공들을 통해 다루어지고 있는 정체성의 문제, 나는 누구인가에 대한 탐구는 주인공들이 자신의 존재의 흔적을 찾기 위한 글쓰기를 행하는 과정으로 귀결된다. 끝낼 수 없기 때문에 죽는 순간까지 계속해야 하는 글쓰기는 나는 누구인가, 어디에 있는가, 왜 존재하는가에 대한 근본적인 문제 제기인 것이다.

알랭 로브그리예Alain Robbe-Grillet(1922~2008)

소설 『변태성욕자』의 배경이 되었을 노르망디의 해안 도시 브레스트 Brest에서 태어난 로브그리예는 20대에 농림기사로 국립 통계연구소에 근무했고, 30대에는 소설을 쓰기 시작하고 40대에는 영화감독을, 50대에는 그림을 그리기 시작했다. 그리고 60대에는 음악을 할 것이란 기대와는 달리 자전적 소설인 로마네스크를 냈다. 1978년과 1997년 두 번에 걸쳐 한국을 방문했던 로브그리예는 '누보로망과 누보시네마' 그리고 '누보로망에서 새로운 자서전으로'란 제목으로 강연을 한 바 있다.

그의 첫 소설 『시역자』(1949, 출판은 1978년 미뉘 출판사에 의해 이루어짐)가 여러 출판사로부터 거절당한 후, 로브그리예란 이름이 알려지기 시작한 것은 『고무지우개』(1953)와 『변태성욕자』(1955)가 각각 페네옹상과 비평가상을 받으면서부터이다.

세계를 휴머니즘 아닌 새로운 리얼리즘에 입각해서 표현하던 1950년대의 누보로망은, 리얼리즘 대신에 텍스트로 하여금 말하게 하고, 인물의 관점이 아닌 텍스트의 관점에서 소설이 그려지던 1960년 이후의 누보로망을 거쳐, 소설에서의 탐미주의와 시제·인물·화법 따위에 대한 양식의 재반성이라 할 1980년 초반까지의 누보로망으로 이어진다.

이 같은 연대기적 분류를 로브그리예에 적용한다면 그의 문학 작품은 대개 네 시기로 나뉜다. 오늘날에 와서는 누보로망의 고전이라고 부르는 1950년대의 소설들이 그 첫 시기에 속하는데, 『시역자』『변태성욕자』『질투』가 그것들이다. 이들 작품들은 연대순, 줄거리, 등장인물, 시공 문제 따위에서 전통 소설의 기준에 문제 제기를 하였으며, 특히 언어의 물질성에 대하여 각별한 주의를 불러일으켰다. 사람들은 작품이 지니고 있던 객관성보다는 차라리 철저한 주관성에 관하여 말하기를 더 좋아하고, 또한 깊숙이 숨겨져 왔었던 전통의 대열 속에 첫 시기의 소설들을 다시 갖다놓으려는 경향마저 엿보였다. 한 가지 예를 든다면, 첫번째 소설들의 등장인물은 『이방인』의 뫼르소와 흡사하다는 것이다. 다시 말하여 부조리의 그림자에서 완전히 벗어나지 못한 채, 그것은 마치 독자와는 무관한 부재의 유형 같은 것이고, 소설이 처음 나왔을 때 모리스 블랑쇼나 롤랑 바르트가 언급한 바와 같이 절대시선의 끈질김 같은 것이었다.

1960년대를 관통하며 1971년의 누보로망에 관한 스리지 국제학술 회의로 매듭지어진 시기를 그 두번째라고 할 수 있는데, 누보로망은 이제 '누보 누보로망'이라는 새 이름을 얻게 되고 로브그리예의 소설 『쾌락의 집』과 『뉴욕에서의 혁명 계획』이 이 흐름에 가세했다. 『쾌락의 집』 10/18판 서문에서 마튜J. H. Matthews는 작가의 새로운 방법을 특징 짓는 요인을 예리하게 분석하였는데, 그에 따르면 '화해할 수 없는 것의 동적인 기능, 재현의 층위가 포함된 모든 층위의 문제점들에서 만나게 되는 자가당착' 속에 본질이 담겨 있다는 것이다. 이 같은 총체적 모호함의 체계를 위해서 로브그리예는 또 다른 선배 작가인 디드로, 특히 『운명론자 자크』의 디드로를 자주 거론하였는데, 이 책의 첫 부분 몇 줄은 무슨 선언문이라도 되듯이 즐겨 인용되었다.

세번째 시기는 1970년대의 텍스트들이 다른 영역과의 교류를 활발하게 했다는 사실에서 찾을 수 있을 것이다. 실제로 라우센베르크R. Rauschenberg, 델보P. Delvaus, 마그리트R. Magritte와 같은 화가들, 그리고 해밀턴D. Hamilton, 이오네스코Irina Ionesco와 같은 사진사들과의 공동 작업은, 노골적인 콜라주처럼 특징을 이루는 텍스트들에 모두 영향을 미친다. 독자는 자연히 매스미디어 사이, 장르 사이, 책 사이를 수없이 오가게 되어 항상 일시적인 자신만의 방황을 즐길 수가 있었다. 이 시기의 작품으로는 『유령 도시의 위상학Topologie d'une cité fantôme』과 『황금 삼각형의 추억Souvenir du triangle d'or』, 『미녀 포로La belle captive』 등이 있다.

마지막으로 네번째 시기는 로브그리예가 뛰어난 요술쟁이의 새로운 반전을 시행하게 되는 1980년대에 속한다. 『로브그리예 그 자신Robbe-Grillet par lui-même』을 쓰려는 시도가 그 출발점이었다 해도, 작가의 '자서전적 욕망'은 시리즈 형식으로 책이 묶여 나오는 것을 단호히 거부하였고, 몇 년 후에 그는 로마네스크란 형태의 서로 다른 세 권으로 나누어 출판하기에 이른다. 『되돌아오는 거울』(1984), 『앙젤리크 또는 매혹Angélique, ou l'enchantement』(1988), 그리고 『코랭트의 마지막 날들Les derniers jours de Corinthe』(1994)이 세 권의 로마네스크이다.

이와 같은 로브그리예 작품에 대한 구분은 일시적으로 시기에 맞춰본 것일 뿐이고, 이 분류에는 각기 다른 시기가 서로 겹치고 뒤얽히며 또한 서로 침투하는 복합적 구축 개념을 다시 도입해야만 할 것이다. 자서전은, 작가의 일상사와 행위를 말하는 데 그치지 않고 전유법 (轉喩法)적이고 탈종속적(脫從屬的)인 문학의 영역을 그 의미의 형태로 취하는바, 그 무엇에도 얽매이지 않으며 우스꽝스럽기까지 한 주제의 또 다른 자유, 말라르메가 일찍이 말한 적이 있는 무언극의 배우를 전면에 내세우는 것이다. 이 새로운 자서전은 사르트르의 『말』이나 마르그리트 뒤라스의 『연인』, 그리고 클로드 망스롱Cl. Manceron의 『자유의 사람들Les gens de liberté』에 해당될 것이다. 이제 프랑스의 소설은, 기호 체계나 형식에서 줄거리 있는 이야기로, 서유럽 문화의 거대한 신화에서 패러디 세례를 거친 희화된 신화로, 그리고 유머나 난센스의 주제에서 단편화된 의식으로 변모가 되면서, 이야기 자체 속에 지식이나 지혜의 내용을 담을 수 있는 쪽으로 그 흐름이 서서히 바뀐다.

*

롤랑 바르트 자신도 말년에 이르러 그의 텍스트들을 단편적으로 나누는 가운데 『사드, 푸리에, 로욜라Sade, Fourrier, Loyolar』(1971) 이후 『바르트 그 자신Barthe par lui-même』(1975)에서는 일종의 전기적인 이야기를 다룬 바 있다. 바르트는 원래 로브그리예를 둘로 나누어 '직접적 사물의 로브그리예'와 '간접적 사물의 로브그리예'[11]로 부르며, 앞의 것은 의

---

11 같은 책, p. 8.

미를 죽이며 관념을 물체화하거나 인간을 사물화하는 사람이란 뜻의 '사물주의자chosiste'로, 그리고 뒤의 것은 오히려 의미를 만들어내며 물체로 하여금 다른 사물에로의 매개 기능을 갖게 하는 사람이란 뜻의 '인본주의자humaniste'로 불렸다. 곧 '사물주의자'로서의 로브그리예에게는 사물에서는 물론 부조리에서조차 의미를 찾을 수가 없다. 의미의 부재에서마저도 의미를 발견할 수 있음이 그것인데, 바로 이 점이 실존주의 문학과 누보로망의 경계를 이루며, 로브그리예에게 있어서는 '사물은 사물이고 인간은 인간일 따름'[12]이라는 주장을 펴게끔 한다. 반면 '인본주의자'로서의 로브그리예에게는 물체가 상징으로 환원되는 것은 아니다. 그렇다고 지시 기능을 상실한 언어가 표현 행위의 목적이 되고 마는 재귀적 순환의 유희에 빠지지도 않는다. 더욱이 로브그리예가 다루는 소재는 일상적이고 진부한 것들이어서, 휴머니스트 로브그리예는, 롤랑 바르트에 따르면, 쉐니에처럼 '새로운 사상들에다가 고대 시의 틀을 씌우자'라고 하지 않고, '옛날 생각들에다가 새로운 소설을 만들어내자'[13]라고 말한다.

*

여기서 새로운 소설이란, 언어를 더 이상 도구로 삼지 않고 소재로 받아들이는 작가에 의해서 씌어진 글을 뜻했다. 쓴다는 것은 이미 존재하는 지식이나 이데올로기를 전달하는 것이 아니라 언어를 하나의 특수한 공간으로서 탐구하는 것이다. 따라서 쓴다는 것은 무엇을 쓴다

---

12 A. Robbe-Grillet, *Pour un nouveau roman*, Ed. de Minuit, 1963, p. 47.

13 B. Morrissette, *Les romans de Robbe-Grillet*, Ed. de Minuit, 1963, p. 12.

는 타동사로서가 아니라 단지 쓴다는 자동사로서의 의미를 지닌다. 과거의 휴머니즘에 뿌리를 둔 20세기 초엽의 작품은, 아직 수미일관한 줄거리에 토대를 둔 설화법, 헤겔류의 현실 체계에 대한 신앙, 그리고 대상의 의인화 및 주관화를 통한 관념이나 사상 따위에 기댄 바가 컸다. 그러나 도스토옙스키, 프루스트, 조이스, 카프카, 포크너 등의 등장과 함께 독자들은 비논리적이고도 부조리한 세계와 만나며, 현상학의 출현은 데카르트 이래의 논리적 인식이나 과학적 실증주의에 대한 불신을 가중시키기도 하였다.

　전통 소설이 어떻게 보느냐 하는 문제를 직접 다룸으로써 독자들에게는 오히려 간접적인 전달 효과를 내는 것이라면, 로브그리예 소설은 어떻게가 아닌 무엇을 보느냐 하는 문제를 간접적으로 묘사하여 독자에게는 오히려 직접적인 전달 효과를 내는 것이라고 볼 수 있다. 또한 전자가 소설 기법 면에서 객관성을 잃음으로써 작가의 독단적 위치를 강요하는 연역적 방법에 속한다면, 후자는 반대로 객관성을 얻음으로써 독자의 능동적인 참여를 유도하는 귀납적 방법에 해당된다고 할 수 있을 것이다.

　비가 오면 나타나는 카푸친 수도사 모습의 청우계, 검은 바탕에 금빛 줄무늬가 새겨진 나무 액자 속의 밥맛 떨어지게 할 만큼 형편없는 판화들, 구리를 입혀 거북 등딱지 같은 괘종시계, 초록색 난로, 먼지와 기름에 찌든 아르강 식의 램프, 장난기 많은 손님이 붓 대신 손가락으로 자기 이름을 새겨 넣을 정도로 식탁보에 때가 낀 기다란 테이블, 망가진 의자들, 찢어지지 않고 잘도 늘어나는 에스파르트 섬유의 발 닦개, 그리고 나무로 된 부분은 까맣게 탄 채 구멍이 깨지고 접합

부위가 흐트러진 발 보온기, 이런 것들을 여러분은 거실에서 볼 수가 있습니다. 이들 가구가 얼마나 낡았고 금이 갔으며, 썩고 흔들거리며, 벌레 먹고 팔다리가 달아나고, 또한 쓸모없이 그 생명이 꺼져가는가를 설명하기 위해서는 상세한 묘사가 필요할 텐데, 그러자면 이 이야기의 재미를 반감시키는 결과로 이어져서 성미 급한 독자들은 더 이상 참아주지를 못할 것 같습니다. 붉은 타일은 닳거나 덧칠이 되어 있어서 온통 울퉁불퉁했습니다. 한마디로 이곳엔 시 없는 궁핍이 배어 있습니다. 꾀죄죄하고 억눌리고 그리고 해진 그런 궁핍 말입니다.[14]

흩어져 있는 빵 부스러기, 병마개 두 개, 때 묻은 나무 쪼가리, 그리고 여기에 입 모양을 한 오렌지 껍질이 덧붙여지니 마치 사람의 얼굴 모습을 닮았다. 경유가 반사되며 그것은 다시 어릿광대의 괴상한 얼굴로, 인형 넘어뜨리는 놀이의 오뚝이 모습으로 바뀐다.

아니면, 그것은 머리·목·가슴·앞발·큰 꼬리를 가진 사자의 몸뚱이와 독수리의 날개를 지닌 가공의 동물이다. 짐승은 좀더 멀리 널려 있는 먹이를 향하여 탐욕스럽게 나아가고 있다. 병마개와 나무 쪼가리는 늘 같은 자리에 머물고 있지만, 조금 전에 이것들이 만들었던 얼굴 모습은 온데간데없이 사라져버렸다. 게걸스러운 괴물도 없어졌다. 이제 수로의 물 위엔 아메리카 지도 같은 것이 어렴풋이 남아 있을 따름이다. 이 역시 저절로 그렇게 된 것이다.[15]

---

14 H. de Balzac, *Le Père Goriot*, Gallimard, Bibliothèque de la Pléiade, Nouvelle Edition, p. 54.

15 A. Robbe-Grillet, *Les Gommes*, Ed. de Minit, 1953, p. 37.

첫번째 인용문은 『고리오 영감*Père Goriot*』에 나오는 하숙집의 거실에 대한 묘사이고, 두번째는 『고무지우개』에 나오는 범인에게 비쳐진 수로의 수면 묘사이다. 두 인용문 모두 즐비한 물체의 나열로 말의 홍수를 이루는 듯하지만, 좀더 자세히 들여다보면, 발자크가 물체를 독자에게 직접적으로 '설명하는' 데 비해, 로브그리예는 물체를 간접적인 기법으로 '보여주는' 데 그치고 있다. 발자크의 물체가 '의인화'되어 작가의 시점에 관계없이 도처에 자리 잡고 있는 데 비해, 로브그리예의 이미지는 오히려 '사물화'되어 물체의 표면에만 작가의 시점이 머물고 있음을 알 수 있다.

인간과 세계와의 관계를 새롭게 창조하려는 새로운 소설 형식을 누보로망이라고 볼 때, 시선은 현실을 재창조하는 눈이며, 언뜻 보아 감정의 피안에서 객관적으로 묘사된 듯한 물체는 보는 사람의 시선에 비객관적으로 비친다. 곧 사물을 보고 다시 볼 때 정념이 생겨나고, 또 다시 볼 때 변형이 나타난다. 대상의 검증은 바로 인간의 검증으로 이어지는 데에 로브그리예의 새로운 관점이 서며, 그의 글쓰기에 의해 투영된 세계는 '주관화된 객관'의 영역이 아니라 '객관화된 주관'의 영역이 된다.

*

바르트가 로브그리예에게서 객관적 문학의 가능성을 발견했을 때, 그 객관이란 바로 이 객관화된 주관의 더욱 견고한 글쓰기를 뜻했음이 분명하다. 객관화된 주관의 글쓰기가 되기 위해서는 텍스트에 따라 서로 다른 기법들이 필요했을 것이다. 우선 소설에서의 '형태'를 들 수

있다. 로브그리예는 작품의 내용이 형태를 만드는 것이 아니라 형태
나 구조가 내용을 만드는 것이라고 말한 바 있다. 곧, 언어가 자체만
의 의미를 갖는 것에signifier 그치지 않고 무엇인가를 알리고 환기시키
기signaler 위해서는, 단어와 문장 들이 나타내는 이미지를 연결하는 기
호의 망이 필요한데, 이 기호의 망을 이루는 것이 다채롭고도 항상 새
로워야 할 형태인 것이다. 그 형태들이란 회귀를 의미하는 동그라미
를 축으로 하여, 변증법의 사고를 연상케 하는 세모꼴, 거세 콤플렉스
와 불안정성을 떠올리게 하는 사다리꼴, 원뿔꼴, 눕힌 8자 모양 따위
가 그것인데, 이들이 일정한 간격으로 반복되어 나타남으로써 등장인
물의 의식에 또는 독자의 의식 속에 어떤 파문을 일으키게 하는 요소
로 작용한다.

소설의 형태 다음으로는 '등장인물'의 문제가 있다. 누보로망에는
인물 자체가 부재하는 것이 아니라 인간과 사물의 존재 방식이 변모
되어 나타난다. 주인공들은 '어떤 사람'이 되기 이전에 그저 '거기 있
는 존재'이며 인간과 세계 속에서 인간의 상황에만 관심을 집중시킨
다. 따라서 전통 소설에서는 주인공을 가리키는 말로 반신(半神, demi-
dieu)이란 뜻의 '영웅héros'을 쓰는 데 비해, 누보로망에서는 주역을 맡
은 배우premier acteur란 뜻의 '주인공protagoniste'을 사용한다. 주인공의
비중과 그 외 등장인물들의 비중의 차이는 그만큼 줄어들게 되며, 탈
인격화한 인물들은 자연히 이야기의 구조 속에서 하나의 구조적 단위
로 변하고 만다. 이때 구조적 단위로서의 인물은 '인물 곧 사람'이란
관계를 떠나서 그 인물의 행위와 관련을 맺는다.

따라서 객관화된 주관의 글쓰기는 필연적으로 모험의 글쓰기가 아
닌 글쓰기의 모험과 맞닿는다. 그리고 글쓰기의 모험은 종래의 줄거리

를 거부하는 것으로 나타난다. 물리적이고 객관적인 시간의 지배를 떠난 로브그리예의 세계에, 합리적인 가치 체계와 관념의 허구 대신, 이미지와 적나라한 구상의 무대가 펼쳐짐으로써, 예술은 가장 원시적이고도 본질적인 영역으로 되돌아온 셈이라고 할 수 있다.

미술과 음악에서 줄거리를 끌어낼 수 없듯이, '줄거리 없는 이야기'인 누보로망에서 줄거리를 끄집어내기란 결코 쉬운 일이 아니다. 이는 근원적으로 연대기적 시간의 파괴에서 비롯되는 것이지만 설명하는 것이 아니라 보여주고 들려주는 것에 기댄 현존성 또는 현전성의 방법에서 비롯된 것이기도 하다. "누보로망은 시인이 다다른 막다른 길"이란 지적에서 보듯이, 시의 분야에 도전했던 소설은 이제 다시 미술과 음악의 분야, 나아가 영화의 분야에까지 그 영역을 넓히게 되었다. 비논리적인 영상 언어에서는, 인간과 물체와의 투영이 심층 구조에서 이루어지며 또한 그 영상의 시제는 항상 직설법 현재로만 나타난다.

예를 들어 『질투』에 나오는 「아프리카 소설」은 소설 속의 소설로서, '이야기의 큰 세계'에 대한 '압축'의 기능과 더불어 '드러내기'의 기능을 요약적으로 보여준다. 소설의 줄거리는 남편으로 여겨지는 화자의 시각과 상상의 수준을 통해 전개되며, 연대기적 개념의 질서나 행위들의 연결체는 사라지고 오직 주인공의 불연속적이고도 강박적인 암시만이 문제가 된다. 그리고 이 같은 미완의 세계에 나름대로의 의미를 부여하며 세계를 완성시키는 사람은 다름 아닌 독자인 것이다. 화자의 '없음', 곧 화자의 시각과 상상을 통해 암시되는 이야기 속의 또 다른 이야기를 다음 구절에서 들어보기로 한다.

둘이서는 지금, A...가 읽고 있으며, 무대가 아프리카인 소설에 대해

이야기하고 있다. 소설의 여주인공은(크리스티안느처럼) 적도 지방의
날씨를 견뎌내지 못한다. 더위 때문에 그녀가 병을 일으킬 것만 같다.
 ─ 그런 건 기분에 달렸죠.
라고 프랑크가 말한다.

그런 다음, 그는 소설을 한 쪽도 읽지 않은 사람에게는 무슨 뜻인
줄 모를 남편의 행동을 암시한다. 그의 말은 '그것을(그녀를) 잡을 줄
알다' 또는 '그것을(그녀를) 배울 줄 알다[16]로 끝나는데, 그것이 누구
를 말하는지 또 무엇을 말하는지 정확하게 단정할 수가 없었다. 프랑
크가 A...를 바라보고, A...는 프랑크를 바라본다. 그녀가 얼른 그에
게 미소를 던지나, 미소는 이내 어둠 속으로 흡수되고 만다. 그녀는
알아차렸다. 소설의 이야기를 알고 있기 때문에.[17]

화자의 노도 같은 질투 감정이 스러지고 난 뒤에 암시되는 이야기는
주인공에 있어서 그 내용이 사뭇 달라져 있음을 알 수 있다. 다음 인
용문은 소설의 클라이맥스가 지나간 뒤에 나오는 비슷한 장면의 다른
내용들이다.

그는 소설을 한쪽도 읽지 않은 사람에게는 무슨 뜻인 줄 모를 남편의
행동을 암시한다. 책을 읽은 두 사람의 의견에 따르면 남편의 무관심
이 죄라는 것이다. 그의 말은 '기다릴 줄 알다' 또는 '무엇에 기대를

---

16 'savoir la prendre' 또는 'savoir l'apprendre'는 프랑스 말로 읽을 때의 발음은 똑같지만
   뜻은 서로 같지 않다.그리고 대명사인 'la' 'l'은 물체를 가리킬 수도 있고 여자를 가리킬
   수도 있다.

17 A. Robbe-Grillet, *La Jalousie*, Ed. de Minuit, 1957, p. 26.

걸다' 또는 '그녀가 오는 것을 보다', '그녀의 침실 속에서', '흑인이 거기서 노래를 부른다', 또는 그밖에 아무것이라도 좋다.[18]

*

글쓰기의 모험이 전통 소설에서의 줄거리를 거부했을 때, 로브그리예는 이야기 자체를 부정한 것이 아니고 소설의 목적이 오직 이야기를 하는 데 있다는 것을 부정했다. 플로베르가 작품의 최소 의미 단위를 단락paragraphe으로 보았다면 백 년 뒤의 로브그리예는 최소 단위를 문장phrase으로 보았다. 언어와 사물의 분리로 인해 현실이 부재의 공간으로 드러나자, 작가의 사명은 세계를 만드는 것이 아니라 인간의 허구적 충동을 채워주는 것으로 바뀌었다. 독자로서는 자연히 작품을 분석의 대상으로 보는 것이 아니라 스스로 작품을 만들어가는, 다시 말하여 독자의 읽는 행위가 텅 빈 언어 공간을 창조적으로 메워감을 뜻했다.

　인위적인 시대 구분이기는 하지만, 현대인은 지금 20세기라는 한 세기를 마무리 지어가고 있다. 아니 백 년 단위의 한 세기일 뿐만 아니라 천 년 단위의 두번째 10세기가 저물어가는 셈인데, 인류가 지금과 같은 시대의 분기점에 서려면 앞으로 다시 천 년을 더 기다려야 하기 때문이다. 또한 누보로망의 기수 격으로 평가되던 로브그리예의 문학적 결산의 시기도 공교롭게 20세기 말이라는 연대와 매우 비슷하게 맞아떨어진다.

---

18 A. Robbe-Grillet, *La Jalousie*, Ed. de Minuit, 1957, p. 193.

한 누보로망 작가의 추수기, 누보로망이라는 한 문학 사조의 정돈기, 그리고 3백 년 동안 이어져 내려오던 서양의 합리주의 정신이 막을 내려가고 있는 커다란 변혁기, 우리는 모두 이처럼 역사의 큰 전환점에 와 있는 것이다. 실증주의 언어관이 붕괴되면서 구조주의 언어 이론이 대두되었으나, 이 역시 단순한 언어 체계의 구축에만 몰두한 나머지, 문학은 문학 표현의 본질인 언어의 지시 기능까지 상실하기에 이른 느낌이다. 19세기의 신의 죽음, 20세기의 인간(휴머니즘)의 죽음은 필연코 말의 죽음으로 귀결되는 것인가. 또한, 문학 언어에 대한 기호학적 분석이나 컴퓨터에서 기호로 표시되어 나오는 과학적인 지시어가, 과연 문자를 기호로 사용하는 기록 문학을 대신할 수 있을 것인가.

롤랑 바르트는 일찍이 그의 평론집에서 언어에 대한 두 가지 태도를 밝힌 바 있는데, 언어를 도구로 쓰며 증언이나 설명을 전달하는 사람이란 뜻의 '문필가écrivants'의 입장이 그것이고, 다른 하나는 언어를 도구로서가 아니라 그 자체를 하나의 소재로 하여 시공적 탐구를 하는 사람이란 뜻의 '작가écrivains'의 입장이 그 두번째이다. 그런데 이 '작가'의 입장에서 그는 다시 로브그리예를 '사물주의자'와 '인본주의자'로 나눠본 것이었다. 그런데 많은 휴머니스트적인 요소들에도 불구하고, 로브그리예의 소설은 이전 작품들과의 차별성 때문에 오직 사물주의자로서의 모습만이 부각되었다고 말할 수 있다. 그러던 것이 1970년대와 1980년대를 지나면서 작가 스스로 글쓰기에 변모를 보여 소설 『진』을 끝으로, 자전적 소설인 『되돌아오는 거울』을 발표한 것이다. 수필 형식으로 꾸며진 이 새로운 이야기의 소설에는 로브그리예뿐만 아니라 다른 누보로망 작가들에게도 마찬가지로 금기시되던 '자아' '내면' '작품 설명'이 생생하게 그려져 있다. 에코의 소설이 나올 무렵이고 크리스테바의 소설이 나오기 조금 전의 일이다.

다음은 로브그리예의 변모를 확연하게 드러내 보여주는 『되돌아오는 거울』의 첫 부분이다.

나는 나 자신 외에는 다른 아무것도 결코 말한 적이 없다. 그것은 내면에 관한 것이어서 쉽사리 밖으로 드러나질 않았다. 다행스러운 일이었다. 서두에서부터 나는, 내 자신에 대한 신용을 잃은 결과가 되었고, 내 동료나 후배들에게서는 지탄을 받아 마땅할, 수상쩍고, 부끄럽고 또한 한심스러운 세 가지 용어를 발설했으니, 그 용어들이란 '나' '내면' '관해서 말하다'가 그것이다.

언뜻 보아 별 문제가 없어 보이는 이 세 단어 중 두번째 것인 '내면'은, 어처구니없게도, 깊이라는 인본주의적 신화를 되살려놓은 꼴이 되었다(우리 작가들에게는 한물간 그 같은 신화 말이다). 그런가 하면 마지막 단어인 '관해서 말하다'는, 그 추이가 항상 어렵게 진행되는, 재현이란 신화를 슬그머니 끌어들이는 결과가 되었다. 마지막으로, 어느 시대고 가증스럽기 짝이 없는 '나'에 관해서 말하자면, 앞의 두 단어보다 더 부질없는 것을 무대의 전면에 내세우고 있으니, '전기주의로의 회귀'가 바로 그것이다.[19]

지혜는 모친에게서 그리고 재능은 부친에게서 물려받았다고 스스로

---

19 A. Robbe-Grillet, *Le Miroir qui revient*, Ed. de Minut, 1985, p. 10.

밝히고 있는 로브그리예. 그는 그의 자전적 소설에서, 부친의 전우이기도 하고, 또한 자신의 고향인 브르타뉴 지방과 독일의 전설적 인물이기도 한 앙리 드 코랭트의 정체를 추적하기 시작했다. 그리고 수수께끼의 인물 코랭트 역시 어느 곳에도 있음 직하지 않은 어떤 존재를 추적한다. 추억과 환각이 뒤섞이면서 소설 속의 주인공과 실제 인물이 이야기의 동일 구상 위에 놓이게 되는 것이다. 로브그리예는 바로 이 코랭트를 통하여 부친의 영광스러운 분신을, 아니 자기 자신의 분신을 상상해가며 환각과 일체가 되어감을 글로 옮겨놓는다. 모호하고 단편적인 추억들을, 자신의 머릿속에서 끊임없이 형성·변형되는 이미지들과 비교하며 또한 그 관계를 빠짐없이 포착함으로써 로브그리예는 소설roman도 아니고 영화 소설ciné-roman도 아닌 로마네스크romanesque란 장르를 만들어낸다.

『되돌아오는 거울』과 『앙젤리크, 또는 매혹』이 나왔을 때 문학비평가이자 한림원 회원인 프와로-델페쉬B.Poirot-Delpech는 한 사람인 로브그리예를 '로브'와 '그리예'의 두 사람으로 나누어 로브그리예의 예술가적 변모를 명쾌하게 지적한 바 있다. 즉 열두 편가량의 소설과 줄거리 포착이 쉽지 않은 대여섯 편의 영화를 만든 '로브'와, 책과 영화를 가방 속에 넣고 미국의 대학들을 순회하는 이론가 겸 연사로서의 '그리예'가 그것이다. 그러나 로브그리예의 로마네스크는 '로브'의 장르에 속하지도 '그리예'의 장르에 속하지도 않는다. 로마네스크란 이름이 자서전이란 말로 둔갑하는 것은 적절치 못할지 모른다. 그것은 일상사의 하찮은 사건들이 그저 담담하게 나열되는 것이 아니고, 작품의 출처가 되는 환각과 개념을 독자로 하여금 상기시키려는 일이며 또한 한 편의 영화를 편집하는 일과도 같은 것이기 때문이다. 환각들 중에서 실제의 삶과 관련이 있는 부분은 거의 중요성이 없고, 절반은 로브그리예 아버지의 전우이면서 절반은 브르타뉴와 독일의 전설적 인물인 앙리 드 코랭트의 수수께끼 같은 거동이 문제시된다.

　로마네스크는 따라서 개인이나 텍스트의 단순한 성찰의 반영에 머물지 않고, 자전적 이야기와 허구 그리고 메타-텍스트가 서로 뒤섞임으로써 반사되는 하나의 은유나 환유를 암시한다. 그러므로 로브그리예는 '나'보다 우선하는 질문의 형식으로 코랭트의 이야기를 화자적 수법으로 대치하거나 아니면 겹쳐놓는다. 이렇게 함으로써 그는 '나'의 문제, 나아가 자서전의 문제까지도 하나의 뚜렷한 장르로 자리 잡을 수 있도록 길을 튼 것이다.

미셸 뷔토르Michel Butor(1926~2016)

알랭 로브그리예와 함께 프랑스의 누보로망의 기수 역할을 한 미셸 뷔토르는 지금도 작가로서 활발하게 작품 활동을 하고 있는 현역 작가이다. 그가 1950년대부터 10여 년 동안 프랑스의 문단에서 각광을 받은 것에 비하면 오늘날 그의 활동은 그렇게 화려하다고 할 수 없지만, 그러나 문학에 대한 끝없는 질문과 새로운 시도의 연장선상에 있다고 할 수 있다. 그의 작품은 너무나 풍요롭고 너무나 다양하고 너무나 광범해서 그를 한마디로 정의할 수 없게 만든다.

　흔히 그가 소설가로 불릴 때 그의 작품은 산문으로 되어 있는 허구적인 것으로 국한된다. 그의 작품에는 『접근 작업』과 같은 시도 있고, 『목록』 I, II, III, IV, V와 같은 비평적인 것도 있으며, 그 밖에도 다양한 성질을 띤 것이 있기 때문이다. 그래서 그의 문학의 독창적 성질을 이야기하자면 첫째, 여러 가지 문학 형식들의 탁월한 개척자로서

글쓰기écriture의 실험적 성격을 극대화하였고 둘째, 음악·미술·여행·
전기·문학 등을 다룸으로써 전통적인 글쓰기의 영토를 확장하여 언어
활동의 무한한 가능성을 모색하였다. 그래서 그에게는 소설가romancier
보다는 작가écrivain라는 명칭이 어울린다. 그러한 뷔토르를 이해하기
위해서는 그의 간단한 전기를 밝힐 필요가 있다.

그는 몽스앙바뢸이라는 작은 도시에서 철도 사무소에 근무하는 아
버지를 둔 중산층 가정에서 7남매의 넷째로 태어났다. 그의 아버지가
철도 사무소에 근무했다는 사실은 그에게 여행에 대한 취미를 부여하
였고, 그 결과 그의 대표작이라 할 수 있는 『변경』의 주요한 테마를 제
공한다. 3세 때 아버지가 파리로 전근함으로써 그도 파리에서 유년 시
절을 보내며 명문인 루이-르-그랑 고등학교를 거쳐 소르본느 대학에
서 철학을 전공한다. 바슐라르의 지도를 받아 '수학과 필요의 개념'이
라는 인식론적 논문으로 D.E.S 학위를 받고 판화, 회화, 음악 등 초현
실주의 운동에 관계한다. 1950년 장 발J. Wahl의 지도 아래 '문학에서
애매성의 양상과 의미 작용의 개념'이라는 제목의 논문을 준비하다가
북 이집트의 작은 도시의 불어 교사로 부임한다. 낯선 땅, 낯선 문명,
낯선 종교의 체험이 그에게 중요한 영향을 미치게 되고『밀랑의 통로』
라는 첫 작품을 쓰게 만든다. 이듬해 그는 맨체스터 대학의 불어과 강
사로 부임하여 2년 동안 지적 분위기 속에서 생활하며『밀랑의 통로』
를 완성한다. 맨체스터에서의 생활이 뒤에『시간의 사용』의 배경을 이
룬다. 1954년『밀랑의 통로』를 출판하지만 상업적으로 실패하고, 살
로니크의 프랑스 고등학교의 교사로 1년간 근무하는 동안『시간의 사
용』을 쓴다. 이듬해 소르본느 대학에 있는 해외 불어 교사 양성 학교
에서 롤랑 바르트 대신 강좌를 맡는다. 1956년『시간의 사용』을 발표

하여 주목을 받고, 뤼시앙 골드만의 소개를 받아서 주네브 국제학교 교사가 된다. 여기에서 그는 철학·불어·역사·지리를 가르치는데, 이 경험이 뒤에 『정도』의 바탕이 된다. 『시간의 사용』으로 페네옹상을 받고, 『변경』을 쓰기 시작한다. 1957년 봄에 장 이폴리트J. Hyppolite가 주네브 국제학교에 와서 '현대 소설과 철학'이라는 주제로 강연을 하면서 그의 두 소설을 분석함으로써 그는 동료들 사이에서 주목의 대상이 된다. 10월에 『변경』을 발표하여 공쿠르상의 유력한 후보가 되었다가 르노도상을 수상하게 됨으로써 작가적 명성을 얻게 된다. 1958년 『장소의 정령Le génie du lieu』를 발표하고 주네브에서 알게 된 마리 조Marie-Jo와 결혼한 다음, 미술·음악 등의 예술에 관한 글을 발표한다. 1959년 『정도』를 쓰기 시작하고 갈리마르 출판사에서 그의 소설을 출판하기로 계약을 맺고 물질적 지원을 받기 시작한다. 10월에 초청 교수로 미국을 방문하고 1960년 1월에 『목록』을 미뉘 출판사에서, 『정도』를 갈리마르 출판사에서 출판, 『목록』이 문학비평상을 받는다. 1961년 파리로 돌아온 다음에도 강연을 하기 위해 여러 나라를 순회하다가 앙리 푸쇠르Henri Pousseur라는 젊은 벨기에 음악가를 만나게 되어서 「당신의 파우스트Votre Faust」라는 오페라 대본을 쓴다. 이 해에 '보들레르의 꿈에 관한 에세이'라는 부제가 붙은 「비상한 이야기Histoire extraordinaire」를 발표한다. 이후 10년 동안 그는 미국·독일·동유럽·아시아 등을 여행하고, 『목록』을 계속 발간하여 제5권이 1982년에 나왔고, 여행에서 얻은 영감을 『장소의 정령』 II, III에 의해 표현하고 라디오 방송 대본인 「항공망Réseau dérien」(1962) 『1초에 6,810,000리터의 물』(1965), '미합중국의 재현을 위한 연구'라는 부제가 붙은 『모빌』과 그의 시 작품을 정교하게 엮은 『접근 작업』 등 다양한 종류의 글을 발표한다.

그의 이러한 실험적 글쓰기는 그가 니스에 살게 된 1970년 이후에
도 계속된다. 그는 베토벤 음악이 가지고 있는 시적 변주에 대해서 음
악과의 대화를 시도하고, 몽테뉴에 관한 에세이와 프루스트에 관한 에
세이를 통해서 소설에 관한 반성을 시도하고, 꿈에 관한 명상을 지속
적으로 시도하며, 화가·조각가·사진작가·판화가 등 현대의 예술가들
과 대화를 시도한다. 이러한 관심의 끝없는 확대는 그의 세계가 잡다
하게 보일 수도 있게 하지만, 그것의 저변에 변하지 않는 관심 즉 형
식에 관한 관심이 깔려 있다. 그것은 우리 주변의 사물들, 우리가 살
고 있는 장소들, 우리가 구축한 문화들, 그 모든 것에 대한 우리의 감
수성에 새로운 존재를 부여한다. 그것은 문학적 언어의 존재다. 미셸
뷔토르는 언어의 목수다. 그는 말들을 요리하고 뜯어 맞추고, 말들의
자연발생적 생성을 가능하게 한다.

뷔토르의 작품은 이처럼 다양하고 까다롭기 때문에 분류하기가 쉽
지 않다. 그의 작품들 가운데 비평적이거나 시적인 것을 제외한 창작
을 그래서 셋으로 분류한다. 1966년 『미셸 뷔토르, 혹은 미래의 책
Michel Butor ou le livre Futur』의 저자 장 루도J. Roudaut는 그때까지 뷔토르의
대표적인 창작을 '소설적 작품 IRomanesque I'과 '소설적 작품 II'로 구
분하였다. 첫번째 범주에 『밀랑의 통로』『시간의 사용』『변경』『정도』
를 포함시키고, 두번째 범주에 『모빌』『산 마르코 광장의 묘사』『1초
에 6,810,000리터의 물』을 포함시켰다. 그러나 1973년 스리지-라-
살의 국제문화센터에서 있었던 뷔토르에 관한 토론회에서 '소설적 작
품 III'이라는 범주를 설정하고 『어린 원숭이로서의 예술가의 초상』
(1967), 『바람의 장미』(1970), 『어디, 장소의 정령』(1971), 『디아벨리
왈츠에 관한 루드비히 폰 베토벤의 33변주곡과의 대화』(1971), 『간격』

(1973) 등을 여기에 포함시키고 있다. 물론 이러한 분류는 작업의 편의 때문에 이루어진 것이다. 사실 뷔토르의 작품은 시간 순서에 의한 분류가 아니라 주제에 의한 분류를 하는 것이 더 맞을 것이다. 그러나 이 세 가지 소설적 작품군은 작품의 발전의 단계라고 할 수 있다. '소설적 작품 I'에 속하는 소설들은 화자-작가의 모험을 이야기한다. 『시간의 사용』의 자크 레벨은 블레스톤이라는 도시에서의 삶을 모두 기록하고자 하며 『변경』의 주인공 레옹 델몽은 자신의 정부인 세실을 파리로 데려감으로써 젊음을 되찾고자 하는 자신의 계획이 헛되다는 것을 깨닫는 순간 그것을 책으로 쓰겠다고 하고 그 작품을 남긴다. 『정도』의 주인공 피에르 베르니에도 자신이 근무하고 있는 고등학교의 한 학급을 완벽하게 묘사하고자 하지만 실패하고 죽는다. 그런 점에서 여기에 속하는 소설들의 세계는 소설의 외부로 열리게 된다. 화자 개인의 모험이 작가라는 사회적 존재의 모험으로 확대되고 있지만 그것은 그러나 개인적 모험이다. '소설적 작품 I'에서 '소설적 작품 II'로 넘어가는 것은 개인적 모험에서 집단적 모험으로의 이행에 의해 기록된다. '소설적 작품 II'의 작품들은 복합적인 구조로 결합된(복수적) 이야기들이다. 이미 『정도』에서 한 집단을 그리고자 하는 야심을 보임으로써 그 싹을 틔웠다고 할 수 있는 '소설적 작품 II'에서 뷔토르는 그의 작품을 형식과 주제 면에서 발전시킨다고 생각한다.

그 순간(『정도』의 기술)부터 나는 복수의 개념에 매혹되었다. 현실 전체와 연결되어 있고 보편적 역사와 연결되어 있는 개인적 모험들을 이야기한 다음 모험 집단들을, 그 안에서 개인적인 모험 하나하나가 그 세부에 지나지 않는 모험 조직체들을 이야기하는 방법을 발견하

고 싶었다.[20]

더 구체적으로 말하자면 주제의 발전은 형식의 발전과 함께 이루어진
다. 집단적 모험이란 형식의 측면에서 보면 '다음성적polyphonique' 이
야기의 출현으로 나타난다. 즉 전통적인 단일 논리monologique의 이야
기가 아니라 다층적 독서가 가능한 이야기이다.

뷔토르가 자신의 문학적 사명의 출발을 그리고 있는 『어린 원숭이
로서의 예술가의 초상』은 '소설적 작품 III'의 시작을 알린다. 이 작품
을 특징 짓고 있는 나르시시즘은 그 뒤에 나온 작품에도 계속 이어지
고 있다. 이후의 작품들이 그 이전의 작품들과 구별되는 것은 텍스트
의 상호 관련성이 중요한 역할을 맡고 있다는 사실, 그리고 주변의 존
재가 부각되고 있다는 점에서이다. 자기 인용을 통해서 뷔토르는 열려
있고 상호 의존적인 텍스트들의 연속체를 창조하는 것을 노리고 있다.

내 책들은 서로 연속되어 있다. 왜냐하면 나는 그 책들을 하나하나
출판하기 때문이다. 그러나 그 전체 안에는 특별한 연속이 있다. 나
는 내가 쓴 한 책을 그 이전의 어떤 책에서 참조할 수 있다. 나는 모
든 종류의 길을 도입한다. 그것이 내 책을 훨씬 더 흥미로운 구조물
이 되게 만든다.[21]

'움직이는 작품'의 모델로서 뷔토르는 가령 발자크의 『인간 희극』을

---

20 G. Charbonnier, *Entretiens avec Michel Butor*, p. 12.
21 E. Jongeneel, *Michel Butor et le pacte romanesque*, José Corti, 1988, p. 10에서 재인용. 원
래 *Stanford French Review*, fall, 1979, p. 279.

든다. 그것을 읽는 독자는 각자 전혀 다른 순서로 읽을 수 있기 때문이다. 그런 점에서 '움직이는 책'의 이상은 뷔토르가 주장하는 문학의 '대화적dialogique' 개념과 관계가 있다. 다시 말하면 그의 작품들은 언제나 수가 늘어나고 있는 문학 작품들의 거대한 '도서관'으로부터 구축된 것이다. 『정도』라는 작품은 수업 시간에 따라 무수하게 많은 인용들이 서로 관계를 형성하며 나타나는 것을 보여준다. 그런 점에서 이 작품은 함께 대화하는 복수의 텍스트를 결합시킴으로써 텍스트 상호 관련성의 기원을 보여준다고 하겠다.

'소설적 작품 II'와 마찬가지로 '소설적 작품 III'는 '이야기의 모험 aventure de récit'을 강화시킨다. 이것은 줄거리를 전면에 내세웠던 '소설적 작품 I'과 반대된다. 여기에서 한 가지 구분해야 할 것은 이야기와 줄거리와 서술이다. 주네트의 개념에 의하면[22] 줄거리란 서술적 내용 contenu narratif이고, 이야기란 담론 혹은 서술적 테스트 자체이며, 서술이란 생산적 서술 행위와, 그것이 자리 잡고 있는 실제적이거나 허구적인 상황 전체를 말한다. 여기에서 예를 하나 들어보자. 『시간의 사용』에서 주인공인 '화자-작가'가 그의 텍스트에 하게 되는 수정은 줄거리의 내용(오류의 정정, 거짓말의 수정)에 관한 것이다. 반면에 『간격』의 '화자-작가'가 그의 텍스트에 가하는 수정은 이야기의 형식(문체의 정정, 삽화의 다양한 초고들의 방점의 수정)에 관한 것이다. 따라서 그의 작품은 '모험의 이야기'에서 '이야기의 모험'으로 이동한다고 할 수 있다.

이러한 그의 세계는 그가 글쓰기와 읽기의 변증법이라는 주된 테마

---

22 G. Genette, *Figures*, Seuil, 1972, p. 72.

를 추구하고 있는 데서 가능하다. 그렇기 때문에 그는 한 편의 작품이 작가에 의해서 완성되는 것이 아니라 독자의 참여에 의해서 완성된다고 생각한다.

> 그런데 소설가가 그의 책을 출판한다면 그것은 그가 그 책을 잘 인도하기 위해서 그 구축의 공범자로서, 그 작품의 증산과 유지의 양식으로서, 지성과 시선으로서 독자를 절대적으로 필요로 하기 때문이다. 분명히 그는 그 자신의 독자이지만 불충분한 독자, 자신의 부족을 괴로워하고 타자의 보충을, 비록 낯모르는 타자의 그것이라도 바라는 불충분한 독자이다.[23]

뷔토르 자신이 말하는 이와 같은 작품의 미완결성은『시간의 사용』『정도』『간격』에서 분명하게 나타나고『산 마르코 광장의 묘사』에서는 암시적으로 나타난다. 따라서 뷔토르가 의미하는 바의 '비평적 독서'는 작품의 재창조이며 완성 작업이며 나아가서는 작품의 출산이다.

미셸 뷔토르의 작품은 시간이 흐를수록 더욱 그 경계선을 넓히고 있다. 여러 가지 문학 장르들의 관례화된 경계선을 넘나들면서 새로운 문학 형식을 창조한다. 그렇기 때문에 그의 작품에서 일관성 있게 드러나고 있는 기법을 시니피앙의 유희라고 할 수 있다. 그것은 불어를 바탕을 이루어진 것이기 때문에 때로는 우리의 관심이나 이해의 범주를 넘어서는 것도 있다. 그의 세계에서 가장 접근하기 쉬운 것은 그에게 누보로망의 작가라는 이름을 부여한 '소설적 작품 I'이다. 따라서

---

23 M. Butor, *Répertoire*, Ed. de Minuit, 1960, p. 272.

그것이 가지고 있는 풍요한 세계를 집중적으로 살펴볼 필요가 있다.

*

1954년 발표된 『밀랑의 통로』는 뷔토르의 첫번째 소설이다. '밀랑가'
란 파리 북동쪽 끝에 있는 길 이름인데 이 소설은 거기에 있는 한 건
물 안에서 12시간 동안 일어난 사건을 기술하고 있다. 7층 건물 속에
살고 있는 주민들은 대단히 다양하다. 거기에는 노동자, 학생, 교수,
작가, 화가, 사제 등이 살고 있다. 그들은 밀랑의 통로 15번지에 살면
서도 서로 진정한 관계는 갖고 있지 않다. 맨 아래 1층과 맨 꼭대기
7층에는 노동자, 학생, 하인들이 살고, 사제들은 2층에, 공무원인 모
뉴 가족은 3층에, 이집트 전문가인 유태인 출신의 저술가 사무엘 레오
나르는 이 건물의 중심인 4층에 살고 있고, 부르주아 가정인 베르티그
식구들은 5층에, 화가들은 6층에 산다. 이와 같은 건물의 선택과 주민
들의 구성은 이 소설이 특정의 장소에서 이루어진 집단에 대한 연구임
을 보여준다. 우리의 시선은 화자의 제안에 따라서 단조롭게 움직이기
도 하고, 이 층 저 층으로 옮겨 다니는 인물을 따라갈 수도 있으며, 서
로 이웃에 살고 있는 작중인물들에 따라 이동할 수도 있다. 뷔토르는
이 소설의 제목이 가지고 있는 다의성을 강조한다. 『밀랑의 통로』라는
제목은 일종의 말장난인데, 그것은 우리가 살고 있는 건물, 견본과 같
은 건물의 주소로서 그 안에서의 견본 같은 하룻밤을 소재로 한 것이
고, 또한 이집트, 고대 이집트에서 호러스 신이었던 소리개라는 새의
통로이기도 하다. 벨티 발테르J. R. Waelti Welters는 거기에 또 하나의 연
상을 덧붙이고 있다.

미셸 뷔토르가 밀랑을 선택한 것은 이집트적 연상 때문만이 아니라, 우리 옆에 있는 밀라노라는 도시가 서구의 발전에 중요한 역할을 했기 때문이기도 하다. 아우구스티누스가 기독교로 개종한 곳도 밀라노이고, 그가 교회의 비약에 그토록 영향을 미친 것도 그가 밀라노를 통과한 다음이다. 따라서 이 도시는 세 층으로 구분되는 사회다. 즉 우리의 일상생활의 층, 유럽에서의 기독교 초기의 층, 우리의 어떤 조상도 관계없는 것으로 되어 있는 한 나라의 먼 과거의 층이 그것이다.[24]

이 세 층은 완전히 순수한 결합이라고 할 수 있다. 우리가 그것을 지각하게 되는 것은 이 특정 장소의 주민들의 배치와 그들이 거기에서 살아가고 있는 생활과 마지막의 죽음을 통해서일 뿐이기 때문이다. 호러스 신의 새인 소리개는 고대 이집트에서는 죽음의 신이기 때문에 그것이 앙젤 베르티그의 죽음과 연결된다. 그런 점에서 『밀랑의 통로』란 작중인물의 현실적인 사회 관련 아래서는 알레고리적이고 서술의 관점에서 보면 구성적인 것이다. 뷔토르 자신도 그 점을 인정하고 있다. 부득이한 경우 이 소설의 서술 자체가 이 건물의 7층의 중첩이라고 우리는 말할 수도 있다.

나는 『밀랑의 통로』에서 7층짜리 〔……〕 파리의 한 건물, 저녁 7시부터 아침 7시까지 파악한 파리의 한 건물을 그렸다. 따라서 나는 여러 층을 중첩시켰다. 그리고 나는 그 건물을 시간의 연속을 통하여 살펴

---

24 Collectif, *Butor*, Colloque de Cerisy, 1973, p. 56.

보았다. 매 시간은 각 장에 해당하였고 나는 각 장 속에서 그 건물 안에 중첩된 요소들 가운데 몇 가지를 연구하였다.[25]

이러한 구성적인 요소를 떠나서 이 소설의 진정한 주제를 말한다면 그 것은 통과제의일 것이다. '통로passage'라는 단어에 '통과'라는 의미가 있기도 하지만, 이 소설의 중심 테마가 5층에 사는 베르티그 부부의 딸 앙젤의 20세 생일을 축하하기 위한 파티이기 때문이다. 이 축하 파티를 통해서 그 건물 내부에 흐르고 있는 현실의 재현과 새로운 의미 생성의 모습을 작가는 제시하고 있다. 거기에는 인간의 것과 신의 것이 혼동되어 구별할 수 없는 가운데, 죽음과 열정과 악과 무지의 보이지 않는 그림자가 조직화되어 있지만, 부유하거나 보잘것없는 수입의 부르주아(모뉴, 베르티그), 예술가(드 베르), 사제(랄롱 사제), 사상가(사무엘 레오나르와 그 초대객) 등은 서로 다른 수준에서 세계를 파악하려 한다. 생일 잔치에 모인 젊은이들은 그 헛된 의식에서 현재에 대한 경험을 쌓고 있지만 앙젤의 죽음으로 유혈이 체험을 하게 된다.

『밀랑의 통로』가 파리를 축소시킨 모델로 재구성된 작품이라면 『시간의 사용』은 한 도시의 여러 상이한 곳의 탐색으로 생각할 수 있다. 왜냐하면 이 작품의 모든 것은 블레스톤이라는 한 도시에서 일어난 것으로 주인공이며 화자인 자크 레벨이 보고 듣고 행한 것이기 때문이다.

그러나 원래 이 작품은 제목에서 알 수 있는 것처럼 '시간'과의 싸움이다. 일본에서 '일과표'라고 번역되어 있는 이 작품의 원제는 '시간표' '일정'을 의미하는 불어이지만 이것들은 사건이나 행동이 미리 짜

---

25 G. Charbonnier, 같은 책, p. 106.

인 계획표에 의해 일어났다는 뉘앙스를 선제로 한다. 자크 레벨이 블
레스톤에 도착하는 10월부터 그곳을 떠나는 이듬해 9월까지 그곳에서
경험하는 일을 기록하는 일이 문제가 된다는 것을 감안할 때 '시간의
사용'이라는 번역이 더 정확한 것으로 보인다. 이 소설이 그 모든 것
을 기록하는 일기 형식을 띤 것도 그 때문이다.

　자크 레벨은 자신이 그곳에 도착한 이듬해 5월부터 일기를 쓰기 시
작해서 9월에 그곳을 떠날 때까지 계속한다. 이 소설의 제1부 '들어감'
은 5월에 쓴 것이고, 제2부 '전조들'은 6월에 쓴 것이고, 제3부 '사고'
는 7월에 쓴 것이고, 제4부 '두 자매'는 8월에 쓴 것이며, 제5부 '이별'
은 9월에 쓴 것이다. 그러므로 이 소설에서 서술은 시간적 순서를 밟
으며 월 단위로 되어 있다.

　이 책에서 '화자/작가'가 쓰고자 하는 일기는 그가 그곳에 도착한 순
간부터 그곳에서 일어나는 모든 것을 기록하는 것이다. 그렇기 때문
에 그 일기는 7개월 전의 과거에서 글을 쓰고 있는 현재까지 대상으로
삼는다. 따라서 그 대상은 자신이 어느 날 한 행동(그것을 '사건'이라
고 부를 수 있다)뿐만 아니라 그 사건에 대한 회고로 유발된 상상, 그
리고 과거에 이루어진 그 사건의 기록 자체도 포함하게 된다. 예를 들
면, 10월 2일에 있었던 일을 이듬해 5월 1일에 기록한다고 했을 경우,
10월 2일의 사건은 5월 1일에 모두 기록될 수 있는 것이 아니다. 5월
2일에도 기록될 수 있고 5월 3일에도 기록될 수 있다. 그러므로 일기
를 쓴다는 것을 '서술'이라고 한다면, 5개월의 서술로 12개월의 사건
을 모두 이야기해야 한다. 그리하여 5월에 그 전해 10월의 사건을 기
록하고, 6월에는 그해 6월과 그 전해 11월을 기록하게 되고, 7월에는
그해 7월, 그 전해 12월, 그해 4월을 기록하게 된다. 이러한 관계를 사

건의 시간과 서술의 시간의 관계라고 할 수 있다. 서술의 시간과 사건의 시간이라는 두 축의 관계는 대단히 튼튼한 구조를 형성하고 있지만 과거와 현재의 싸움은 미해결로 끝난다. 사건의 시간의 2월 말이 서술의 시간과 이어지지 않는 것은 이 소설의 마지막에 화자인 주인공이 "나는 2월 29일 저녁에 일어났던 것을 기록할 시간조차 이제는 없다"고 하면서 "왜냐하면 이제 나의 출발이 이 마지막 문장을 끝내기 때문이다"라고 한 이유다.

이 소설에 나오는 블레스톤이라는 도시는 상상의 도시이다. 그러나 그 도시는 여러 도시 가운데 자리 잡고 있는 하나의 공간, 하나의 장소이다. 소설 속에서 테아트르 데 누벨이라는 영화관에서 여러 도시에 관한 기록영화를 상연하는 것은 그것과 연관되어 있다. 그것은 이 도시가 우리의 현실 속에 자리 잡을 수 있는 참조 체계를 제시해준다. 블레스톤은 작가가 체류한 바 있는 '맨체스터와 같은 종류의 영국 산업도시'[26]를 연상시킨다. 작가가 이 작품의 서두에 제시하고 있는 이 상상의 도시의 지도를 산 주인공은 그것을 가지고 도시 전체를 샅샅이 뒤지고 다닌다. 그는 블레스톤에 있는 매튜 앤드 선 회사에서 1년간 계약으로 근무하면서 같은 회사에 근무하는 제임스 젠킨스, 앤과 로우즈라는 베닐라 자매 등을 만나면서, 그들 사이에 있는 관계(예를 들면 앤 베일리와 약혼하게 된 제임스 젠킨스가 『블레스톤의 살인』이라는 탐정소설의 작가 조지 윌리엄 버튼을 살해하려 한 진범이 아닐까 생각한다)를 알게 된다. 그는 이들이 이루고 있는 세계 속에 존재하는 인종차별 문제, 살인 문제, 종교 문제, 사랑 문제 등을 특이한 방식으로 제기하고

---

26 G. Charbonnier, 같은 책.

202

있고, 주인공이 보게 되는 『블레스톤의 살인』, '카인의 그림 유리창' '박물관의 장식 융단' 등은 주인공의 블레스톤에서의 삶의 축도를 제기하고 있다. 그런 점에서 이 소설은 미자나빔의 기법을 철저하게 보여주는 소설이다.

뷔토르 자신이 맨체스터에서 지내는 동안 전형적인 산업도시에서 서구 문명의 몇 가지 성격을 탐구하고자 생각했지만 영국의 비와 매연으로 가득 찬 분위기 때문에 불안정과 불편을 느끼게 된 것을 이 작품에서 상당 부분 표현하고 있는 것 같다. 이 자기 부재의 감정이 그로 하여금 글쓰기에 몰두하게 만드는데, 그런 점에서 글쓰기는 뷔토르에게 '아리안의 실'과 같은 역할을 한다. 따라서 자크 레벨은 뷔토르의 분신과 같은 역할을 한다.

글 쓰는 작업으로 이루어진 이 소설이 의미하는 바는 현실이란 책의 울타리 속으로 축소될 수 없다는 것이다. 자크 레벨이 그의 작품 속에 하나의 구멍(2월 29일)을 남겨놓게 되는 것은 상징적이다. 그것은 블레스톤 전체가 주인공이 모으고자 시도하지만 성공하지 못하는 요소들인 것과 마찬가지다. 진실이란 현재 속에도, 과거에의 호소 속에도 있는 것이 아니라 사건들과 이미지들의 꾸준한 관계 맺기에 있는 것이어서 결코 끝난 것일 수 없다. 그래서 자크 레벨과 블레스톤의 관계는 주체와 대상의 관계가 아니라 주체와 또 다른 주체의 관계로 변한다. 실제로 이 소설의 끝에 가면 블레스톤이란 도시는 화자에 의해 인격화된다. 그리하여 블레스톤은 하나의 작중인물처럼 되어 화자는 이 도시에 말을 걸기까지 한다.[27] 따라서 『시간의 사용』의 끝은 단순히 허구적

---

27 『시간의 사용』 제5부 참조.

시간의 고갈만을 의미하는 것이 아니라 이 도시 안에서 탐색해야 할 공간의 고갈이라고 할 수 있다. 이 미지의 공간을 뚫고 들어가려 했던 자크 레벨은 결국 그 도시에서 배격당해서 12개월 만에 떠나오며 그의 글쓰기도 중단된다.

공간 속에서의 여행이라는 테마는 『변경』에서 보다 구체적으로 나타난다. 파리와 로마 사이를 여행하고 있는 주인공 레옹 델몽은 그의 인생에 대해서, 그의 과거에 대해서 그리고 그의 미래에 대해서 이야기한다. 이 여행을 하는 동안 파리와 로마라는 두 도시는 서로 중첩되기도 하고 서로 대립되기도 한다. 파리는 그의 부인 앙리에트로 대표되고 로마는 그의 정부 세실로 대표된다. 그래서 파리라는 공간이 레옹 델몽에게 안정되고 굳어 있고 평범하고 일상적인 모든 것과 관계된다면, 로마는 끊임없이 생성되고 유동적이며 비범하고 자유로운 모든 것과 관계된다. 그렇기 때문에 화자는 앙리에트를 묘사할 때 "쓸데없는 몸짓을 착각 속에서 계속하고 있는 그 시체 같은 여자" "당신이 그토록 오랫동안 헤어지기를 망설여온 무언가를 따지는 듯한 그 시체"라는 표현을 사용하는 반면에 세실을 묘사할 때는 "이 구원" "공기 한 모금" "힘이 넘침"이라는 표현을 사용한다.

45세의 중년에 든 중산층의 주인공이 이 두 도시 사이로 수많은 여행을 한 결과, 현재 진행 중인 여행을 통해서 이루고자 하는 것은 앙리에트와 헤어지고 세실을 파리로 옮겨 와서 새로운 삶을 사는 것이다. 그렇기 때문에 아내에게 회사 일로 떠나는 것처럼 말하고 떠난 이 여행이 처음에는 그에게 완벽한 해방의 여행이 되고 회춘의 여행이 될 것처럼 보인다. 그는 24시간의 이 여행 동안에 자신의 과거와 현재를 확인할 수 있는 사람들을 같은 기차 칸 안에서 관찰하면서, 그 20여

년 전의 자신에서 오늘의 자신을 다시 한 번 확인하게 된다. 일상적이고 피곤을 느끼는 불모의 현재에 비할 때 그가 신혼여행을 떠났던 젊은 날의 자신은 얼마나 활기에 넘쳐 있었는지 기억해낸 그는 진행 중인 여행의 시간이 흘러감에 따라서 더 많은 사람들, 다양한 나이의 사랑들을 자신의 과거에 비추어 관찰하게 됨으로써 자신이 계획하고 있는 일이 무모하다는 것을 깨닫게 된다. 그리하여 로마에 도착하는 순간 세실을 파리로 데려가 살려던 계획을 포기하고, 그녀를 만나지 않은 채 파리로 되돌아갈 결심을 한다. 이러한 관점에서 본다면 이 작품의 제목은 계획의 '변경'이라는 의미로 번역될 수 있지만, 그러나 세실에 대한 마음의 변화에 초점을 맞추면 '변심'이 될 수 있다.

그러나 늙은 부인을 '시체'처럼 생각하고 젊은 정부와의 새로운 삶을 통해서 회춘을 꿈꾸었던 주인공이 그러한 삶에의 꿈이 얼마나 헛된 것인지 깨닫고, 삶이 일회적인 것이기 때문에 그것을 돌이키려는 노력보다는 그러한 삶을 글로 써서 미래의 책을 남기고, 그럼으로써 자신의 내부에서 다가오는 죽음의 그림자는 쫓아내야 된다고 생각하는 새로운 세계관을 획득한 사람으로서 자신의 변화에 초점을 맞추면 '변모'라고 번역해야 될 것이다.

그러나 그러한 변화가 이처럼 단순한 논리적 추론에 의해서만 이루어진 것이라면 그 신뢰성이 크지 못하고 삶의 감상적 이해로 평가될 수 있다. 실제로 그 변화는 파리와 로마 사이의 여행을 토대로 단계적으로 일어난다. 이 작품은 3부로 나뉘어져 있는데, 제1부는 무미건조하고 늙음을 의미하는 현재의 삶에서 해방을 꿈꾸는 여행이다. 주인공은 이혼까지도 전제로 한 그 계획을 실현할 수 있다고 생각한다. 로마에 대한 관점이 이러한 과정에 상응하는 것으로 나타난다. 그는 여행

객 가운데 한 사람인 사제라는 인물을 통해서, 가톨릭 신자인 부인 앙리에트와의 관계에 의해서 그리고 바티칸에 대한 연인 세실의 빈정거림에 의해서 기독교적 로마를 거부하고 반면에 고대 로마를 찬양한다. 수많은 예술가들이 이질적 요소들의 통합을 시도했던 바로크적 로마에서와 마찬가지로 레옹 델몽은 자기 인생을 새로운 세계로 내던질 수 있을 것으로 확신한다. 제2부는 옛날의 앙리에트와 연관된 '수렵장'을 상기함으로써 로마를 파리로 순화시킨다는 꿈이 너무나 단순하다는 갈등에 사로잡힌다. 그리하여 여러 가지 추억과 이미지들이 레옹 델몽에게 그가 계획하고 있는 것이 한 편의 소설 같은 일이라는 것을 증명해줌에 따라서 그의 결심이 풀어지기 시작한다. 로마란 이미 인정된 형상으로 환원될 수 없는 것이기 때문에 그것을 모순된 모든 형태 속에서 탐구하고 이해해야 하고, 그 균열상을 감추게 될 새로운 착각 속에 빠지지 않아야 한다는 것이다. 제3부는 여러 이미지들이 나타나서 레옹 델몽으로 하여금 그의 '구원'이라는 단어가 그러한 전개 과정 속에 내포되어 있다고 이해하게 만든다. 그리하여 주인공은 로마와 파리라는 두 도시의 현실적인 지리적 거리와 관계를 그대로 인정하면서 이 세계의 균열상과 자신의 삶의 균열상을 정면으로 의식하고 세실을 로마에서 파리로 이주시키려는 계획을 포기하고 새로운 계획을 세운다. 그 계획은 자신의 내부에서 자라고 있는 죽음의 그림자를 고통스럽지만 정직하게 받아들이고 그 과정을 '미래의 책' 즉 소설로 씀으로써 자기 자신과 그 책을 읽는 사람들의 진정한 구원을 도모하는 것이다.

로셈-기용F. Van Rossum-guyon은 그의 『소설의 비평critique du roman』에서 이 작품이 의식의 변화와 상응 관계에 있음을 정교한 분석에 의해 보여주고 있다. 그는 현재 진행 중인 여행을 A라고 하고 미래의 상상을 B, 그날 아침을 포함한 가까운 과거를 C, 세실과 2년 전 처음 만났을 때 혹은 1년 전 만났을 때의 기억을 D, 앙리에트와의 3년 전 기억과 20년 전 기억을 E라고 구분하여서 소설 전체의 문단을 이처럼 A, B, C, D, E로 분류한 다음 그 문단이 소설 전체에 어떻게 배열되어 있는지를 다음과 같은 도표[28]로 작성하였다.

Ⅰ   A C A

Ⅱ   A B C B A

Ⅲ   A B C D C B A

Ⅳ   A B C B A C D C A D E D A

Ⅴ   A B C D C B A C D E D C A

Ⅵ   A B C D C A C D E D A

Ⅶ   A B C D A C D E A

Ⅷ   A B C A C D A D E A

Ⅸ   A B A C A D A E A

여기에서 볼 수 있는 것처럼 Ⅰ, Ⅱ, Ⅲ장에서는 문단의 배열 구조가 완전히 대칭적으로 안정되어 있지만 Ⅳ장부터 그 대칭 구조가 무너지게 된다. 이 무너짐은 주인공의 결심이 흔들리고 계획의 변경이 이루어지기 시작함을 의미한다. 이 분석은 작가가 이 작품에서 얼마나 정교한 형식의 실험도 겸하고 이는지 알 수 있게 한다.

1960년에 발표된 『정도』라는 작품은 '소설'이라고 되어 있지만 그

---

28 F. Van Rossum-Guyon, *Critique du roman*, Gallimard, 1970, p. 249.

주제와 구성 방법이 재미로 읽을 수 있는 것이 아니어서 독자와 비평가들을 당황하게 한 작품이다. 이 작품의 주제는 파리의 한 고등학교의 어떤 학급에서 1시간의 수업과 관계된 모든 것을 재현할 수 있는 이야기의 구축이다. 우리나라의 고등학교 1학년 문과반에 해당하는 '2학년 A반' 전체를 묘사하고자 하는 화자 피에르 베르니에는 그 학급의 지리와 역사 교사로서 자신의 일상적이고 평범한 독신자로서의 판에 박힌 삶을 벗어나기 위하여 결혼을 하거나 아니면 수업 시간에 일어나는 모든 것을 기록하여 의식의 차원에서 끌어내는 일 가운데 선택하는 수밖에 없다고 생각한다. 결국 그 자신이 가르치고 있는 한 학급 전체를 글로 만드는 일을 먼저 한 다음 결혼을 하기로 결심한다. 그는 그의 조카 피에르 엘레와 그의 동료이며 피에르 엘레의 또 다른 아저씨 앙리 주레와 함께 3인 그룹을 형성하여 엘레를 통해서 학생들의 움직임을, 앙리 주레를 통해서 선생들에 대한 정보를 수집하면서 그 학급 전체를 재현하고자 한다. 이를 위해 그는 그의 조카 피에르 엘레와 '협약'을 맺는다. 협약이란 그의 부재중에 그 집단에서 일어나는 모든 것을 그에게 보고한다는 것이다. 그가 1954년 10월 12일 오후 3시 자신의 수업 시간을 기준으로 삼고 그 학급 전체를 묘사하려고 하는 것은 그 자신의 삶의 불모성을 제대로 파악하고 그것을 극복하기 위한 것이기도 하며 동시에 먼 훗날 피에르 엘레의 의미 있는 삶을 위한 것이기도 하다. 그가 수집한 모든 정보는 그 자체로서도 충분하지 못할 뿐만 아니라 수집된 것 전체를 그의 글 속에 넣는다는 것이 불가능하다는 것을 발견한 주인공은 자신의 글쓰기를 완성하지 못하고 죽게 된다.

그렇지만 화자의 노력은 우리가 게을리 해도 좋을 하찮은 장난은 아니다. 그가 하나의 공간을 그 움직임 속에서 묘사하고자 시도할 때 그는 자신이 가르치는 분야에만 만족할 수 없다. 그는 2학년 A반과 관계된 모든 학과를 공부하기 시작한다. 이 공부를 통해서 그는 20년 전 그의 조카 나이에 배웠던 것을 망각 속에서 끌어낸다. 그가 모든 교과서들을 다시 공부하는 것은 어린 시절에 대한 향수 때문이 아니라 그의 현재의 삶을 묘사하기 위해서다. 그렇게 함으로써 그는 반의 묘사를 이 세계의 묘사로 변형시킬 것이다. 이러한 노력 덕택으로 그는 35명의 작가로부터 135개의 인용문을 빌려다 쓸 수 있게 된다. 이러한 인용은 두 가지 효과를 주고 있다. 첫번째 효과는 그 인용문이 작중인물들의 생활 속에 개입한다는 사실이다. 예를 들면 셰익스피어의 한 문단인 '수척하고 굶주린 시선'은 그의 조카 피에르 베르니에와 불화 관계가 시작될 때 그의 삼촌의 이미지로 사용하게 된다. 또 다른 예를 들면 "희랍어를 배우는 것이 불가피하다. 희랍어를 모르면 어떤 사람이 학자라고 스스로 칭한다는 것이 부끄럽다"라는 라블레의 문단이 알랭 무롱이라는 엘레의 친구에게 꿈으로 나타난다. 다른 효과는 소설을 읽어가는 독서의 차원에서 일어난다. 가령 '지구의 모든 풀들과 그 심연의 밑부분에 감춰져 있는 모든 금속들'은 세계를 좀더 알게 하고 세계와 가까워지게 만든다. 이런 인용들은 뷔토르의 소설이 텍스트의 상호 관련성의 효과를 극대화하고 있다는 것을 깨닫게 한다.

그러나 이 작품에서 뷔토르는 모두 41명이 관계되는 집단을 묘사하기 위해서 선조적 서술의 한계를 극복할 수 있는 특별한 기법을 사용하고 있다. 제1부에서 인척 관계의 정도에 따라서 가까운 사람부터 그룹을 지어 묘사에 등장시키고, 제2부에서는 주거지역의 인접성에 의해 그룹을 지어 작중인물을 등장시키고, 제3부에서는 어느 쪽에도 들어가지 않은 개인들을 하나하나 묘사에 등장시킨다. 여기에는 A는 피에르 베르니에, 피에르 엘레, 앙리 주레라는 3인의 인척 집단을 말하며 B, C, D, E, F, G는 그러한 인척 집단이 촌수가 멀어짐에 따라서 형성된 그룹을 의미한다. 이 작품에서 이들 그룹이 문제가 되는 문단이 작품 속에서 구조화되고 있음을 너무나 잘 보여주고 있다. 그 구조도 약간 어긋난 대칭 구조지만 주인공이 기준으로 삼은 날짜를 중심으로 멀어질수록 무너지는 형식을 갖고 있다. 이러한 구조화된 묘사 방법은 뷔토르 자신이 선조적 서술로 입체적인 집단을 묘사하고자 고뇌하여 얻은 기법이라고 할 수 있다. 그러나 이처럼 체계적인 구조가 제2부에서 무너지는 것은 여러 가지 기법에도 불구하고 완벽한 묘사가 불가능하기 때문이다. 뷔토르는 이처럼 매 작품마다 자신의 문학 형식에 대한 철저한 반성을 통해서 끊임없이 새로운 글쓰기를 시도한다.

*

미셸 뷔토르에게 있어서 한 편의 소설을 쓴다는 것은 "거기에 모든 것을 넣는다"는 생각을 토대로 한다. 이러한 의도는 그의 소설에서 글을 쓰는 행위와 기존의 장르 자체까지도 문제로 삼는다. 그런 점에서 초기의 그에게 끊임없이 제기되는 문제는 소설이란 무엇인가 하는 것이다. 실제로 문학의 역사에서 위대한 소설이란 이런 종류의 장르적 반성에서 씌어졌다고 해도 지나치지 않다. 뷔토르의 소설은 모두 우리로 하여금 그런 문제에 대해서 깊이 생각하게 만든다.

소설가란 일반적으로 소설들을 읽은 사람이고, 사물들을 본 사람들이며, 소설의 독서 과정에 무엇인가 결핍되었다는 인상, 무언가가 행하여지지 않았다는 인상을 갖는 사람입니다. 어떤 곳에 구멍 같은 것, 빈틈 같은 것이 있다고 합시다. 당신이 소설가라면 당신은 이 구멍을 조금씩 메우고 싶을 것입니다. 원래의 감정은 일종의 울림 같은 것이고 색깔 같은 것이며 씨앗 같은 것입니다. 그 씨앗은 뿌려지면 어떤 방식으로든 싹이 틉니다. 그러나 소설가는 그 씨앗이 필요한 대로 자라지 않는다는 것을 알아차리게 됩니다. 그러면 잘 되지 않습니다. 작품을 다른 방식으로 시도해야 합니다. 달리 말해야 합니다. 일종의 사건, 인물, 장소 들이란 이런 식으로 절실히 요구됩니다.[29]

여기에서 뷔토르는 씌어진 소설과 눈으로 본 사물 사이에 있는 간격을 강조하고 있다. 이러한 주장에 따라 『밀랑의 통로』에서 『정도』에 이르기까지 소설 형식의 꾸준한 변화가 있음을 알 수 있다. '달리 말한다'와 '지금까지 존재하지 않는 소설을 쓴다'는 뷔토르의 소설 세계의 변함없는 주제이다. 그러나 간격 없는 소설을 쓴다는 것은, 글쓰기가 대상을 문자로 옮겨 쓰기인 한, 가능하지 않다. 그런 점에서 『정도』에서 주인공이 한 학급을 완전하게 묘사하려고 한 시도는 처음부터 불가능한 것이다. 따라서 그가 그의 모험에서 성공을 거두지 못하고 그 때문에 죽는다는 것은 숙명적이다. 바로 이 숙명에 직면해서 그가 작품에 착수한다는 사실은 무슨 이익이 있는가? 그 점에 관해서 뷔토르는 프루스트의 『되찾은 시간』의 경우를 상기시킨다. 프루스트는 자신의 죽음을 느꼈을 때 소설을 쓰기 시작한다. 그것은 소설이 '죽음의 너머'

---

29 M. Chapsal, *Personnages en érivants*, pp. 81~82.

에서 온다는 것을 의미한다. '개개의 단어는 죽음에 대한 일종의 승리다'. 프루스트는 자기가 현실적으로 존재함에도 불구하고 글 쓰지 않는 자신을 죽은 것으로 느낀 것이다. 그러니까 죽음에 대한 이런 의식은 이 세계에 있어서 자기의 부재에 대한 의식이다. 이런 점에서 프루스트에게서와 마찬가지로 뷔토르에게 있어서도 글쓰기는 자신의 부재를 극복하는 방법이며 스스로를 세계 속에 존재하게 만드는 방법이다. 바로 여기에 소설의 상징적 가치가 있다. 우리를 이 세계에 부재하게 만드는 모든 것, 우리를 내면에서 갉아먹고 있는 모든 것이 죽음으로 간주될 수 있다. 게다가 글쓰기의 시도가 우리를 둘러싸고 있는 현실과의 불화에서 기인하고, 문제와 모순을 가지고 있는 사회 전체와의 불화에서 기인한다면, 소설은 그에게 "사방에서 우리를 공격해오는 거의 분노한 세계 내부에서 우리를 서 있게 하는 귀중한 방법이며 지혜롭게 계속 살게 하는 귀중한 방법이다."[30]

그런데 소설 형식의 이 점은 거기에 모든 것을 넣는다는 데 있다. 그래서 뷔토르는 일상적이고 하찮은 것들을 무의미한 상태에서 끌어내서 소설의 소재로 삼게 된다. "글을 쓴다는 것은 언제나 글쓰기 전체를 문제화시키는 것이다. 〔……〕 글쓰기란 모든 것을 문제화시키지 않고는 비평적일 수 없다. 그것이 바로 글쓰기의 내용이다. 각 작가에게서 글쓰기의 모험은 인간들을 문제로 삼는다. 〔……〕 하나의 문장이란—작가가 재능이 좀 있기만 하다면—어느 것이든 〔……〕 우리가한 모든 것을 문제로 삼고 그 정당성의 문제를 제기한다."[31]

그런 의미에서 뷔토르에게서 작중인물들의 글쓰기의 시도는 우연히

---

30 M. Butor, *Répertoire* I, Ed. de Minuit, 1960, p. 272.
31 M. Chapsal, 같은 책, p. 274.

이루어진 것이 아니다. 『시간의 사용』에서 자크 레벨의 글쓰기는 블레스톤에서의 그의 삶을 지탱해주는 주된 힘이다. 비록 그가 자신이 쓴 것을 마음대로 할 수 없었더라도, 그가 친구들을 볼 시간이 없었더라도, 그리고 그가 2월 29일 저녁에 일어난 것을 기록할 시간이 없었더라도, 바로 그 글쓰기 덕택에 그는 그의 삶을 변형시킬 수 있었던 것이고, 그 도시에 존재하게 된 것이다. 레벨에게는 일기를 쓴다는 것은 그를 밀어내는 블레스톤에 저항하는 방법이고, 이 산업도시의 적대감에 저항하는 방법이다.

『변경』의 레옹 델몽도 세실과의 삶이 그의 경직되고 우울한 상황을 근본적으로 바꿀 수 없다는 것을 깨닫고 세실을 찾아가는 것을 포기한다. "우리와 사정거리 밖에 있는 이 미래의 자유를 예를 들면 한 권의 책에 준비하고 허용한다는 것 〔……〕 그것은 나에게 적어도 그토록 경탄할 만하고 찌르는 듯한 그 반영을 누릴 수 있는 유일한 가능성이다." 책에 의해서만 모든 것을 문제 삼을 수 있기 때문에 레옹 델몽은 소설을 쓰기로 한다. 그로 하여금 가능한 한 합리적으로 계속 살게 만드는 유일한 해결책은 소설이다. 사라질 운명에 놓여 있는 레몽 델몽은 예술 작품을 이용하여 스스로 구제된다.

『정도』에서 피에르 베르니에에게도 글쓰기는 불행한 삶을 모면하는 유일한 방법이다. 실제로 글을 쓰기로 결심하기 전에 그는 여러 번 스스로 생각한다. "자네는 다시 시작될 금년에 대해서 생각하기 시작했지. 자네를 기다리고 있는 그 고독한 생활과 불모의 생활을. 거기에서 빠져나오는 데는 자네에게 문학 혹은 결혼이라는 두 방법이 있었지." 그의 불행은 그의 직업이 생산적이지 못하고, 독신자 생활이 외롭고, 가정생활이 자유롭지 못한 데 있다. 여기에서 빠져나오기 위해 그는 결혼을 선택하는 대신에 문학을 선택한다. 그는 문학을 유일한 해결책으로 생각한 것이다. 그러나 그의 시도는 실패한다. 그는 그의 작품을 완성하지 못한다. 이 실패 때문에 그의 상황은 더욱 나빠지고 그가 다른 사람과 맺고 있는 관계는 대부분 끊어진다. 여기에서 우리는 그의 실패의 두 가지 의미를 발견할 수 있다. 첫째는 글쓰기의 덕택으로 그는 그의 내면을 갉아먹고 있는 그의 상황의 진정한 모습을 드러나게 할 수 있었다. 그가 글쓰기를 시도하지 않았더라면 그는 자신의 현실을 전혀 드러나게 하지 못한 채 그럭저럭 상황에 적응했을 것이다. 그러나 그것은 그의 존재를 부재의 상태에 놓은 것이고 그를 죽음의 상태에 있게 만드는 것이다. 둘째, 모든 것을 문제 삼고자 하는 그의 문학은 거기에 참여하지 않는 사람들에게는 극단적으로 위태롭게 인식된다는 사실이다. 그렇기 때문에 마지막에 모든 사람들이 그에게 적대감을 느끼고 그를 공격하게 된다. 그와 그의 문학이 그들의 편안한 삶을 근본적으로 뒤흔들어놓기 때문이다.

어쨌든 피에르 베르니에의 죽음은 부정적인 것만은 아니다. 왜냐하면 그의 죽음이라는 비극 덕택에 『정도』라는 작품이 태어났기 때문이고, 그의 죽음에도 불구하고 그 작품은 그의 부재를 현존으로 변형시켰기 때문이다. 다른 말로 하면 실패를 통해서 그는 자신의 작품을 완성시키는 데 성공한 것이다. 그런데 피에르 베르니에가 글을 쓴 것은 그 자신만을 위한 것이 아니라 그의 조카를 위한 것이다. 그것은 『변경』의 레옹 델몽의 경우도 마찬가지다. 다시 말하면 현실의 출구가 완전히 막혀 있다고 해서 그것이 모든 사람에게 꼭 그렇다는 것은 아니다. 레옹 델몽이 미래의 현실의 변형을 위해 자기 삶을 바치는 것과 마찬가지로 피에르 베르니에도 미래의 피에르 엘레에게 줄 작품에 자신을 바친다. 따라서 이 작품들의 나머지 몫은 미래의 독자에게 돌아오게 된다.

뷔토르의 소설은 총체성의 세계다. 그는 소설에서 개인적인 조그마한 불편부터 집단적 현실에 이르기까지, 작품의 철저한 구조부터 우연의 요소에 이르기까지, 작가의 몫에서부터 독자의 몫에 이르기까지 그리고 장르의 문제부터 형식의 문제에 이르기까지 모든 것을 문제 삼는다. 그래서 조르주 라이아르G. Railard는 "뷔토르에게서 문학이란 전복적이다"[32]라고 말한다. 그가 '소설적 작품 I'을 쓸 때에 자유로움을 소설의 장점으로 들었지만 언어에 대한 그의 실험 정신은 소설이라는 장르로 만족하지 못한다. 그렇기 때문에 그다음 작품들은 독자의 보다 적극적인 참여 없이는 접근이 힘들다. 그렇지만 그의 총체성으로서의 문학은 이미 누보로망 시대의 작품이라고 할 수 있는 '소설적 작품 I'에서도 충분히 입증된 셈이다. 그러나 '소설적 작품 II'에서부터 그는 '누보로망' 작가라는 틀마저 깨뜨리고 그 독자적 실험에 들어간다. 그것은 어렵고 외롭고 그 자신 전체를 거는 모험이다. 모든 것을 걸고 있는 그의 문학은 그런 점에서 철저한 일관성을 갖고 있다.

나탈리 사로트Nathalie Sarraute(1902~1999)

1996년 프랑스의 최대 출판사인 갈리마르 출판사에서 사로트의 작품 전체가 플레이아드pléiade판으로 출판되었다. 이 사실은 그녀의 작품들이 명실공히 이 시대의 고전으로 인정받아 자리매김하였다는 의미이다.

---

32 Collectif. *Butor*, colloque de Cerisy, 1973, p. 221.

베케트와 함께 일찍이 작품 활동을 시작한 사로트는 최초의 누보로 망 작가라고 불릴 수 있을 것이다. 1938년 첫 소설『향성』이 발표되고 1948년『어느 미지인의 초상』이 발표되어 사르트르에게 '반소설'이라 는 명칭을 얻게 되지만 크게 주목을 받지 못했다. 1956년 전통적 소 설 개념에 대한 의혹을 제기하고 새로운 소설에 대한 탐구를 시도하는 『의혹의 시대』를 발표하면서 비로소 주목을 받았다. 이는 당시 로브그 리예 및 뷔토르 소설의 출판과 함께 누보로망의 첫 문학론으로서 인정 을 받게 되었다.

그러나 그녀의 소설들은 전통 소설의 거부라는 측면에서는 누보로 망 작가들과 공통점을 갖고 있지만, 여러 가지 면에서 상당한 차이점 을 보이는 독자적인 세계를 구축하고 있다. 일반적으로 누보로망에서 거의 다루지 않는 심리주의를 그 극단적 형태로 추구한다는 점이 그것 으로, 이는 그녀가 태어난 러시아의 작가 도스토옙스키의 영향과 무관 하지 않을 것이다.

우선 그녀의 전기적 사실과 함께 작품 활동을 간략하게 살펴보기 로 하겠다. 1902년 모스크바 근처 이바노바에서 태어난 그녀는 곧 이 혼한 부모를 따라 프랑스와 러시아를 왕래하는 생활을 시작하게 되었 다. 여덟 살 때부터 파리에 정착하게 된 그녀는 러시아어뿐만 아니라 프랑스어, 영어, 독일어까지 여러 외국어를 배우게 되었다. 파리의 소 르본느 대학에서 영어를 전공하고, 1920년부터 1년 동안 영국에서 역 사를, 그리고 그 이듬해에는 독일 베를린 대학에서 사회학을 공부하게 된다. 1922년 다시 파리의 대학에서 법학을 전공한 그녀는 변호사 자 격을 얻어 1939년까지 변호사 일을 하였다. 그러나 1938년의 첫 소설 『향성』이후 변호사 일을 그만두고 창작에만 전념하여 1947년『어느 미지인의 초상』과 1953년 『마르트로Martereau』가 출판되나 별로 알려지지 않았다. 1956년 『의혹의 시대』의 출판으로 당시 시작된 누보로망의 움직임과 결합하여 주목을 받았으며, 같은 해에 『어느 미지인의 초상』이, 또 1958년에는 『향성』이 미뉘 출판사에서 재출간되면서, 누보로망의 작가로 떠오르게 되었던 것이다. 1959년 『천문관』이 출판되었으며 1963년에 나온 『황금 과일들』로 국제문학상을 받았다. 그녀는 소설뿐만 아니라 「침묵Le silence」이라는 라디오 드라마를 쓰기도 했는데, 이는 독일·스위스·스칸디나비아 나라들에서도 방송되었다. 그 외에 극작품도 다수 썼으며, 1983년에는 최근 누보로망 작가들의 새로운 경향이라고 할 수 있는 자서전 『어린 시절』을 쓰기도 했으나, 다른 누보로망 작가들에 비하면 그리 다작을 하지는 않았다.

사로트가 첫번째 소설 『향성』 이후 자신의 소설 창작에서 꾸준히 추구하고 있는 것은 바로 인간의 깊은 내면 탐구로, 그녀는 인간의 심리적 현실 그것만이 삶의 유일한 실체라고 보고 있다. 그러나 그것은 전통적 심리 분석과는 전혀 다른 것이며, 도리어 그러한 분석 방법에 대한 전면적인 부정에서 나오는 것이다. 모더니즘 소설의 특징으로 우리가 지적한 바 있는 인간 내면세계의 탐색이라는 맥을 잇는 사로트는 그 시초를 도스토옙스키에서 찾고 있다. 1947년 잡지 『현대』에 발표한 다음 나중에 『의혹의 시대』 속에 수록되게 된 「도스토옙스키에서 카프카까지」라는 글에서 그녀는 새로운 현대 소설의 방향을 찾고 있다. 현대에 들어 심리소설의 소멸을 이야기하며 그 대신 행동주의적 분석에 기초한 미국 소설과 카뮈의 『이방인』 등으로 대체된 것같이 말하고 있으나, 그 내부에는 여전히 심리가 남아 있다고 파악했다. 그리고 도스토옙스키가 상당히 원시적인 방법들을 사용하여 표현하고 있는 심층의 움직임들, 다시 말해 '미묘하고, 거의 감지할 수 없고, 순간적이고, 모순적이며 덧없는 움직임들, 가냘픈 떨림들, 용기 없는 호소와 유령들, 스쳐 지나가는 가벼운 그림자들'을 그려야 할 것이라고 말한다. 그리고 인간의 눈에 보이지 않는 씨줄을 구성하는 이들의 끊임없는 작용들이 바로 우리의 삶의 재료라고 했다.

하지만 프랑스에서 인간의 내면세계를 탐색해나간 프루스트에 대해서는 다소 비판적이었다. 프루스트는 그가 받은 인상들을 끝까지 밀고 나감으로써, 우리의 가장 진실하고 순수한 인상이 자리하고 있는 깊숙한 내면세계에 도달할 수 있을 것이라고 했다. 그런데 사로트는 그가 밝혀낸 그 심연이라는 것도 사실 하나의 표면에 불과했다고 보는 것이다. 프루스트는 질투나 공포, 사랑이라는 심리 상태를 의심할 수 없는 하나의 전제로 받아들여, 이미 명칭으로 분류되어 있는 기성 관념의 심리에 입각하여 관찰의 결과를 해석하고, 그 인과관계를 찾아내고, 또 일반적인 법칙을 끄집어내려 했다는 것이다.

사로트는 명확한 윤곽을 띠고 의식의 표면에 나타나 분석되는 감정 내지 심리 상태를 완전히 배격한다. 그녀가 추구하고 있는 것은 우리의 몸짓, 우리의 말들, 그리고 우리가 표현하고 느낀다고 믿는, 또 우리가 정의 내릴 수 있다고 믿는 그런 감정들의 근원에 있는 것이다. 즉 발생 단계에 있는, 형성되고 있는 심리적 움직임이다. 그것은 우리 의식의 경계선에서 매우 빠르게 미끄러져가는 규정할 수 없는 움직임으로 의식에 직접적으로 뚜렷하게 인지되지는 못하는 활동이다. 그러나 바로 이 움직임들이 우리의 행동이나 말에 의미를 주는 것으로 우리 존재의 비밀스러운 근원을 형성한다고 본다. 사로트는 이러한 그의 문학의 핵심적인 탐구 대상을 '향성'이라는 말로 표현하고 있다. 이는 그녀의 첫 소설의 제목일 뿐 아니라, 그의 전 작품의 핵이 되고 있음을 스스로 인정하고 있는데, 그녀에게 있어서 소설을 쓴다는 것은 바로 존재의 '향성'을 탐구하는 것이다.

'향성'이라는 말은 생물학적인 용어로, 삶에 위협을 주는 자극을 피하고 삶에 필요한 자극 쪽으로 굽는 굴절성을 의미한다. 즉 평범하고 단순한 일상생활 속에서, 타인과의 접촉이라는 외부 자극에 의하여 가장 깊이 숨겨진 심연에서 일어나는 보일 듯 말 듯한 무정형의 반응으로, 끊임없이 흔들리며 미묘하게 굴절되는 움직임을 뜻한다. 다시 말해 외부의 자극에 의해 유발되는 이미지, 감정, 회상, 충동 등의 무수한 미분자들이 우글거리며 소용돌이를 치고 있는 것으로, 이는 지하 깊숙한 곳에서 요동치는 마그마의 운동으로도 묘사되고 있다. 그런데 여기에서 중요한 또 하나의 사실은 이 향성의 움직임이 외부의 자극, 즉 타인과의 관계에서 생긴다는 것으로, 사로트는 그의 작품들에서 한 인간을 그 자체로서가 아니라 언제나 타인과의 관계 속에서 탐구하고 있다.

이러한 움직임은 상투적인 일상적 대화에 의해, 진부한 사회적 관습에 의해, 순응주의적 외양에 의해, 그리고 각자가 맡고 있는 유형화된 역할 속에 파묻혀 있기 때문에, 그 표피들을 부수고 밝혀내야 하는 것이다. 이는 그것을 느끼는 자의 내적 독백으로도 잘 드러나지 않는 것이다. 사로트는 이를 독자에게 전달하기 위해서는, 이 움직임과 유사한 것을 제시하여 유사한 감각을 느낄 수 있게 하는 이미지를 통해서만 가능하다고 했다.

사로트는 이를 위해 '심층 대화sous-conversation'라는 기법을 고안해냈다. 즉 대화로 발언되기 이전에, 마음 깊은 곳에서 반사적으로 일어나고 있는 애매한 목소리, 상투적인 의미 없는 말들이 교환되는 밑바닥에 숨어 있는 또 하나의 목소리, 대화의 이면에서 중얼거려지고 있는 제2의 목소리를 그려야 한다는 것이다.

바로 여기서 나오는 문제가 언어의 문제이다. 말로 표현할 수 없는 심연의 움직임을 말로 표현한다는 것, 그것이 바로 앞에서 살펴본 인간의 내면 탐구라는 그녀의 문학을 가능하게 하는 형식적 측면으로, 곧 글쓰기의 문제이다. 언어를 가지고 언어 외적인 것을 표현하는 것, 기존의 어휘들에 저항하지만 바로 그 어휘들의 도움으로 진정한 현실의 단편들을 드러낸다는 이러한 변증법적인 투쟁 속에 그녀의 글쓰기 작업이 위치하는 것이다. 그녀에게 있어서 소설이나 연극 대사, 시적 언어 사이의 구별은 없다. 오직 이 내적 진실을 드러내줄 수 있느냐 없느냐의 구별이 있을 뿐이다. 그래서 어떤 형태로든 외부 세계의 이데올로기를 전달하는 언어를 배격하는 사로트는 자신의 작품의 참여적 성격을 완강히 거부한다.

기존의 심리 분석이나 이를 규정하는 심리의 범주들이 진정한 인간의 내면을 포착할 수 없었던 것과 마찬가지로, 기존의 어휘들의 용법으로는 그것을 표현할 수가 없는 것이다. 상투적 언어는 표면적 현실만을 그릴 뿐이며, 지시적 기능에 한정된다. 대상에 명확한 명칭을 붙이는 것은 이미 규정되어 있는 의미로만 대상을 한정시켜 분류할 뿐이며, 그렇게 하여 생긴 인위적 의미를 존재의 진정한 의미인 양 받아들인다는 것이다. 『천문관』에 나오는 저명한 여류 작가는 바로 이러한 언어 사용으로 굳어져 있는 인물로, 그녀는 자신의 언어 사용으로 거짓된 외양의 세계를 규정하고 지배하려는 욕망을 대변하고 있다.

사로트가 찾는 새로운 언어는 그렇다고 새로운 단어를 만들어내는 것은 아니다. 단지 기존의 언어를 새롭게 사용하는 일이며, 그 상투성에서 벗어나 언어에 대해 다시 생각하고 배우는 것이다. 언어에 본래적 유연성과 다의성을 되찾아주는 것, 그리하여 원초적 언어를 소생시키는 것이 중요하다. 이는 이 세상을 보는 시선의 원시성을 회복하려는 노력이다. 『미지인의 초상』에서 1인칭 화자는 바로 이러한 사로트의 언어 사용을 대변하는 인물로, 그는 사물에 이름을 붙이지 않으려고 고집하면서 대상을 일상의 빛 바깥에서 생소한 것으로 보려고 한다. 또 『천문관』에서 작가는 "눈 깜짝할 사이에 파악하는 것을 단번에 표현할 언어를 아직 찾아낼 수는 없다. 한 존재 전체와 그의 무수한 작은 움직임들은 몇 마디 말과 웃음소리, 몸짓에서 태어난다"라고 말하고 있다. 1980년도에 출판한 그의 짧은 글 모음집인 『말의 사용 *L'usage de la parole*』은 사로트가 어휘에 부과하는 본질적 역할을 잘 드러내고 있는 제목이다. 사로트의 말의 사용법에 따르는 언어는 한마디로 시적 언어라고 할 수 있다. 은유나 직유, 상징, 이미지 들을 최대한 사용하여 간접법과 암시법에 의존하는 그녀의 언어는 독자로 하여금 어떤 느낌이나 생각을 불러일으키기만 할 뿐, 그것이 무엇이라고 설명하거나 명명하지 않는다. 그녀는 풍부한 감각적 어휘들을 사용하여 무척 길고 복잡한 구문을 구성하고 있다. 또 침묵으로 점철된 단절적 구문과 말없음표를 통해 규정할 수 없는 망설임을 드러내고 있으며, 수많은 쉼표를 동반한 반복적인 부연 설명을 통해 암묵적이고 표현할 수 없는 내면의 움직임을 독자가 스스로 해독해내도록 유도한다. 그리고 때로는 두 개의 서로 모순되는 목소리가 대꾸하게 함으로써 그 미세한 느낌과 이미지를 찾아내도록 하는 것이다. 그런데 위에서 살펴본 내면 깊숙이 느껴지는 미지의 현실을 극도로 정직하게 그려내고자 하는 태도에서 나온 그녀의 언어에 대한 탐색은 1970년대 이후 더욱 심화되고 있다.

이러한 소설 세계 속에서 전통적인 소설의 구성 요소들은 전혀 다를 수밖에 없다. 줄거리와 배경 묘사는 약화된다. 사건은 거의 없이 의미 없는 몇 마디 말 등 상투적인 것들만 제시할 뿐인 줄거리라는 것은, 작가 스스로 밝히고 있듯이 이 심리의 미묘한 움직임을 하나하나 빠뜨리지 않고 붙잡아두고, 제멋대로 흩어져 사라져버리지 않도록 막는 조그마한 틀의 역할밖에 하지 않는다. 가장 중요하다고 볼 수 있는 인물 역시 이러한 내밀한 움직임을 드러내기 위해 작가가 차용한, 어떤 심리 상태를 지닌 단순한 지주일 뿐이다. 따라서 그의 소설에 등장하는 많은 인물들은 이름도 없이 단지 인칭대명사로 불리는 경우가 많다. 그런데 이 내밀한 움직임을 독자에게 전달하기 위해서는 그것을 분해하여 느린 필름처럼 독자의 의식 속에 펼쳐 보여야 하기 때문에, 시간은 무한히 확대된 현재의 시간으로 지속되는 것이다.

여기서 시종일관 동일한 문제를 천착해가고 있는 그의 주요 작품들을 살펴보도록 하겠다.

*

1938년 출판한 첫 소설 『향성』은 그녀의 전 작품의 핵을 담고 있는 작품이다. 원래 18개의 짧은 단편들로 구성되어 있었는데, 1957년 6개의 단편을 추가하여 미뉘에서 재출간하였다. 이 단편집은 그 제목들, 즉 「쇼윈도 앞의 군중들」「손자를 산책시키는 할아버지」「찻집에 있는 여자들」「여자가 말을 하지 못하게 혼자 말을 해대는 남자」「늙은 부부」

등에서 알 수 있듯이, 일상적인 상황 속의 짧은 이야기들을 3인칭으로 그려 보이고 있다. 인간관계에서 사소하게 주고받는 의미 없는 말들과 몸짓 아래 감지될 수 있는 것을 그것이 태어나고 있는 상태 속에서 포착하려는 사로트 문학의 첫걸음이었던 것이다.

1948년 로베르 마랭에서, 그리고 다시 1956년 갈리마르에서 재출판된 『미지인의 초상』은 앞에서도 여러 번 언급되었듯이 사르트르가 그 서문에서 이를 반소설이라 칭함으로써 누보로망의 선구자 격인 작품으로 간주되었던 작품이다. 그러나 사로트는 『향성』으로 시작한 그의 탐구 작업을 계속한 것뿐이다. 네델란드의 한 박물관에 있는 실제 그림인 「미지인의 초상」에서 제목을 따온 이 소설에 등장하는 세 사람은, 모두 익명성 속에서 말로는 도달하지 못하는 한 부분을 갖고 있는 미지인인 셈이다. '나'라고 나오는 화자는 늙은 구두쇠 영감과 그의 노처녀 딸을 엿보고 있는데, 이 두 인물은 그를 사로잡고 있다. 독자는 화자와 함께 현재와 과거를 오가며 여러 추억과 만남들을 통해 이 부녀 사이에서 벌어지는 내밀한 드라마를 따라가게 된다. 교묘하게 이 두 사람에게 연루되어 있으나 거리를 두고 이들을 지켜보는 화자는 이 두 존재가 그들 사이, 그리고 그들이 다른 사람들과 맺고 있는 관계의 외양 아래 숨기고 있는 내면을 서서히 드러내게 된다. 즉 그들의 일상적 말과 몸짓이 감추고 있는 동시에 또한 은밀히 드러내고 있는 보이지 않는 비밀스러운 움직임들, 금방 잦아드는 내적 폭발, 강박관념들, 충동들 그리고 표현할 수 없는 갖가지 감각들이 그것이다. 이 소설 역시 일상의 사소한 대화 및 상황에서 시작되고 있으나 대화를 표시하는 따옴표도 생략된 채 화자의 내적 독백과 구분되지 않는 글쓰기를 통해, 그리고 과거와 현재, 외양과 내면의 세계, 다양한 화자의 시점

등을 오가는 왕복 운동의 구성 및 기법을 통해, 독자는 일상사의 단단한 틀 저변에 있는 유동적이고 혼란스러운 감각의 세계 속으로 들어가게 된다.

그런데 이 두 소설이 제대로 이해받지 못하고 있는 상황에서, 사로트는 자신의 소설에 대해 숙고를 하게 되며 왜 자신이 전통적인 소설 개념에 따라 소설을 쓸 수 없는지 이유를 생각하게 되었다. 그리고 자신의 문학을 소설 장르의 역사적 시간 위에 위치시켜보기 위해 1947년부터 써왔던 글들을 모아 1956년 출판한 것이 바로 『의혹의 시대』였다. 그 속에 수록된 네 편의 비평적 글 가운데서 1947년에 발표한 「도스토옙스키부터 카프카까지」는 심리소설의 계보를 살펴보며 그 속에서 새로운 소설로서의 가능성을 찾고 있는 글이다. 그리고 책 제목이 된 「의혹의 시대」는 인물의 약화 등 현대 소설의 한 특징적인 면모를 지적하고 있으며, 「심층 대화」에서는 그녀 소설의 중요 기법을, 그리고 「새들이 보는 것」에서는 진정한 사실주의자란 어떤 작가를 말하는가를 논하고 있다. 사로트는 이 책의 서문에서 이 글들이 바로 소설의 새로운 개념이 인정받게 된 한 시점을 드러내고 있다는 것, 그리고 누보로망의 기초적 텍스트임을 스스로 인정하고 있다.

1959년 갈리마르에서 출판된 세번째 소설 『천문관』에서 그녀가 추구하는 것 역시 앞의 소설들에서 행한 것과 동일한 작업이다. 문학 박사학위를 준비하고 있는 알랭 기미에는 이제 막 지젤과 결혼한 젊은이다. 둘은 살림을 차리고 안락의자를 구입하고 조각상을 고르는 등 사소한 일상생활에 정열을 쏟는다. 알랭의 숙모는 파리의 큰 아파트의 문을 바꾸고, 또 지젤의 부모는 그녀에게 가죽 소파를 선물하고자 한다. 그리고 알랭의 아버지는 자기 누이가 그녀의 아파트를 자기 아들

알랭의 아파트와 바꾸도록 중재하는 역할을 하기로 나선다. 또 당대의 유명한 여성 작가 제르멘 르메르는 알랭을 그의 추종자 가운데 받아들여준다. 이러한 사소한 문제들이 생생하게 그려지는 것은 일견 우스꽝스러울 수도 있다. 그래서 이 작품의 경우에도 줄거리에 대해서 별 할 이야기가 없다고도 볼 수 있다. 그런데 바로 이러한 간략한 일련의 에피소드들이 시간적 흐름 속에 병치된 가운데, 평범한 상황과 사소한 일상사가 구실이 되어 이들 인물들 사이에 잔인하게 서로 상처를 주고 거기서 재미를 얻는 자극적인 놀음이 이어지면서 내밀한 갈등과 드라마가 벌어지고 있는 것이다. 이전 소설에서의 익명성 대신 여기서 작가는 인물에 이름과 사회적 신분, 외모 등을 부여하고 있다. 그러나 그것은 그들의 외양이 주는 정체성의 거짓됨을 더욱더 강조하기 위해서일 뿐이다. 그들이 진정 그들의 정체성을 찾아야 하는 곳은 그러한 외양에서가 아니라, 타인과의 관계, 그리고 그 타인들이 그들에게 되돌려 보내는 그들 자신의 이미지에 의해서이다. 그러나 그들 각자는 타인들과의 접촉에서 곧바로 드러나는 가족관계 및 인간관계의 의미, 존재의 의미, 가치들의 의미에 대한 문제 제기로 이들 인물은 서서히 해체되어간다. 글쓰기란 바로 이 순간들, 모든 것이 갑자기 흔들리고 확신과 절대적 가치 위에 존재를 세울 수 없다는 그 불가능성 앞에서 이들이 느끼는 그 현기증의 순간들을 밝혀내는 것이다. 이를 위해 사로트는 서술 시점을 다양하게 변환시킬 뿐 아니라 대화와 서술 사이의 구별을 없애고, 다양한 메타포를 사용하고 반복의 기법을 쓰는 등 그녀의 언어 탐색을 계속해나가는 것이다.

1963년 발표되어 국제문학상을 받게 된『황금 과일들』역시 그녀의 탐구 작업의 연장이나, 이 소설에서 문제가 되고 있는 것은 문학 작품 자체이다. 소설 속에 동명의 소설이 등장한다. 그러나 그 내용이 거의 나오지 않는 이 책은 하나의 구실일 뿐이다. 이 책은 모든 대화와 사상 토론, 신문 기사의 중심이 되어 문학비평가나 대학교수들, 작가와 화가들뿐만 아니라 시골 사람과 익명의 독자에 이르기까지 이 책에 대해 갖가지 설명과 평가, 비평을 하기에 이른다. 그러나 얼마 가지 않아 열광은 사라지고 경멸과 무관심 속에서 잊히고 마는 한 책의 운명을 다루고 있다. 사로트는 이 소설에서 언론계 및 대학, 지식인과 예술가 집단에 대한 날카로운 비판을 가하고 있다. 즉 너무 쉽게 붙여지는 걸작이라는 이름과 근거 없이 제시되는 집단적 열광의 표시가 갖는 그 허구성을 드러내고 있다. 그 내용이 거의 나오지 않는다는 점에서 알 수 있듯이 이런 문학 논쟁에서 작품 자체는 존재하지 않는다. 작품은 단지 각 개인들의 자기 과시나 자신의 사회적 역할을 공고히 하기 위한, 그리고 편 가르기를 위한 논쟁의 구실에 불과하다는 점이다. 여기서도 사로트는 그녀의 가장 핵심적인 관심을 보여주고 있다. 문학 논쟁이라는 외양과 인간관계가 보여주는 표면의 세계 아래 진정한 인간 사이의 관계와 현실에 대한 비밀스럽고도 비정형성의 흔들리는 움직임의 세계가 있음을 그녀 특유의 불확정적 표현들을 통해 보여주고 있다. 이 소설은 누보로망의 기법적 특징의 하나라고 앞장에서 살펴보았던 '미자나빔'을 사용하고 있다. 소설 속에 동명의 소설을 등장시켜 문학의 본질에 관한 논쟁을 소설 내에서 직접적으로 표현함으로써 당시 그녀의 소설이 불러일으킬 수 있는 논쟁을 스스로 하고 있다. 이는 또한 당시 로브그리예와 뷔토르의 소설과 자신의 소설을 중심으로 이루어졌던 누보로망 논쟁을 그대로 보여주고 있는 것이다.

그런데 1968년 『삶과 죽음 사이Entre la vie et la mort』 이후 그녀의 작품

세계는 다소 변하게 된다. 이제까지 그녀가 내면세계를 드러내는 형식적 측면으로 탐구하던 언어의 세계를 더 극단적으로 찾아 나서게 된 것이다. 내면세계의 표현으로서 언어가 아니라, 언어 그 자체가 태어나는 지점을 향해 나선 것이다. 단어를 갖고 놀기를 즐기는 한 어린아이를 보여주면서, 일반적으로 문학적 감수성이나 시적 서정이라고 분류되는 경계 이전의 더욱 근원적인 언어의 세계를 찾아 나서는 것이다. 1971년 스리지에서의 토론회에서 사로트는 자신의 이러한 작업이 찾고 있는 근원을 다음과 같이 설명하고 있다. 즉 "그 누구도 뒤따라 갈 수 없는 그 지역, 어떤 어휘도 아직 들어가보지 못한 어두운 침묵의 세계로, 언어가 아직 메마르게 하고 화석화시키는 작용을 하지 않은 그 지대로, 아직은 잠재적이며 유동적이며, 모호하며 전체적인 감각들일 뿐인 것을 향하여, 단어들에 저항하는 이 명명되지 않은 것들을 향해, 하지만 (그 어휘들이 없으면 존재할 수 없으므로) 그 어휘들을 불러내 그곳을 향해" 나아간다는 것이다.

이러한 작업은 1976년 발표된 『바보들이 말하기를*Disent les imbéciles*』에서는 더욱 심화되어 이어진다. 아양을 부리는 손자들에 둘러싸인 귀여운 할머니라는 인물 설정은 이 언어 탐구를 위한 하나의 에피소드적 시발점에 불과하다. 이 소설은 사로트가 자신의 언어 탐색을 가장 순수한 추상적 상태에까지 밀고 나간 작품으로, 이 소설에서 진짜 주인공은 어휘들과 개념들이다. '질투심이 강한', 또는 제목이 말하는 '그것이 바로 바보들이 말하는 것이야' 등의 개념과 문장 하나만으로도 익명의 인물들 내부에는 이들을 서로 대립시키거나 결합하게 만드는 다양한 동요의 움직임이 일어난다는 것이다. 여기에 이르면 사로트의 작업은 초기의 것과는 거의 반대 방향으로 전개된다고도 볼 수 있을 것이다. 인간의 내밀한 움직임을 드러내기 위한 언어의 탐색에서 언어가 불러일으키는 인간의 내밀한 움직임이라는 것으로 바뀌고 있는 것이다. 이러한 언어 탐색의 본질적 문제는 바로 인간의 정체성의 문제로 이어진다. 즉 인간은 말 속에, 그리고 말에 의해 존재하는 것이 아닌가라는 물음이 나오는 것이다.

1978년 이후 발표하게 된 몇몇 희곡 작품 역시 소설 작품에서 그녀가 탐구하는 것을 그대로 이어간다. 1982년 발표한 『예 또는 아니오 때문Pour un oui ou pour un non』은 초기 소설에서 다룬 인간관계의 비밀을 찾고 있다. 오래된 두 친구가 소원해진 이유는 무척이나 사소하고 순간적인 말에 나타난 억양 때문이었다. 그러나 그 사소한 외양 속에 숨겨져 있는 것은 이 두 친구의 존재의 본질을 이루는 가치 체계였다는 사실을 이 소설은 드러내 보이고 있다. 이들의 우정에 금이 가게 된 것은 그저 단순한 '예 또는 아니오 때문'이 아니라 그들 저변에 있던 양립할 수 없는 근원적인 그 가치 체계들의 대립에 따른 것이라는 점이다.

1983년, 더 이상 누보로망이 문학적 담론의 전면에서 언급되지 않게 되었을 때, 그리고 다른 누보로망 작가들이 다소 전통적인 방향으로 돌아서서 자서전을 쓰고 있을 때, 사로트 역시 『어린 시절』이라는 자서전을 발표하였다. 그러나 그것은 전통적 자서전의 형식이라기보다 자신의 작품 전체를 반영하고 있는 것으로, 그녀는 이러한 형식을 통해 자신의 작품을 전체적으로 조망해볼 수 있는 거리를 갖게 된 것이다. 노년에 들어선 작가가 한 익명의 상대방과 자신의 어린 시절을 환기하는 것으로 시작되는 이 자서전은 미완의 문장과 말없음표, 의심과 망설임을 드러내는 다양한 부사 등 사로트가 그의 소설에서 써왔던 문체를 그대로 사용하고 있다. 그리하여 몇몇 연대기적 표시 등 외적 지표는 있으나, 작가의 관심은 한 인간에 대한 명료한 해석이 아니라 언어 저 너머에 있는 존재의 진정한 모습을 추구하는 것이다. 그리하여 그녀의 어린 시절이 불완전하고 단절되고 비정형으로 제시되는 이 자서전은 하나의 '어린 시절의 이야기'가 아니라, 어린 시절을 이야기로 환원할 수 없다는 바로 그 불가능성이라고도 볼 수 있을 것이다.

1989년에 발표한 『너는 너 자신을 사랑하지 않아*Tu ne t'aimes pas*』와 같은 최근의 작품들에서 사로트는 소설 영역을 떠나 철학적이며 도덕가로서의 대화를 전개시켜나가고 있다. 이는 이 시대의 문학이 나가야 할 새로운 형태가 될 수도 있을 것이다.

*

사로트는 평생에 걸쳐 일관된 문학 세계를 추구하여 온 작가이다. 인간 존재의 근원을 이루는 인간 내면 깊숙이 벌어지는 미지의 현실을 추적하는 것, 그리고 이에 도달하기 위해 상투적 언어의 허위성을 거부하고 이를 밝혀줄 새로운 언어를 끊임없이 탐구하는 것이 그녀의 일생의 과제였다. 1947년 『어느 미지인의 초상』의 서문을 사르트르가 썼다는 사실은 단순한 우연이 아닐 것이다. 사로트의 문학은 심리적인 것을 넘어서 실존 자체 속에서 인간의 현실에 도달할 수 있는 기법을 완성했다고 사르트르가 썼듯이, 그녀는 가장 근원적인 인간 존재의 실체를 찾아보려는 실존적 접근을 벌이고 있었다. 기존의 심리 분석에 의해 거짓되게 규정되던 인간의 실체를 찾아, 그리고 익히 알고 있는 익숙한 기존의 언어가 구획 지어 처분하던 거짓에서 벗어나, 파편화되고 유동적인 낯선 실재를 자신의 실존적 상황으로 직시하고 감당하는 것은 바로 초기 사르트르의 존재론과 무척이나 닮아 있다. 사로트는 이 길을 극단까지 밀고 나가는 작업을 하였던 것이다.

사로트는 자신의 소설에 사회적인 의미를 전혀 부여하지 않고 있다. 그러나 그녀의 소설은 외양에 의해 실체가 숨겨져 있는 이러한 인위적 세계를 드러내 보임으로써, 작가의 의도와는 무관하게 현대의 인간 사회에 대한 잔인한 고발이 되고 있는 것이 사실이다.

클로드 시몽Claude Simon(1913~2005)

클로드 시몽의 소설을 논하기 위하여 많은 비평가들이 20세기의 소설의 새로운 장을 열었다고 평가되는 『잃어버린 시간을 찾아서』의 작가 마르셀 프루스트를 언급한다. 프루스트 소설의 주인공은 마들렌느를 홍차에 담그면서 떠오르는 추억들에 의해 과거의 시간을 현재로 재생시킨다. 클로드 시몽의 소설에서는 과거의 단편들이 현재의 풍경이나 장면 묘사에 병렬적으로 사용되는데 여기서 프루스트와의 연관성이 유추될 수 있을 것이다. 클로드 시몽이 프루스트나 말라르메 같은 혁신적 작가들, 메를로-퐁티와 같은 철학자의 영향을 받은 것은 부인할 수 없는 사실이지만 클로드 시몽의 소설 미학에 가장 큰 영향을 끼친 작가는 윌리엄 포크너라 할 수 있다. 영국에서 대학 교육을 받은 클로드 시몽은 영어로 읽은 포크너의 소설들, 특히 『압살롬 압살롬Absalom, absalom』을 읽고 큰 감명을 받았다고 한다. 불연속적으로 기술되는 이야기, 현실적 묘사 중간에 나타나는 과거의 회상 등으로 나타나는 포크너 소설의 특성을 프랑스어로 되살려내려는 시도는 초기 클로드 시몽의 소설들을 통해 나타난다. 포크너 소설의 영향이 클로드 시몽의 작품 세계에 적지 않은 비중으로 자리 잡고 있는 것은 사실이나 클로드 시몽은 포크너 소설의 단순한 모방이 아닌 자신 특유의 문체를 고안해 낸다.

『풀』『바람』 등의 소설이 1950년대에 주목을 받으면서 '누보로망 작가' 중의 한 사람으로 자연스럽게 분류되기 시작한 클로드 시몽은 프랑스령 마다카스카르에서 1913년 출생했다. 직업군인이었던 아버지는 시몽이 첫돌을 맞이하기도 전, 1차 세계대전 중 전쟁터에서 사망하며, 시몽은 어머니를 잃기 전까지 페르피냥에서 어린 시절을 보내게 된다. 파리에서 중등 교육을 받은 시몽은 한때 화가 지망생으로 앙드레 로트의 제자이기도 했고 세잔느와 미로의 그림에 심취했었다고 한다. 1936년 스페인과 유럽을 여행하였고 2차 대전 중인 1939년에는 참전하여 1940년 벨기에에서의 전투에서 전쟁 포로가 되지만 같은 해 탈출에 성공한다. 첫 소설 『사기꾼 Le Tricheur』을 1945년 출간한 시몽은 영국의 옥스퍼드와 케임브리지 대학에서 수학하기도 했다. 화가와 사진작가로 활동하기도 한 시몽의 그림에 대한 지속적인 관심은 그의 소설 속에서 다양한 모습으로 나타나고 있다. 파리와 피레네 산맥의 살스라는 작은 마을의 농장을 오가며 살고 있는 클로드 시몽은 1957년 『바람』으로 주목받기 시작한 이후 1985년 노벨문학상을 수상하였고, 이때 스웨덴의 한림원은 '시인, 화가의 창조성으로 인간 조건을 묘사했으며 시간에 대한 심오한 인식을 잘 조화시킨 공로'로 노벨문학상을 수여한다고 시몽을 수상 작가로 선정한 이유를 밝히고 있다. 뚜렷한 줄거리가 존재하지 않는 시몽의 소설은 읽기 어려운 난해한 소설로 인식되어져왔다. 시몽의 소설에서는 연대기적 시간의 흐름이 무시된 채 전통적인 소설 기법이 부정되고 있다. 전통적 소설에서는 인과관계에 기초한 단 하나의 줄거리를 만든다는 것, 이야기의 일관성을 부여한다는 것이 필수불가결한 일로 여겨져왔지만, 시몽은 인간의 현실 자체가 무한한 원인과 결과 들의 기복으로 이루어져 있으며 작가란 이러한 현실 세계를 그대로 묘사하는 자, 현실을 복사하는 자라고 주장한다. 클로드 시몽에게 있어 현실이란 인식 이전의 인간의 가장 깊은 내부, 무의식에 실재하는 이미지, 생각, 기억, 지각 등의 혼돈 상태이며 작가는 이를 전체적으로 포착하려는 시도를 하는 자인 것이다.

　클로드 시몽의 소설들에는 새로운 소설에 대한 끊임없는 시도가 담겨져 있다. 시몽의 초기 소설들, 『사기꾼』에서 『걸리버』에 이르는 시기는 전통적 소설 기법을 따르고 있지만 시간과 죽음에 대한 강박관념, 시간의 흐름 속에서 천천히 마모되어가는 인간들과 그들의 결별에 대한 인식과 같은 주제들을 다루고 있다. 1954년 발표된 『봄의 제전』은 이후의 클로드 시몽의 소설 세계를 엿보게 하는 하나의 전환점을 마련한다. 과거의 기억을 더듬으며 인생의 혼란에 대해 이야기하는 소설은 2부로 나뉘어져 있다. 1부는 '1952년 12월 10일'과 '1952년 12월 11일'이란 부제가 달린 1, 2장으로 구성되어 있으며, 2부는 '1936년 12월 10, 11, 12일'이라 부제가 붙은 1장, 그리고 '1952년 12월 12일'인 2장으로 끝을 맺는다. 소설은 서로를 이해하지 못하는 주인공 베르나르와 그의 장인이 16년이라는 간격을 두고 생이 가져다주는 위험, 적대감, 우연과 같은 동일한 형태의 체험을 겪는 것을 이야기하고 있다. 『봄의 제전』의 시간적 구성은 1989년 발표된 클로드 시몽의 최근 작품인 『아카시아』의 구성과 거의 비슷한 형태를 띠고 있음에 주목해볼 수 있다.

　1957년 미뉘 출판사에서 출간된 『바람』은 '바로크적인 교회 제단 장식화의 복구를 위한 시도'라는 부제를 달고 있다. 17장으로 나뉘어진 소설은 한 번도 본 적이 없는 아버지의 죽음으로 어느 날 거대한 포도 경작지를 유산으로 물려받고 마을에 나타난 남루하고 기괴한 옷차림을 한 30대 중반의 남자 몽테스를 둘러싼 사건들을 묘사하고 있다. 몽테스가 묵고 있는 남루한 호텔의 청소부 로즈와 두 딸, 몽테스에게 접근하여 무언가 이득을 얻어내려는 모리스, 몽테스에게 관심을 보이는 사촌 세실, 로즈의 남편에 의해 구타당하는 몽테스, 로즈 부부의 죽음 등 몽테스가 포도 경작지 지배인과의 소송에서 진 후 마을을 떠나게 되는 일곱 달 동안 일어난 일들이 소설 속에서 이야기된다. 하지만 『바람』에서 중요시되는 것은 몽테스를 둘러싼 사건의 줄거리가 아니다. 주인공 몽테스의 행동들은 논리적이고 일관성 있게 진행되지 않으며 그의 심리 상태는 불투명하다. 소설의 화법도 혼란을 유발시킨다.

1958년 발표된 『풀』은 일자무식인 농부의 딸로 태어나 초등학교 교사 생활을 하며 자신보다 열다섯 살 어린 남동생 피에르를 대학교수로 키운 노처녀 마리가 의식을 잃고 사경을 헤매는 열흘간을 묘사한다. 자신이 늙어간다는 사실을 받아들이지 못하는 피에르의 부인 사빈느와 그들 사이에 태어난 아들인 조르주, 조르주의 아내 루이즈와 루이즈의 애인 등이 소설을 구성하고 있지만 클로드 시몽은 소설 속에서 일어난 사건들을 순차적으로 기술하지 않는다. 길거나 짧은 여러 개의 장면들이 소설을 구성하며 논리적 연결 없는 장면들이 불연속적으로 서술된다. 『풀』에 나타나는 움직임과 부동, 말과 침묵, 생과 죽음, 물질과 정신의 대립이라는 테마에서 『결별La séparation』[33]이라는 한 편의 연극이 탄생한다. 루이즈가 움직임, 인생, 말을 대변한다면 사경을 헤

---

[33] 클로드 시몽의 유일한 희곡인 『결별』은 1963년 파리의 뤼테스 극장에서 공연되었다.

매는 마리는 부동, 죽음, 침묵을 대변한다고 할 수 있다.[34] 『바람』이나 『풀』에 나타나던 인물들의 대화는 이후 클로드 시몽의 소설에서 점점 묘사와 이미지로 바뀐다는 점을 우리는 주목해볼 수 있다.

클로드 시몽의 소설 중 대표작으로 손꼽히는 작품은 1960년 발표된 『플랑드르로 가는 길』일 것이다. 클로드 시몽이 20여 년간 구상했다는 『플랑드르로 가는 길』은 3부로 구성되어 있으며, 전쟁이 끝난 후의 어느 날 밤, 몇 시간 동안 소설의 주인공인 조르주의 기억 속에 되살아나는 사건들이 묘사되고 있다. 조르주의 친척인 드 레이샥 대위의 죽음, 패잔병으로 떠도는 조르주와 그의 동료들인 블룀, 와크, 드 레이샥가의 승마 기수였던 이글레지아, 포로 수용소로 끌려가는 기차 안에서의 조르주, 조르주가 드 레이샥의 미망인 코린느와 보내는 밤 등 기억의 편린들이 병렬적으로 소개된다. 소설은 전쟁 중의 플랑드르, 1940년 전쟁이 일어나기 전의 프랑스, 프랑스 혁명 후 국민의회 시대인 18세기 말이라는 세 가지의 다른 시간적 배경에서 진행된다. 조르주는 블룀에게 자신과 드 레이샥 대위의 조상인 드 레이샥의 죽음에 대해 이야기한다. 드 레이샥은 18세기 말에 사망했고 소설의 진행은 드 레이샥 대위의 죽음이 사고일까 혹은 자살일까의 문제 제기로 시작된다. 화자인 조르주의 회상에 의해 시작되는 소설은 화자가 블룀에게 하는 이야기의 회상, 화자가 블룀에게 한 이야기를 코린느에게 하는 이야기의 회상 등으로 진행된다. 소설 속의 인물들은 끊임없이 "우리는 어디에 있지?" "지금 몇 시지?"라는 질문을 소설 전반에 걸쳐 제기하게 된다. 병렬과 중단에 의한 묘사들, 현재분사의 빈번한 사용, 긴

---

34 S. Sykes, *Les romans de Claude Simon*, Ed de Minuit, 1979, p. 53.

문장 등이 『플랑드르로 가는 길』에서 두드러지게 나타나는 소설적 기법이다. 이는 클로드 시몽의 소설에서 특징적으로 사용되는 기법이기도 하다. 『르몽드』지와의 인터뷰에서 클로드 시몽은 자신이 『플랑드르로 가는 길』에서 추구하는 것은 '순수한 감각적인 구조une architecture purement sensorielle'라 밝히고 있다.[35] 이는 기억 속에서는 모든 것이 동일 평면상에 존재하며 회화도 감정도 환상도 동시적으로 공존한다는 것이다. 사물의 관점에 어울리며 현실에서는 중층화된 여러 요소들을 끄집어내어 하나의 구조를 만듦으로써 순수한 감각적 구조를 재현할 수 있다고 클로드 시몽은 말한다. 여러 기억들의 동시성을 연속적인 형태인 소설에 옮겨놓은 새로운 실험이 『플랑드르로 가는 길』을 통해 시도되는 것이다.

1962년 발표된 『팔라스』는 5부로 나뉘어 이야기된다. 『팔라스』는 스페인 내전 중 바르셀로나를 무대로 이야기되는 클로드 시몽의 자전적 국면을 내포하고 있는 소설이다. '목록' '권총을 가진 남자의 이야기' '파트로클로스의 장례' '밤에' '분실물 보관소'라는 부제하에 학생, 권총을 가진 남자인 이태리인, 미국인, 초등학교 교사 등이 등장하는 『팔라스』는 학생이라 지칭되는 화자, 즉 스페인 내전에 참전했던 한 프랑스인이 15년 전 자신이 싸웠던 장소에 되돌아오는 이야기이다. 회상 속에 나타나는 전쟁 중의 마을과 전쟁이라는 과거의 기억의 흔적이 없어져버린 현재의 마을이 주인공의 기억과 상상 속의 이미지들에 뒤얽혀 이야기된다. 1부의 끝부분에서 "몇 년 전 파리의 한 레스토랑에서 권총 세 발로 한 이태리인을 죽였다"는 이태리인의 진술은 2부를

---

35 *Le Monde*, 1960년 10월 8일자.

통하여 세밀한 묘사와 함께 자세히 재구성되어 이야기된다. 트로이 전쟁 당시 아킬레우스로 변장하여 싸우다가 헥토르에 의해 죽음을 맞자 아킬레우스가 성대한 장례를 치러주었다는 파트로클로스의 장례에서 부제를 따온 3부에서는 바르셀로나에서 1936년 치러진 스페인 혁명 지도자의 장례식이 회상된다. 예전 콜롱 호텔이었던 건물(팔라스)은 은행이 되어버렸고 프랑코의 집권으로 실패로 끝난 스페인 혁명의 자취는 개인적 기억으로서만 남아 있다는 것을 추억의 장소로 돌아온 화자는 확인하게 된다. 『팔라스』를 통해서도 『플랑드르로 가는 길』에서 추구하던 각기 다른 기억의 동시성을 소설에 옮겨놓는 시도는 계속된다.

1967년 발표된 『역사』는 한 50대 남자가 자신이 유년을 보낸 추억의 장소를 찾아가는 하루를 기술하고 있다. 우리는 이 소설의 표제를 이루는 'Histoire'라는 단어에 포함된 역사와 이야기라는 이중적 의미를 주의해볼 수 있을 것이다. 연애 시절의 아버지가 어머니에게 보낸 색 바랜 연애편지들을 발견한 클로드 시몽은 이 그림엽서들을 자신의 소설의 소재로 채택하여 『역사』라는 한 편의 소설이 탄생하게 된다. 소설은 개인적이며 집단적인 역사라는 의미와 이야기라는 의미를 동시에 내포하고 있다. 부제 없는 12부로 나뉘어진 『역사』에는 개인적 차원의 역사뿐만이 아니라 플랑드르, 스페인과 같이 20세기 초반을 살았던 유럽인들이 집단적으로 공유한 역사적 장소들에 대한 회상의 편린들 또한 이야기된다. 『아카시아』 『농경시』와 함께 클로드 시몽의 소설 중 가장 분량이 긴 소설인 『역사』에는 『풀』 『플랑드르로 가는 길』 『팔라스』 등의 소설에서 사용되었던 모티프들이 재사용된다. 한 나무의 묘사로부터 시작되는 이 소설에서 나무는 화자가 어릴 적 역사 책에서 본 계보를 연상시키며, 이러한 연상은 그림엽서에서 본 떠나는 배의 굴뚝에서 뿜어 나오는 증기를 나무 모양이라 인식하는 것으로까지 발전하게 된다. 이 나무가 아카시아 나무로 밝혀지는 것은 몇 페이지에 걸쳐 이어지는 이미지들의 연상의 끝에서이다. 『역사』에서 차례차례 떠오르는 다양한 형태의 기억들은 치밀한 구성에 의해 나타난다. 각기 다른 시간대의 기억들이 소생되는 순서에 따라 나타나지만 다른 시간대의 각기 다른 기억들은 시간적으로 서로 연관되어 있는 듯하게 배치된다.

*

3부로 구성된 『파르살 전투La Batille de Pharsale』는 클로드 시몽의 소설 세계가 또 다른 국면으로 접어드는 중요한 전환점을 제공한다. '파르살'이란 고대 로마의 시인인 루카노스의 방대한 미완성 서사시의 제목으로, 파르살 전투는 기원전 49년에서 45년 사이 일어난 세자르와 폼페이 사이의 전투를 의미한다. 클로드 시몽의 소설이 루카노스의 서사시에서 영감을 받아 출발하고 있음을 소설의 제목은 명확히 보여주지만 루카노스의 서사시는 클로드 시몽의 동명 소설의 한 단서를 제공해줄 뿐이다. 『파르살 전투』에서도 논리적 설명 없이 장면들이 중첩된다. '부동자세의 아킬레우스의 큰 걸음'이란 부제가 달린 1부에서 화자의 그리스 여행이 묘사된다. 어린 시절 라틴어 해석 숙제에 묘사되었던 전투가 일어난 곳을 찾는 화자의 여행은 테살리로 가는 길의 표지판에 씌어진 파르살이라는 지명에서부터 비롯된다. 카페에 앉은 사람들, 지하철에서 내리는 사람들, 파르살을 찾는 길에서 만난 혼수 용품을 파는 하늘색 트럭, 화자와 그의 애인에 관련된 추억 등이 논리적 비약을 무릅쓴 편린들로 소개된다. '어휘'라는 부제가 붙은 2부는 전투, 세자르, 대화, 전사, 기계, 여행, O라는 일곱 가지 소제목으로 나뉘어져 있다. 첫번째 소제목인 '전투'에서는 전투를 묘사한 카라바지오, 우첼로의 그림과 화자의 개인적 체험에 관련된 전투가 중첩되어 묘사된다. 두번째 소제목인 '세자르'에서는 지방 도시의 한 호텔 방에서의 화자의 개인적 추억과 함께 지폐에 새겨진 세자르, 파르살 전투를 응시하는 세자르가 이야기된다. '대화'란 부제가 붙은 세번째 에피소드에서는 '그녀'와 '그'라는 대명사로만 지칭된 두 남녀의 예의 바른 일상적인 대화가 인용 부호 없이 기술된다. '전사'라는 부제가 붙은 네번째 에피소드에서는 한 사령관과 방에 대한 이야기들이 중첩적으로 묘사되며 '기계'에서는 쓸모없이 방치된 기계가 묘사된다. 여섯번째의 '여행'에서는 역사적 사실의 서술과 함께 니콜라 푸생, 델라 프란체스카의 그림들에 대한 묘사가 등장한다. 이는 스페인에서 화자의 추억과 중첩되는데 스페인에서의 기억은 그가 스페인에서 탄 기차 내부의 묘사로 기록된다. 기차 장면은 화자와 그의 애인일 수 있는 두 남녀의 정사 장면과 함께 묘사된다. 『파르살 전투』에서는 화자의 개인적 추억의 편린들이 모자이크처럼 한 소설을 구성하고 있다. 파르살을 찾아 떠나는 화자의 그리스 여행은 공간적 의미의 여행일 뿐만 아니라 시간적 의미의 여행이기도 하다.

『전도체』와 『눈먼 오리온*Orion areugle*』을 통해 클로드 시몽의 새로운 관심을 끄는 것은 소설에 있어서의 형식의 문제이다. 1970년 발표된 『눈먼 오리온』의 서문에서 시몽이 설명하듯 그의 관심을 끄는 것은 같은 테마의 재사용과 변형에 의한 글쓰기의 움직임이다. "하는 한 걸음 한 걸음씩에 이루어지는, 다시 말하자면 단어 하나하나에 의해 완성되

는 글쓰기에 의한 창작 이외의 지름길들을 알지 못한다." 하나의 단어
는 자석처럼 이미지를 이끌 뿐만 아니라 리듬과 구성의 조합으로 이루
어진 단어 자체의 형태만으로도 다른 단어들을 유추해내며 풍요한 의
미들을 만들어내게 된다고 클로드 시몽은 역설한다. 즉 전도체의 역할
을 하는 것은 단어들이다. 1971년 발표된『전도체』는 미국의 한 대도
시에 대한 작가의 비전에서부터 시작된다. 소설 속에는 안개 속의 고
층 건물, 오렌지색으로 머리를 물들이고 거리를 걷는 흑인의 모습, 거
리의 전광판에 걸린 광고 문안, 토끼 인형을 끌고 가는 아이 등이 묘
사되며, 미국의 한 대도시에서 거북스러움을 느끼는 이방인인 화자,
긴 비행기 여행에서 화자가 느끼는 피로감, 기약 없이 여인과 보내는
하룻밤, 스페인어로 진행되는 작가 회의에서 소모적 토론을 지켜보는
화자 등의 장면 장면이 중첩적으로 보여진다. 1973년 발표된『3부작
Tryptique』은 마치 퍼즐 조각들처럼 구성되어 있다. 한 폭의 그림이 나타
낼 수 있는 동시성에 지속적 관심을 나타내었던 클로드 시몽은『3부
작』이라는 책제목도 프란시스 베이컨의 회화「3부작」에서 영감을 받
아 지었다고 한다. 부제 없이 3부로 나뉘어진 소설 속에는 세 가지 에
피소드가 엇갈려 소개된다. 프랑스 북부의 한 마을에서의 결혼식 날
신랑이 신부를 내버려둔 채 옛 애인에게 이끌리는 이야기, 중부의 한
작은 마을에서 어린 소녀를 봐주기로 한 여인이 아이를 내버려둔 채
애인을 만나러 간 사이에 아이가 강물에 빠지는 이야기, 남부 휴양지
의 한 호텔에서 아들을 돕기 위해 온 어머니와 정치가의 정사 등이 이
야기되지만 중첩되는 에피소드들의 줄거리란 중첩되는 장면들의 이
미지와 그에 유발될 수 있는 상상력을 위한 단서를 제공해줄 뿐이다.
1975년 발표된『사물 학습』은 자막, 확장, 여흥 1, 사물 학습, 여흥 2,

레쇼펜 돌격, 단락의 일곱 부분으로 나뉘어져 있다. 사물 학습이란 우리의 초등학교 자연 과목에 해당하는 옛 교과서를 지칭하는 말이다. 『파르살 전투』『전도체』『3부작』등을 통한 소설의 형식에 대한 탐구는 『사물 학습』에까지 이어진다. 낡은 집을 손질하는 두 명의 미장이, 불안과 피로가 쌓인 패잔병들이 주둔하는 집, 산책길의 두 남녀가 나누는 정사 등의 서로 관련 없는 세 가지의 에피소드가 뒤섞여 이야기된다. 이러한 에피소드들 사이사이에는 사물 학습이라는 교과서의 내용이 삽입되기도 하며 시각적으로 지각한 것, 기억의 회상, 상상력 등이 중첩되어 묘사된다. 클로드 시몽이 작가로 등단하기 전 그림과 사진에 많은 관심을 갖고 있었던 만큼 그의 텍스트들은 시각적 이미지와 장면들의 연합으로 가득 차 있다. 클로드 시몽의 소설에서 주요한 영감을 제공하는 것 중의 하나는 회화, 즉 그림일 것이다. 이는 다음과 같은 시몽의 언급에서도 두드러지게 나타나는 사실이다. "나는 그림을 그리듯 책을 쓴다. 그림이란 먼저 구성이다."[36] 『전도체』에서는 현대 화가인 라우셴베르크의 그림들에 대한 묘사가 등장하며 『3부작』을 통하여 프란시스 베이컨, 장 뒤뷔페, 폴 델보와 같은 현대 화가들의 그림이 소개된다. 미술에 대한 클로드 시몽의 지속적 관심은 그의 소설들에 시각적 이미지들의 연상, 세밀한 장면의 묘사 등을 통해 나타난다고 할 것이다. 기억과 연상의 소재로는 풍경이나 장면, 회화뿐만 아니라 낡은 사진, 그림엽서들, 포스터, 광고 문안 등이 등장한다. 클로드 시몽의 소설 속에서 특히 중요한 모티프로 자주 등장하는 것은 바로크 시대의 화가들의 그림이다. 『바람』에서부터 클로드 시몽은 '바

---

36 『르 몽드』와의 인터뷰, 1976년 4월 26일자.

로크적인 교회 제단 장식화의 복구를 위한 시도'라는 부제를 사용하고

있다. 프랑스의 17세기의 대표적 화가인 니콜라 푸생과 이탈리아 바로

크의 거장 카라바지오의 그림들은 시몽의 소설 속에 자세한 묘사와 함

께 소개되곤 한다. 『눈먼 오리온』은 니콜라 푸생의 유명한 그림 「일출

쪽으로 걷고 있는 눈먼 오리온」에서 영감을 얻어 씌어졌다. 푸생의 오

리온은 외노피옹 왕에 의해 눈멀게 된 거인 오리온이 그의 하인 셀다

리옹의 안내를 받아 자신의 시력을 찾을 수 있으리라는 희망에 동양을

향해 걷고 있는 장면을 그리고 있다. 오리온을 사랑했던 디안느가 그

림의 한쪽 구석에서 떠나는 오리온을 지켜보고 있지만 오리온을 죽이

는 것도 역시 디안느이다. 즉 사랑의 귀결은 죽음이라는 비극적 비전

이 푸생의 그림 「오리온」을 통해 제시되고 있다. 오리온이란 또한 일

출에 의해 사라져버리는 별자리의 이름이기도 하다. 또한 시몽은 바로

크 회화들에서 찾아볼 수 있는 동시성, 즉 한 장의 그림에 여러 장면

을 그리고 있는 동시성에 관심을 갖는다. "그림이 글쓰기보다 우월한

점은 동시성이다. 예를 교회 제단의 장식화에서 들어보자. 이러한 그

림에서는 한 인물의 인생을 나타내는 여러 가지 장면들이 동시에 나타

나 있는 것을 한눈에 볼 수 있다. 이런 동시성을 글로 표현할 수 있으

면 좋겠다."[37] 각기 다른 순간에 일어난 에피소드, 시간의 개념으로는

선적으로밖에 표시될 수 없을 각각 다른 사건들이 그림이라는 하나의

공간에 동시에 표현될 수 있는 점에 클로드 시몽은 매력을 느끼고 있

는 것이다. 클로드 시몽이 바로크 시대의 회화에 큰 관심을 갖고 소설

의 재료로 사용하는 이유는 이러한 공간으로의 움직임을 선적으로밖

---

37 1959년 10월 20일 Tribune de Lausanne지와의 인터뷰. p. 32, S. Sykes, *Les romans de Claude Simon*, Ed. de Minuit, 1979.

에는 기술될 수 없는 소설 속에 중첩시키려는 시도에 큰 매력을 느끼기 때문인 듯하다.

노벨문학상 수상으로 널리 알려진 소설 『농경시』는 기원전 로마의 시인이었던 베르길리우스의 동일한 제목의 서사시에서 영감을 받은 소설이다. 베르길리우스는 고대뿐만 아니라 현대의 유럽 문학에까지 큰 영향력을 끼친 작가이며 그의 『농경시』는 전쟁과 도시에 대한 환멸, 자연을 일구며 사는 생에 대한 동경, 생의 신비에 대한 외경 등의 주제를 다루고 있다. 클로드 시몽의 『농경시』에서는 각기 다른 세 세기 동안의 시간적 배경 아래에서 스페인 내전과 1940년 프랑스의 패배, 프랑스 혁명과 나폴레옹 시대 한 장군의 이야기가 서로 교차되어 서술된다. 장군의 목소리는 그가 자신의 소유지 지배인에게 사적으로 보내는 소소한 내용의 편지들과 공적으로 내리는 명령들에 의해 소개된다.

1966년 『여인들Femmes』이라는 제목으로 후안 미로의 그림과 함께 출간되었다가 후에 『베레니스 성좌La chevelure de Bérénice』라는 제목으로 재출간된 텍스트에서도 문두의 대문자와 구두점들이 무시되고 있다. 베레니스 성좌란 20여 개의 별에 의해 이루어진 별자리를 지칭한다. 『눈먼 오리온』에서도 살펴본 것처럼 별자리la constellation는 시몽의 소설에서 중요한 영감을 제공하는 모티프이다.

*

텍스트 간의 상호 관련성, 즉 한 작품에서 사용되었던 모티프나 내용이 다른 작품에서 다시 나타나는 간텍스트성은 클로드 시몽의 소설에서도 두드러지게 나타나는 특징 중의 하나일 것이다. 『플랑드르로 가는 길』에 등장하는 드 레이샥이란 이름은 『역사』에서 재등장하며 『역사』의 첫 부분에서 클로드 시몽이 자세하게 묘사하며 새로운 연상을 유출시키는 아카시아 나무는 최근 출판된 소설의 제목이 되고 있다. 클로드 시몽의 최근작 『아카시아』에서는 『파르살 전투』에서 『농경시』에 이르기까지 새롭게 추구되던 각기 다른 시각적 장면들의 병렬이 자취를 감추고, 텍스트의 구성은 그의 초기 소설들을 상기시킨다. 17장으로 나뉘어진 소설은 1919년이란 부제 아래, 상복을 입은 한 여인이 어린 아들을 데리고 동반한 두 여인과 함께 긴 여행을 거쳐 남편의 묘소라 추정되는 곳을 참배하는 장면으로 시작된다. 더 이상 각기 다른 순간들의 이미지들이 중첩되지 않지만 소설은 1940년과 1919년, 1880년부터 1914년, 혹은 1982년부터 1914년까지 거의 100여 년의 시공을 넘나든다. 소설 속에 나타나는 주인공들이나 화자들의 기억의 편린들은 사건의 순서에 따라 연대기적으로 나타나지 않고 불연속적으로 나타난다. 이러한 이유로 소설은 1919년을 이야기하다가 1940년 5월 어느 날을 이야기하며 다시 1919년의 어느 날로 되돌아온다. 즉 1949년 5월의 기억과 1919년 어느 날의 기억은 거의 동시에 화자나 주인공의 머릿속에 떠오를 수 있다는 점을 클로드 시몽은 『아카시아』를 통해 보여주고 있다. 시간과 공간의 변용에 대한 관심은 클로드 시몽의 소설 세계에서 지속적으로 표현되고 있는 것이다.

1947년의 첫 작품 『사기꾼』에서부터 1997년 발표된 『식물원 Le Jardin des plantes』에 이르기까지 클로드 시몽의 소설들은 끊임없이 소설 속에서의 시간과 공간의 문제에 대한 작가의 천착을 나타내고 있다. 4부로 이루어진 『식물원』에서의 파리 시내에 위치한 자연사 박물관, 식물원을 지닌 Le Jardin des plantes라는 공원을 배경으로 한 남자의 삶이 반추된다. 방점이 생략되고 책 속에서 기하학적으로 페이지들이 배열 되기도 하는 『식물원』에서는 주인공의 삶의 편린들에 대한 기억들이 불연속적으로 펼쳐진다. 클로드 시몽의 텍스트들에서 독자의 상상력 은 중요한 요인으로 작용하는데 시몽 소설의 독자들은 모자이크, 혹은 퍼즐처럼 구성된 소설 속의 단어와 단어들이 조합해내는 시각적 이미 지들의 조합에서 작가의 상상력에 더해진 독자의 상상력으로 새로운 텍스트를 재구성하는 즐거움을 맛보게 된다고 할 것이다.

미술에 대한 클로드 시몽의 관심은 그림, 특히 바로크 회화에 나타 나는 동시성, 한 화폭에 여러 가지 에피소드가 세밀하게 그려진 17세 기 유럽의 회화에서처럼 이러한 동시성의 문제를 소설 속에서 보여 줄 수 있는 새로운 형식의 글쓰기의 시도로 나타난다. 소설이란 작가 가 창조해내는 허구의 세계이지만 이러한 허구의 세계에는 작가의 눈, 작가의 시점, 작가가 보는 세상이 녹아 있기 마련이다. 클로드 시몽의 경우, 그가 참전했던 제2차 세계대전, 스페인 내전과 같이 20세기 초 유럽인들에게 큰 상흔을 남긴 전쟁들이 중요한 모티프로 끊임없이 반 복되어 나타난다. 그의 아버지 세대가 참전했던 1차 세계대전, 클로드 시몽 자신이 기마병으로 참전했던 2차 대전, 그가 목격한 스페인 내전 등의 전쟁에 대한 기억들은 소설이라는 상상력과 허구의 세계를 통해 서 새롭게 재구성되어나가는 것이다. 클로드 시몽의 소설 속에 나타나 는 전쟁의 모습은 대부분의 경우, 불발로 끝난 혁명, 길을 잃은 패잔 병들의 모습, 적에게 발각될까 느끼는 공포, 포로 수용소로 수송되는 비좁은 열차 안의 정경과 같은 부정적이며 비참한 형태로 나타난다. 전쟁이라는 집단적이고도 개인적인 체험의 회상들 사이사이에 나타나는 주인공 혹은 화자의 정사 장면들은 풍경이나 사물들의 묘사 사이사이에서 조각난 채 묘사된다. 『플랑드르로 가는 길』에서 조르주가 오랫동안 갈구하던 코린느와의 정사는 주인공이 느끼는 고독과 단절감을 가져다줄 뿐이다. 클로드 시몽은 "내가 아는 것이란 세상이 계속 움직이고 끊임없이 변화하며, 인생이 끝없이 반복되는 일종의 혁명, 파괴라는 것이다. 어제의 진리는 더 이상 오늘의 진리가 될 수 없으며, 아마 진리란 없을지도 모른다. 이런 상황에서 내게 가치 있어 보이는 유일한 일은 끝없이 반복되는 저항, 예술적이건 사회적이건 간에 이미 용인된 기성의 구조와 형식에 대한 끝없는 문제 제기이다"[38]라는 말로 새로운 소설의 구조와 형식을 시도하고 있음을 천명하고 있다. 시몽에게 작가로서 싸워나가야 할 문제는 "문장을 시작하는 것, 계속 문장을 이어가는 것, 그리고 문장을 끝마치는 것"인 것이다.

---

[38] Cl. Simon, "L'écrivain et la politique", *L'Express*, 1963년 7월 25일자.

III

결론

1950년대 출발 당시에는 기존의 소설 개념을 타파하고 새로운 소설을 써야 한다는 공격적인 주장을 앞세웠던 누보로망은 이제 반세기의 세월이 지난 오늘날 역사의 한 페이지 속에 묻혀버리고 있다. "후작 부인은 5시에 외출했다"라는 식의 소설을 어떻게 다시 쓸 수 있느냐는 초현실주의자와 폴 발레리P. Valéry의 질문을 받은 소설은 누보로망의 출현과 함께 새로운 돌파구를 찾는 듯 보였지만, 이야기에 의존하지 않을 수 없는 장르의 숙명을 벗어나고자 한 시도 때문에 일반 독자에게 외면당하는 결과를 초래한다. 소설이 작중인물의 허구적인 삶을 현실적인 것처럼 꾸며내기를 중단하고 그것이 만들어낸 것임을 끊임없이 상기시키는 소설적 기법은 의식 있는 독자의 관심을 한때 끌 수는 있었지만 지속적으로 흥미를 유발하는 것이 되지 못한다. 소설의 전체

역사에서 대서사가 주류를 형성한 시기가 대부분이라는 것을 고려한 다면 소설의 서사적 기능을 파괴하고자 한 누보로망의 시대는 최대한 으로 잡아도 한 세대를 넘지 못한다. 소설에서 서사적인 기능을 제거 하고자 하는 누보로망 작가들의 정신에는 전폭적으로 동의함에도 불 구하고 서사적 기능을 대신할 만한 새로운 소설의 기법이 서사적 기 능만큼 소설적 재미를 보장해주지 못한 것은 누보로망의 운명을 재촉 했다고 할 수 있다. 이미 1971년 '누보로망, 어제와 오늘'이라는 제목 으로 스리지-라-살에서 있었던 국제 학술대회에서 '누보 누보로망' 이라는 말이 등장했을 정도로 자기 파괴적이고 자기 혁신적인 누보로 망은 끊임없이 새로워져야 한다는 강박관념 때문에 독자가 쫓아올 수 있는지 생각하지 못한 채 소설이라는 장르의 경계선을 넘어서고자 한 다. 그리하여 뷔토르는 자신의 소설을 '소설 작품 1' '소설 작품 2'로 구분한 다음 그 후에 쓴 작품을 '소설 작품 3'으로 명명함으로써 새로 워지고자 한 자신의 의지를 표현하고 있다. 여기에서 말하는 제3의 형 식은 이미 그것을 굳이 소설이라고 불러야 할지 알 수 없을 정도로 시 적인 산문이 되어서 1970년대에 이미 장르 파괴가 시작되었다고 평가 된다. 로브그리예는 시네로망이라는 장르에 속하는 작품을 쓴 것을 제 외하고는 그의 첫 작품을 뒤늦게 출판함으로써 작가로서의 명맥을 유 지하고 있고, 말년의 뒤라스나 사로트는 자전적인 소설을 씀으로써 누 보로망 이후의 소설이 자전소설이 될 것이라는 추측을 낳게 한다. 클 로드 시몽은 노벨상을 받은 이후 나이와 건강 때문에 새로운 소설을 쓰지 못하고 있고, 베케트 같은 작가는 이미 우리와 유명을 달리하고 있다. 그렇기 때문에 후기의 누보로망은 전기의 누보로망보다 그들 상 호 간의 동질성을 찾기가 더욱 어렵고, 문학적인 이념에서도 하나의 이름으로 묶이기 어렵다.

그러나 그들을 특징적으로 표현할 수 있는 말이 있다면 그것은 아마도 해체주의 문학이라고 할 수 있다. 누보로망을 소시민적 지적 놀이의 소산이라고 한 사회주의 리얼리스트들의 비판과는 달리, 부르주아 사회가 가지고 있는 위선의 구조를 철저하게 파괴한다는 뚜렷한 목표를 내세우고 있는 점에서 본다면 누보로망은 자본주의 사회의 물신화된 인간의 모습을 가장 절망적으로 표현하고자 한 해체주의 문학에 더욱 가깝다. 20세기 서구 사회가 사회주의의 몰락과 함께 자본주의의 승리를 구가할 때 그 승리의 뒤안길에는 인간의 비인간화라는 참담한 모습이 존재한다는 것을 누보로망은 웅변으로 말하고 있다. 그것은 20세기가 팽창 경제에 의존하여 모든 것을 인간 중심적 관점에서 파악하고 실현하고, 그리하여 자연을 포함한 모든 것을 인간 중심으로 개발한 결과 도리어 인간 자신의 비인간화에 이르게 하였다는 것이다. 누보로망은 20세기 문학이 갈 수 있는 경계선까지 간 문학이다. 그것은 21세기의 문학이 인간 중심적인 것이 아니라 인간이 살고 있는 세계, 자연과 하나 되게 하는 문학이어야 한다는 것을 철저하게 보여준다. 따라서 누보로망은 20세기 문학의 마지막 결산이면서 21세기 문학의 새로운 출발점에 있는 문학이다. 그것은 새로운 문학을 하고자 하는 모든 사람들에게 하나의 전범으로서 존재할 수 있고 이미 존재하는 문학으로 만족할 수 없는 사람들에게 새로운 길을 암시해주는 예언적 문학으로 작용할 수 있다. 인간 중심적이 아니라 자연과 하나 되게 하는 문학이란, 모든 예술이 이미 수행적인 성질을 띠는 것으로 보아, 수행적인 문학이라고 생각된다. 그것은 정신만을 만족시키는 것이 아니라 몸과 마음을 한꺼번에 만족시킬 수 있는 문학이다. 그것이 어떤 형태를 갖게 될지 우리는 예언할 수 없다. 그러나 유파도 그룹도 아니기 때문에 거기에는 문학 이외의 다른 목적이 있을 수 없다. 주어진 형태도 없고 강요된 이야기도 없기 때문에 거기에는 무한한 자유가 있다. 21세기를 결산해야 될 때에는 그 시대의 누보로망을 새롭게 정의할 수 있을 것이다. 그 문학이 20세기의 누보로망을 어떻게 거부하고 파괴하고 새롭게 만들었는지 알 수 있을 것이다. 지금 우리가 할 수 있는 것은 20세기 누보로망의 결산일 뿐이다.

참고 문헌

누보로망 작가들의 작품

(리카르두의 『누보로망』에 수록된 작가 자신들에 의해 간략한 해설이 붙여진 작품 목록은 유용하게 참고할 만하다.)

사무엘 베케트

1930   *Whoroscope*, Paris, The Hours Presse, poésie.

1931   *Proust*, London, Chatto et Windus, essai.

1934   *More picks than kicks*, London, Chatto et Windus, nouvelles.

1935   *Echo's Bones and other precipitates*, Paris, Europa Press, poésie.

1938   *Murphy*, London, Routledge, roman. Traduit en français par l'auteur.

   Murphy, Paris, Bordas, 1947, et Ed. de Minuit, 1953.

1951   *Molloy*, Paris, Ed. de Minuit, roman.

Malone meurt, Paris, Ed. de Minuit, roman.

1952   *En attendant Godot*, Paris, Ed. de Minuit, pièce.

1953   *L'innommable*, Paris, Ed. de Minuit, roman.

Watt, Paris, Olympia, roman écrit en anglais entre 1942-1944.

1955   *Nouvelles et textes pour rien*, Paris, Ed. de Minuit, nouvelles.

1957   *Fin de partie*, suivi de *Acte sans paroles*, Paris, Ed. de Minuit, pièce et pantomime.

All that Fall, London, Faber, pièce radiophonique. Traduite en Français par Robert Pinget : *Tous ceux qui tombent*, Paris, Ed. de Minuit, 1959.

1958   From an Abandoned Work, London, Faber. Traduit en français : D'un ouvrage abandonné, Paris, Ed. de Minuit, 1967.

Bram Van Velde, Paris, Musée de Poche. essais sur la peinture, écrits en 1948-1949, en collaboration avec Georges Duthuit et Jacques Putnam.

1959   *Krapp's last Tape*, London, Faber, pièce. Traduite en français par l'auteur et Pierre Leyris : *La dernière bande*, Paris, Ed. de Minuit, 1960. Adaptée pour livret d'opéra, avec musique de Marcel Mihalovicei : *Krapp ou la dernière bande*, Paris, Heugel et Co., 1961.

Embers, London, Faber, pièce radiophonique. Traduite en français par l'auteur et Robert Pinget : *Cendres*, Paris, Ed. de Minuit, 1960.

1961   *Comment c'est*, Paris, Ed. de Minuit, roman.

Poems in English, London, Calder, poèsie.

Happy Days, New York, Grove Press, Acts, et London, Faber, 1962, Pièce traduite en français par l'auteur : Oh les beaux jours, Paris, Ed. de Minuit.

1964   *Play and two Short Pieces for Radio*, London, Faber, pièce.

1966	*As sez*, Paris, Ed. de Minuit, récit.
	Bing, Paris, Ed. de Minuit, récit.
	Comédies et actes divers, Paris, Ed. de Minuit, cinq pièces et une pantomime: Traduites par l'auteur des textes anglais originaux: comédie, *Va et vient, Cascando, Paroles et musique, Dis Joe, Actes sans paroles II.*
	Imagination morte imaginez, Paris, Ed. de Minuit, récit.
1967	Têtes mortes.
1970	Mercier et Camier.
	Premier Amour.
1971	Le Dépeupleur.
1975	Pas moi.
1976	Pour finir encore, et autres foirades.
1978	Pas suivi de Quatre Esquisses.
	Poèmes suivi de Mirlitonnades.
1980	Compagnie.
1981	Mal vu mal dit.
1982	*Berceuse, repris dans Catastrophe et autres dramaticules.*
	Quad.
1988	*L'image.*
1989	*Soubresauts.*
	Le Monde et le pantalon suivi de Peintre de l'empêchement.
1995	*Eleutheria*(사후 출판).

미셸 뷔토르

1954	*Passage de Milan*, Paris, Ed. de Minuit, roman.
1956	*L'Emploi du temps*, Paris, Ed. de Minuit, roman.

1957 *La Modification*, Paris, Ed. de Minuit, roman.

1958 *Le Génie du lieu*, Paris, Grasset, recueirl d'essais poético-descriptifs sur des lieux visités par l'auteur.

1960 *Degrés*, Paris, Gallimard, roman.

Répertoire I(Etudes et conférences 1948-1959), Paris, Ed. de Minuit, recueil des textes déjà publiés en revue.

1961 *Histoire extraordinaire*, Paris, Gallimard, essai sur un rêve de Baudelaire.

1962 *Mobile*, étude pour une représentation des Etats-Unis, Paris, Gallimard, récit poético-descriptif.

Réseau aérien, Paris, Gallimard, texte radiophonique.

Votre Faust, Paris, Gallimard, fantaisie variable genre opéra.

1963 *Description de San Marco*, Paris, Delpire, et Gallimard, 1964, récit poético-descriptif.

1964 *Répertoire II(Etudes et conférences 1959-1963)*, Paris, Ed. de Minuit, recueil des textes déjà publiés en revue.

Essais sur les Modernes, Paris, Gallimard, sélection d'études déjà parues dans *Ràpertoire et Ràpertoire II*.

Illustrations, Paris, Ed. de Minuit, recueil de textes poético-descriptifs.

Essais sur le roman, Paris, Gallimard, recueil d'études.

1966 *6810000 litres d'eau par seconde*, Paris, Gallimard, étude stéréophonique.

1967 *Portrait de l'artiste en jeune singe*, Paris, Gallimard, Capriccio, Récit poétique.

Endtretiens avec Michel Butor.

1968 *Répertoire III*, Paris, Ed. de Minuit, recueil des essais.

Essais sur les Essais, Paris, Gallimard.

Paysages de répons suivi de Dialogue des règnes.

La Banlieue de l'aube à l'aurore, mouvement brownien.

1969   *Illustrations II*, Paris, Gallimard.

      Les Mots dans la peinture, Genève, Skira.

1970   *La Rose des vents, 32 rhumbs pour Charles Fourier*, Paris, Gallimard.

1971   *Où (Le Génie du lieu II)*, Paris, Gallimard.

      Dialogue avec 33 variations de Ludwig van Beethoven sur une valse de Diabelli,
      Paris, Gallimard.

1972   *Travaux d'approche*, Gallimard, poèmes.

      Rabelais ou Si c'était pour rire, Paris, Larousse.

1973   *Illustrations III.*

      Intervalle, Paris, Gallimard, anecdote en expansion.

1974   *Répertoire IV*, Ed. de Minuit, recueil des essais.

1975   *Matière de rêves*, Gallimard, récits.

1976   *Second Sous-sol (Matière de rêves II)*, Gallimard, Récits.

      Illustration IV, Gallimard.

1977   *Troisième Dessous (Matière de rêves III)*, Gallimard, Récits.

1978   *Boomerang (Le Génie du lieu III)*, Gallimard.

1979   Le Rêve d'Irénée.

      Michel Butor, voyageur à la roue.

      Elseneur, suite dramatique.

1980   *Les Mots dans la peinture*, Flammarion, essai.

      Vanité.

1981   *Quadruple Fond (Matière de rêves IV)*, Gallimard, Récits.

      Explorations, Lausanne, Aire.

1982   *Répertoire V et dernier*, Ed. de Minuit.

Voyage avec Michel Butor.

Brassée d'avril

Sept à la demi-douzaine.

1983   *Résistances: conversation aux antipodes*, Paris, PUF.

Exprès (Envois 2), Paris, Gallimard.

Problémes de l'art contemporain à partir des travaux d'Henri Maccheroni.

1984   *Herbier lunaire.*

Alechinsky dans le texte.

Avant-goût.

1985   *Improvisations sur Henri Michaux*, Paris, Fata Morgana.

Mille et un plis (Matière de rêves V), Gallimard, récits.

Chantier.

Frontières.

1986   *L'OEil de Prague*, La Différence. Genève, un guide intime.

1988   *Improvisations sur Flaubert*, La Différence.

Le Retour du boomerang, PUF, récit.

1989   *Improvisations sur Rimbaud*, La Différence.

Au Jour le jour: carnets 1985, Plon.

Embarquement de la reine de Saba d'après le tableau de Claude Lorrain.

Zone franche.

1990   *La Forme courte.*

Cent Livres de Michel Butor.

1991   *Échanges: carnets 1986*, plon.

Les Métamorphoses Butor.

Le Temps découpé.

Patience...

Apesanteur.

1992   *Transit A—Transit B (Le Génie du lieu IV),* Paris, Gallimard.

1993   *Improvisations sur Michel Butor.*

Une schizophrénie active: deuxième voyage avec Michel Butor.

1994   *Parade des pauvres.*

1995   *L'utilité poétique, Saulxures,* Circe.

마르그리트 뒤라스

1943   *Les Imprudents,* Paris, Plon, roman.

1944   *La Vie tranquille,* Paris, Gallimard, roman.

1950   *Un Barrage contre le Pacifique,* Paris, Gallimard, roman.

1952   *Le Marin de Gibraltar,* Paris, Gallimard, roman.

1953   *Les Petits Chevaux de Tarquinia,* Paris, Gallimard, roman.

1954   *Des journées entières dans les arbres suivi de Le Boa, Madame Dodin, Les*

Chantiers, Paris, Gallimard, recueil de nouvelles.

1955   *Le Square,* Paris, Gallimard, roman.

1958   *Moderato cantabile,* Paris, Ed. de Minuit, roman.

1959   *Les Viaducs de la Seine-et-Oise,* Paris, Gallimard, pièce. 1960.

1960   *Dix heures et demie du soir en été,* Paris, Gallimard, roman.

Horishima, mon amour, Paris, Gallimard, sénario et dialogues de film.

1961   *Une aussi longue absence,* Paris, Gallimad, sénariio et dialogues de

film en collaboration avec Gérard jarlot.

1962   *L'Après-midi de Monsieur Andesmas,* Paris, Gallimard, roman.

1964   *Le Ravissement de Lol V. Stein,* Paris, Gallimard, roman.

1965   *Le Vice-Consul,* Paris, Gallimard, roman. 1966.

Théâtre I: Les Eaux et Forêts, Le Square, La Musica, Paris, Gallimard,

pièces.

1966   *La Musica*, film.

1967   *L'Amante anglaise*, Paris, Gallimard, roman.

1968   *Théâtre II: Suzanna Andler-Des journées entières dans les arbres, Yes peut-être,*
Le Shaga, Un homme est venu me voir, L'Amante anglaise, Paris, Gallimard,
pièces.

1969   *Détruire, dit-elle*, Paris, Ed. de Minuit, texte puis film.

1970   *Abahn Sabana David*, Paris, Gallimard.

1971   *Jaune le soleil.*

           L'Amour, Paris, Gallimard.

1972   *Nathalie Granger*, film.

           La vie tranquille, Paris, Gallimard.

1973   *La Femme du Gange*, film.

           Nathalie Granger suivi de La Femme du Gange, Paris, Gallimard.

           India Song, Paris, Gallimard, texte-théâtre-film.

1974   *Les Parleuses*, Paris, Ed. de Minuit.

1975   India Song, film.

1976   Baxter, Vera Baxter.

           Son Nom de Venise dans Calcutta désert.

           Des Journées entières dans les arbres, Paris, Gallimard, film.

1977   L'Éden cinéma, Paris, Mercure de France.

           Le Camion, suivi d'Entretien avec Michelle Porte, Paris, Ed. de
           Minuit.

           Les Lieux de Marguerite Duras, Paris, Ed. de Minuit.

           Territoires du féminin.

1978   Le Navire Night, film.

1979   Le Navire Night suivi de Césarée, Les Mains négatives, Aurélia
           Steiner, Paris, Mercure de France.

Césarée, film.

Les Mains négatives, film.

Aurélia Steiner dit Aurélia Vancouver.

Aurélia Steiner dit Aurélia Melbourne.

1980   Vera Baxter ou les Plages de l'Atlantique.

L'Homme assis dans le couloir, Paris, Ed. de Minuit.

L'Été 80, Paris, Ed. de Minuit.

Les Yeux verts.

1981   *Agatha*, Paris, Ed. de Minuit.

Agatha et les lectures illimitées.

Outside.

La Jeune Fille et l'enfant.

L'Homme atlantique, film.

1982   Dialogue de Rome.

L'Homme atlantique, récit.

Savannah Bay, Paris, Ed. de Minuit.

La Maladie de la mort, Paris, Ed. de Minuit.

1983   La Maladie de la mort.

1984   Théâtre III: La Bête dans la jungle, Les Papiers d'Aspern, La
Danse de Mort.

L'Amant, Paris, Ed. de Minuit.

1985   *La Musica deuxiéme*, Paris, Gallimard, théâtre.

La Douleur, Paris, Gallimard.

La Mouette de Tehékov.

Les Enfants.

1986   *Les Yeux bleus cheveux noirs*, Paris, Ed. de Minuit.

La Pute de la côte normande, Paris, Ed. de Minuit.

1987   *La Vie matérielle*, Paris, P.O.L.

   Emily L., Paris, Ed. de Minuit.

1990   *La Pluie d'été*, Paris, P.O.L.

1991   *L'Amant de la Chine du Nord*, Paris, Gallimard.

1992   *Les Impudents*, Paris, Gallimard.

1993   *Écrire*, Paris, Gallimard.

   Le Monde extérieur (Outside 2).

1995   C'est tout.

1996   La Mer écrite(사후 출판).

클로드 올리에

1958   *La Mise en scène*, Paris, Ed. de Minuit, roman.

1961   *Le Maintien de l'ordre*, Paris, Gallimard, roman.

1963   *Été indien*, Paris, Ed. de Minuit, roman.

1964   *L'Échec de Nolan*, Paris, Gallimard, roman.

   Navettes, Paris, Gallimard, textes brefs.

1972   *La Vie sur Epsilon*, Gallimard, roman.

1973   *Enigma*, Gallimard, roman.

1974   *Our ou vingt ans après*, Gallimard, roman.

1975   *Fuzzy sets*, UGE, roman.

1979   *Marrakech Medine*, Paris, Flammarion.

1981   *Nébules*, Paris, Flammarion.

1982   *Mon Double à Malacca*, Paris, Flammarion.

1984   *Cahiers d'écolier*, Paris, Flammarion.

1985   *Fable sous rêve*, Paris, Flammarion.

1986   *Une histoire illisible*, Paris, Flammarion.

1988   *Déconnection*.

1989   *Les Liens d'espace*, Paris, Flammarion.

1995   Outback ou l'arrière-monde.

1996   Cités de mémoire.

로베르 팽제

1951   *Entre Fantoine et Agapa*, Paris, Jarnac, puis Ed. de Minuit, Nouvelle édition, 1966, textes brefs.

1952   *Mahu ou le Matériau*, Paris, Laffont, puis Ed. de Minuit, roman.

1953   *Le Renard et la Boussole*, Paris, Gallimard.

1956   *Graal flibuste*, Paris, Ed. de Minuit, roman.

1958   *Baga*, Paris, Ed. de Minuit, version romanesque.

1959   *Le Fiston*, Paris, Ed. de Minuit, roman.

          Letre morte, Paris, Ed. de Minuit, théâtre.

1960   *La Manivelle*, Paris, Ed. de Minuit, piéce radiophonique.

1961   *Clope au dossier*, Paris, Ed. de Minuit, roman.

          Ici ou ailleurs suivi d'Architruc, L'Hypothèse, Paris, Ed. de Minuit, théâtre.

1962   *L'Inquisitoire*, Paris, Ed. de Minuit, roman.

1965   *Autour de Mortin*, Paris, Ed. de Minuit, roman.

          Quelqu'un, Paris, Ed. de Minuit, roman.

1967   Cette chose.

1968   *Le Libera*, Paris, Ed. de Minuit, roman.

1969   *Passacaille*, Paris, Ed. de Minuit, roman.

1971   *Fable*, Paris, Ed. de Minuit, récit.

          Identité suivi de *Abel et Bela*, Paris, Ed. de Minuit, théâtre.

1973   *Paralchimie*, suivi de *Nuit*, *d'Architruc* et *d'Hypothèse*, Paris, Ed. de Minuit, théâtre.

1975	*Cette Voix*, Paris, Ed. de Minuit, roman.
1978	Le Manuscrit.
1979	Autour de Mortin.
1980	*L'Apocryphe*, Paris, Ed. de Minuit, roman.
1982	*Monsieur Songe*, Paris, Ed. de Minuit.
1984	*Le Harnais*, Paris, Ed. de Minuit.
1985	*Charrue*, Paris, Ed. de Minuit.
1986	*Un testament bizarre* suivi de *Mortin pas mort, Dictée, Sophisme et sadisme, Le Chrysanthème, Lubie*.
1987	*L'Ennemi*, Paris, Ed. du Minuit, roman.
1990	Du Nerf.
1991	Théo ou le temps neuf.
	Micrologues.
	De rien.
1993	Robert Pinger à la lettre.

장 리카르두

1961	*L'Observatoire de Cannes*, Paris, Ed. de Minuit, roman.
1965	*La Prise de Constantinople*, Paris, Ed. de Minuit, roman.
1967	*Problèmes du Nouveau Roman*, Paris, Ed. de Seuil, essais.
1969	*Les Lieux-dits*, Paris, Gallimard, roman.
1971	*Pour une théorie du Nouveau Roman*, Paris, Ed. de Seuil, essais.
	Révolutions minuscules, Paris, Gallimard, nouvelles.
1973	*Le Nouveau Roman*, Paris, Ed. de Seuil, essais.
1976	Paradigme.
1978	*Nouveaux Problèmes du Roman*, Paris, Ed. de Seuil, essais.
1982	*Le Théâtre des métamorphoses*, Paris, Ed. de Seuil, mixte.

1988   La Cathédrale de Sens, nouvelles.

1989   Une maladie chronique, théories.

알랭 로브그리예

1953   *Les Gommes*, Paris, Ed. de Minuit, roman.

1955   *Le Voyeur*, Paris, Ed. de Minuit, roman.

1957   *La Jalousie*, Paris, Ed. de Minuit, roman.

1959   *Dans le labyrinthe*, Paris, Ed. de Minuit, roman.

1961   *L'Année dernière à Marienbad*, sénario et dialogues, Paris, Ed. de Minuit, ciné-roman.

1962   *Instantanés*, Paris, Ed. de Minuit, textes refs.

1963   *Pour un Nouveau Roman*, Paris, Ed. de Minuit, essais.

           L'Immortelle, Paris, Ed. de Minuit, ciné-roman.

1965   *La Maison de rendez-vous*, Paris, Ed. de Minuit, roman.

1966   Trans-Euop-Express, film.

1968   L'Homme qui ment, film.

1970   *Projet pour une révolution à New York*, Paris, Ed. de Minuit, roman.

1971   Rêves de jeunes filles.

           L'Éden et après, film.

1972   Les Demoiselles d'Hamilton.

           N. a pris les dés.

1974   *Glissements progressifs du plaisir*, Paris, Ed. de Minuit, ciné-roman.

1975   Construction d'un temple en ruine à la déesse Vanadé.

           Le Jeu avec le feu.

1976   La Belle Captive.

           Topologie d'une cité fantôme, Paris, Ed. de Minuit, roman.

1978   *Souvenirs du triangle d'or*, Paris, Ed. de Minuit, roman.

Un régicide, Paris, Ed. de Minuit, roman.

1981   *Djinn*, Paris, Ed. de Minuit, roman.

1982   La Belle Captive.

1984   *Le Miroir qui revient*, Paris, Ed. de Minuit.

1987   *Angélique ou l'Enchatement (Romanesques II)*, Paris, Ed. de Minuit.

1994   Les Derniers Jours de Corinthe (Romanesques III).

1995   Un bruit qui rend fou.

나탈리 사로트

1939   *Tropismes*, Paris, Denoël, Ed. de Minuit, 1958, textes brefs.

1947   *Le Portrait d'un inconnu*, Paris, R. Marin, Gallimard, 1956, roman.

1953   *Martereau*, Paris, Gallimard, roman.

1956   *L'Ère du soupçon*, Paris, Gallimard, essais sur le roman.

1959   *Le Planétarium*, Paris, Gallimard, roman.

1963   *Les Fruits d'or*, Paris, Gallimard, roman.

1964   *Le Silence*, Paris, Gallimard, pièce.

1966   *Le Mensonge*, Paris, Gallimard, pièce.

1967   *Le Silence*, Paris, Gallimard, pièces radiophoniques.

1968   *Entre la vie et la mort*, Paris, Gallimard, Livre de poche, 1971, roman.

1970   *Isma ou Ce qui s'appelle rien*, Paris, Gallimard, pièce.

1972   *Vous les entendez?*, Paris, Gallimard, roman.

1973   C'est beau.

1976   *Disent les imbéciles*, Paris, Gallimard, roman.

1978   *Théâtre: Elle est là, C'est beau, Isma, Le mensonge, Le Silence*, Paris, Gallimard.

1980   *L'Usage de la parole*, Paris, Gallimard, textes brefs.

1982   *Pour un oui ou pour un non*, Paris, Gallimard, théâtre.

1983   *Enfance*, Paris, Gallimard.

1986   *Paul Valéry et l'Enfant d'Éléphant* suivi de *Flaubert le précurseur*,
Paris, Gallimard.

1989   *Tu ne t'aimes pas*, Paris, Gallimard, roman.

1995   Ici.

클로드 시몽

1945   *Le Tricheur*, Paris, Sagittaire, Ed. de Minuit, 1946, roman.

1947   *La Corde raide*, Paris, Sagittaire, Ed. de Minuit, roman.

1952   *Gulliver*, Paris, Calmann-Lévey, roman.

1954   *Le Sacre du printemps*, Paris, Calmann-Lévy, roman.

1957   *Le Vent, tentative de restitution d'un retable baroque*, Paris, Ed. de
Minuit, roman.

1958   *L'Herbe*, Paris, Ed. de Minuit, roman.

1960   *La Route des Flandres*, Paris, Ed. de Minuit, roman.

1962   *Le Palace*, Paris, Ed. de Minuit, roman.

1966   *Femmes*, Paris, Maeght, texte sur des gravures de Miro Ferra.

1967   *Histoire*, Paris, Ed. de Minuit, roman.

1969   *La Bataille de Pharsale*, Paris, Ed. de Minuit, roman.

1970   *Orion aveugle*, Genève, Skira.

1971   *Les Corps conducteurs*, Paris, Ed. de Minuit, roman.

1973   *Triptyque*, Paris, Ed. de Minuit, roman.

1975   *Leçon des choses*, Paris, Ed. de Minuit, roman.

1981   *Les Géorgiques*, Paris, Ed. de Minuit, roman.

1985   *La Chevelure de Bérénice*, Paris, Ed. de Minuit.

1986   *Discours de Stockholm*, Paris, Ed. de Minuit.

1987   *L'invitation*, Paris, Ed. de Minuit.

1988	*L'Album d'un amateur*, recueil de photographies.
1989	*L'Acacia*, Paris, Ed. de Minuit, roman.
1997	*Le Jardi des Plantes*, Paris, Ed. de Minuit.

심포지엄

1971	Colloque 「Nouveau Roman: hier, aujourd'hui」, à Cerisy-la-Salle
1973	Colloque 「Approches de Michel Butor」 à Cerisy-la-Salle
1974	Colloque 「Claude Simon: analyse, théorie」 à Cerisy-la-Salle
1975	Colloque 「Robbe-Grillet: analyse, théorie」 à Cerisyla-Salle
1982	Colloque sur le 「Nouveau Roman」 à New York
1989	Colloque 「Autour de Nathalie Sarraute」 à Cerisy-la-Salle

누보로망에 대한, 누보로망 작가들에 대한 개별 연구

(누보로망이나 누보로망 작가에 대한 특집호로 출판되지 않은 잡지 기사는 제외
하였다.)

누보로망 전반에 대한 저서, 박사학위 논문 및 주요 잡지

Albérès, R.-M., *Le roman d'aujourd'hui, 1960-1970*, Paris, Albin Miche, 1970.

Allemand Roger-Michel(éd), *Le 『Nouveau Roman』 en questions*(série critique),
   Lettres modernes: 『*Nouveau Roman et archétypes*』(1992), 『*Nouveau Roman et
   archétypes, 2*』(1993).

Arnaudiès, Annie, *Le 『Nouveau Roman』*, Hatier, 1974.

Astier, Pierre A.G., *"Le Nouveau Roman". Analyse et critique d'un renouvelle-ment du
   genre romanesdque, 1955-1960*, thèse, Brown University, 1960-1961.

―――――, *La Crise du roman français et le nouveau réalisme*, Nouvelles éditions,
   Debresse, 1968.

Autrand, Charles, *La Mort sans phrase*, Le Soleil noir, 1968.

Baqué, Françoise, *Le 『Nouveau Roman』*, Bordas, 1972.

Barrière, Jean-Betrand, *La Cure d'amiagrissement du roman*, Paris, Albin Michel, 1964.

Barthes, Roland, *Essais critiques*, Ed. du Seuil, 1964.

⸻, *Le Degré zéro de l'écriture*, Paris, Ed. du Seuil, 1953.

Bessière, Jean(réunis), *Absurde et renouveaux romanesques: 1960-1980*, Minard, 1986.

Blanchot, Maurice, *Le Livre à venir*, Paris, Gallimard, 1959.

Bloch-Michel, Jean, *Le Présent de l'indicatif: Essai sur le Nuveau Roman*, Gallimard, 1963.

Boisdeffre, Pierre de, *La Cafetière est sur la table ou Contre le "Nouveau Roman"*, La Table Ronde, 1967.

Bothoredl, Dugast et Thoraval, *Les Nouveaux Romanciers*, Bordas, 『Études』, 1976.

Cahiers du Sud, n° 334, av. 1956(numéro spécial): 『A la recherche du roman』.

Cahiers internationaux de symbolisme, n° 9-10, 1965-1966 Formalisme et signification(A propos des oeuvres littéraires et cinématographiques du Nouveau Roman).

Calle-Gruber, Mireille, *Thèmes et images du labyrinthe dans le "Nouveau Roman"*, thèse, Université Paul Valéry, Montpellier, 1974.

Capsal, Madeleine, *Quinze écrivains*, Paris Julliars, 1960. Recueil d'interviews, y compris de Cl. Simon et de M. Duras.

Esprit, n° 7-8, juillet-août 1958(numéro spécial) 『le Nouveau Roman』.

Gastaut-Charry, Danielle, *Le 『Nouveau Roman』, Essai de définition et de situation*, Aix-en-Provence, Pulblications des Annales de la faculté des lettres, n° XXXVII, 1996.

Georgin, René, *L'inflation du style*, Paris, Les Editions Sociales Françaises, 1963.

Gignoux, Anne-Claire, *La réécriture: formes, enjeux, valeurs autour du nouveau roman*,

Université de Paris 4(Thèse), 1996.

Goldman, Lucien, *Pour une sociologie du roman*. Paris, Gallimard, 1964.

Greshof, C.,J., *Seven studies in the French Novel*, Cape Town, A.A. Balkeman, 1964.

Haedens, Kléber, *Paradoxe sur le roman*, Paris, Grasset, 1964.

Huguenin, Jean-René, *Une autre jeunesse*, Paris Seuil, 1965.

Janvier, Ludovic, *Une parole exigeante, Le Nouveau Roman*, Paris, Ed. de Minuit, 1964.

Jean, Raymond, *La Littérature et le Réel: De Diderot au "Nouveau Roman*,*"* A. Michel, 1965.

La Chouette, n° 19, University of London, nov. 1987: 「Le Nouveau Roman」.

La Revue des Lettres Modernes, n° 94-99,: *Un nouveau roman; recherches et tradition. La critique étrangère*.

"Laventure du Nouveau Roman", *Le Monde*, 「Dossiers & documents littéraires」, hors série, n° 4, av. 1994.

Le Sage, Laurent, *'The New French Novel': An Instruction and a Sampler*, University Park: Pennsylvania State University Press, 1962.

Mansuy, Michel et autres, *Positions et oppositions sur le roman contemporain*, Klincksieck, 1971.

Marche Romane, tome XXI, 1-2, Liège, 1971(numéro spécial) 「Un "Nouveau Nouveau Roman"?」.

Matthews, John H.(éd.), *Un Nouveau Roman? Recherches et traditions*, Paris, Minard, 1964.

Mauriac, Claude, *L'Alittérature contemporaine*, Paris, Albin Michel, 1958.

Metzer, Klaus, *Der Leser des Nouveau Roman*, Frakfurtam Main, Athenäu, 1970.

Micromégas, numéro spécial sur le Nouveau Roman, Rome, Bulzoni Editore, janv. 1981.

Monnier, Jean-Pierre, *L'Âge ingrat du roman*, Neuchâtel, La Baconnière, 1967.

Nouveau Roman: hier, aujourd'hui (Actes du colloque de Cerisy-la-Salle), U.G.E, 『10/18』, 1972.

Oriol-Boyer, Claudette, *Nouveau Roman et discours critique*, Grenoble, ellug, 1990.

Ouellet, Réal, *Les Critiques de notre temps et le "Nouveau Roman"*, Paris, Garnier Frères, 1972.

Pingaud, Bernard, *Ecrivains d'aujourd'hui 1940-1960*, Paris, Grasset, 1960.

Pollmann, Leo, *Der Neue Roman in Frankreich und Lateinamerika*, Stuttgart, W. Kihlhammer Verlag, 1968.

Rykner, Arnaud, *Théâtre du Nouveau Roman*, José Corti, 1988.

Tel Quel, n° 17, pintermps 1964, "Débat sur le roman dirigé par Michel Foucault".

Wilhelm, Kurt, Der, *"Nouveau Roman", Ein Experiment der französiscben Gegenwartsliteratur*, Berlin, E. Schmidt Verlag, 1969.

Wolf, Nelly, *Une littérature sans histoire: essai sur le Nouveau roman*, Histoire des idées et critique littéraire, 1995.

Zants, Emily, *The Aestheties of the New Novel in France*, Boulder, University of Colorado Press, 1968.

Zeltner, Gerda, *La grande aventure du roman français au xxᵉ siècle-Le nouveau visage de la littérature*, Paris, Gonthier, 1967.

작가별 개별 연구

사무엘 베케트

Anzieu, Didier, *Beckett et le psychanaliste*, L'Aire/Archimbaud, 1994.

Bernal, Olga, *Samuel Beckett: langage et fiction dans le roman*, Gallimard, 1969.

Bernard, Michel, *Samuel Beckett et son sujet: une apparition évanouissante*, Ed.

L'Harmattan, 1996

Cahiers de l'Herne, n° 31, 1976: *"Samuel Beckett"*.

Casanova, Pascal, *Beckett l'abstracteur: anatomie d'une révolution littéraire*, Seuil, 1997.

Clément, Bruno, *L'oeuvre sans qualités: rhétoriques de Samuel Beckett*, Seuil, 1994.

Coe, Richard N, *Beckett*, London, Olivier et Boyd, 1964.

Cohn, Ruby, *Samuel Beckett: The Comic Gamut*, New Brunswick, Rutgers University Press, 1962.

Critique, n° 519-520, août-sept. 1990, *"Samuel Beckett"*, Minuit.

Das, Soumitro, *La triologie de Samuel Beckett: une étude*, Université de Paris 7(thèse), 1991.

Durozoi, Gérard, *Beckett*, Boras, 1972.

Esslin, Martin(ed.), *Samuel beckett: A Collection of Critical Essays*, Engle- wood Cliffs, Prentice-Hall, 1965.

Faber, Bernard, *Approche sociologique du roman de Samuel Beckett*, Université de Paris 8(thèse), 1977.

Federman, Raymond, *Journey to Chaos: Samuel Beckett's Early Fiction*, Berkeley, University of California Press, 1965.

Federman, Raymond and Fletcher, John, *Samuel Beckett, his Works and his Critics*, Bibliographie critique, Berkeley, Los Angeles, University of California Press.

Fitch Brian, Thomas, *Dimensions structures et textualité dans la triologie romanesque de Beckett*, Letters modernes Minard, 1977.

Fletcher, John *The Novels of Samuel Beckett*. London, Chatto et Windus, 1964.

———, *The Samuel Beckett's art*, New York, Barnes et Noble, 1967.

Friedman, Melvin J.(Ed.), Numéo spécial de La Revue des Lettres Modernes, 100(1964), *"Configuration critique de Samuel Beckett"*.

Genetti, Stefano, *Les figures du temps dans l'oeuvre de Samuel Beckett*, Schena editore,

1992.

Godin, Georges; Michaël La chance, *Beckett: entre le refus de l'art et le parcours mythique*, 1994.

Hoffman, Frederick J., *Samuel Beckett: The Language of Self-Carbondale*, Souther Illinois University Press, 1962.

Hunkeler, Thomas, *Echos de l'ego dans l'oeuvre de Samuel Beckett*, L'Harmattan, 1998.

Jacobson, Josephine and Mueller, William R., *The Testament of Samuel Beckett*, London, Faber, 1964, 1966.

Janvier, Ludovic, *Pour Samuel Beckett*, Minuit, 1966.

————, *Samuel Beckett par lui-même*, Seuil, 『Écrivains de toujours』, 1969.

Kenner, Hugh, *Samuel Becktt: A Critical Study*, New york, Grove Press, 1962.

Marissel, André, *Samuel Beckett*, Éditions Universitaires, 1963.

Mélese, Pierre, *Samuel Beckett*, Seghers, 1966.

Michèle, Touret (réuni), *Lecture de Beckett*, Presse Universitaire de Rennes, 1998.

Murphy, Peter John, *Reconstructing Beckett: language for being in Samuel Beckett's fiction*, University of Toronto Press, 1990.

Onimus, Jean, *Beckett*, Desclée de Brouwer, 1967.

Perche Louis, *Beckett: l'enfer à notre portée*, Éditions du Centurion, 1969.

Ricks, Christopher, *Beckett's dying words*, Claredon Press, 1993.

Riera, Brigitte, *La répétition du texte beckettien: pour un lyrisme de la répé-tition chez Samuel Beckett*, 1977.

Scott, Nathan, *Samuel Beckett*, New York, Hillary House, 1965.

Sherzer, Dina, *Structure de la triologie de Beckett: Molloy, Malone meurt, i'Innommable*, Mouton, 1976.

Simon, A., *Beckett*, Belfond, 1983.

Thoyer-Incubi, Chikako, *L'Espace de l'écriture beckettienne: de l'écriture du fantasme au fantasme de l'écriture*, Université d'Aix-Marseille 1(thèse), 1985.

Trezise, Thomas, *Into the Breach: Samuel Beckett & the Ends of Literature*, Prinston University Press, 1990.

Van der Hoeden, Jean, *Samuel Beckett et la question de Dieu*, Ed. du Cerf., 1997.

Watson, David, *Paradox and desire in Samuel Beckett's fiction*, 1991.

Weber-Caflisch, Antoinette, *Chacun son dépeupleur(Sur Samuel Beckett)*, Minuit, 1995.

미셸 뷔토르

Albérès, R.-M., *Michel Butor*, Editions Universitaires, 1964.

―――――, *Michel Butor*, Seghers, 『Poètes d'aujourd'hui』, 1973.

Aubral, François, *Michel Butor*, 1964.

Bazin, Laurent, *De la fureur des symboles à l'empire des signes: le récit emblématique en France de 1920 à 1970*, Université de Paris 4(thèse), 1995.

Brunel, Pierre, *Butor, L'emploi du temps: le texte et le labyrinthe*, PUF, 1995.

Butor (Acte du colloque de cerisy-la-Salle), U.G.E., "10/18", 1973.

Calle-Gruber, Mireille, *La ville dans L'emploi du temps de Michel Butor: essai*, A. G. Nizet, 1995.

―――――, Bazin Laurent(Ed.), *La création selon Michel Butor: réseaux, frontières, écart*, colloque de Queen's University, A.G. Nizet, 1991.

―――――, *Les Métamorphoses Butor, entretiens*, Québec, Le Griffon d'argile, 1991.

Dällenbach, Lucien, *Le Livre et ses miroirs dans l'oeuvre romanesque de Michel Butor*, Minard, coll, "Archives des lettres modernes", 1972.

―――――, (dir.), *Butor aux quatre vents*, José Corti, 1997.

Desoubeaux, Henri, *La mort et le double: lecture de Passage de Milan de Michel Butor*, Université de Paris 8(thèse), 1986.

Hakim, Nouha. al, *Michel Butor romancier de la ville, à travers ses romans: Le passage de Milan, L'emploi du temps, La modification*, Université de Paris 4(thése), 1985.

Helbo, Acdré, *Michel Butor: vers une littérature du signe*, Bruxelle, Complexe, 1975.

Jongeneel, Else, *Michel Butor et le pacte romanesque: écritures et lecture dans L'Emploi du temps. Degrés, Description de San Marco et Intervalle,* José Corti, 1988.

Kerbrat, Marie-Claire, *Leçon littéraire sur l'emploi du temps de Michel Butor*, PUF, 1995.

Kim, Chie-Sou, *Structures d'un roman: pour une lecture de "Degrés" de M. Butor*, thèse, Université d'Aix-n-Provence, 1976.

Lancry, Yéhuda, *Michel Butor ou la résistance,* José Corti, 1994.

L'Arc, n° 39, 1970 *"Michel Butor"*.

Lee, In Sook, *La temporalité dans l'oeuvre romanesque de Butor: Passage de Milan, L'Emploi du temps, La modification,* Université de Paris III(thèse), 1997.

Mc Williams, David D., *The Influence of William Faulkner on Butor*, Ann Arbor, University Microfilm, Thèse de doctorat, 1970.

Mc Williams, Dean, *The narratives of Michel Butor: the writer as Janus*, Athens, Ohio University Press, 1978.

Minjares, Sandoval; Ruben, Hector, *Triologie de la découverte et dualité du regard: le personnage et l'espace dans la Modification, L'emploi du temps*, Université de Paris 3(thèse), 1983.

Pelissier, Alain, *L'espace dans l'oeuvre de Michel Butor*, Université de Paris 4(thèse), 1980.

Pelzane, Guy, *Protocoles d'écriture chez Michel Butor*, EHESS.(thèse), 1983.

Perrot, François, *Etude "Des oeuvres dans l'oeuvre" dans trois romans de Michel Butor*, thèse, 1979.

Railard, Georges, *Butor*, Gallimard, 『La Bibliothèque idéale』, 1968.

Rice, Donald B., *Etude critique des romans de Butor, 1954-1965*, Ann Arbor, University Microfilm, 1970.

Roudaut, Jean, *Michel Butor ou le Livre Futur*, Gallimard, 1964.

Roudiez, Leon S., *Michel Butor*, New York, Columbia University Press, 1965.

Santschi, Madelaine, *Voyage avec Michel Butor*, Paris, L'Age de l'homme. 1978.

_____, *Une schizophrénie active: deuxième voyage avec Michel Butor*, L'Ae d'homme, 1993.

Spencer, Michel, *Michel Butor*, New York, Twayne Publishers, 1974.

_____, *Site. citation et collaboration chez Michel Butor*, Naaman, 1986.

Struebig, Patricai A., *La structure mythique de la Modification de Michel Butor*, New Yok, P. Lang, 1994.

Thorel-Cailleteau, Sylvie, *La fiction du sens: lecture croisée du "château" del' Aleph et de l'Emploi du temps*, Editions interuniversitaires, 1994.

Van Rossum-Guyon, Françoise, *Critique du roman. Essai sur "la Modification" de Michel Butor*, Gallimard, 1970.

Wawlti-Walters Jennifer, *Alchimie et littérature: étude de portrait de l'artiste en jeune singe de Michel Butor*, Paris, Denoël, 1975.

Worfzettel, Friedrich, *Butor und der Kollektivroman. Von "Passage de Milan" zu "Degrés"*, Heidelberg, Studia romanica, 1965.

마르그리트 뒤라스

Alleins, M., *Marguerite Duras, médium de réel*, Lausanne, L'âge d'homme, 1984.

Alazet, Bernard, *Le navire night de Marguerite Duras: Ecrire l'effacement*, Paris, Presses Universitaires de Lille, 1992.

Andréa, Yann, *M.D.*, Minuit, 1983.

Armel, Aliette, *Marguerite Duras et l'autoiographie*, Pantin, Le Castor astra, 1990.

Bajomée, Danielle, *Duras, ou la douleur*, Paris, Ed. Universitaires; Bruxelles, De Boeck Université, 1989.

Blanchot, Maurick, *La Communauté inavouable*, Minuit, 1984.

Blot-Labarrère, Christian, *Marguerite Duras*, Seuil, 『Les Contemporains』, 1992.

Borgomano, Madeleine, *L'Écriture filmique de Marguerite Duras*, L'Albatros, 1985.

_____, *Marguerite Duras*, une lecture des fantasmes, Cistre, 1985.

Carlier, Christophe, *Marguerite Duras, Alain Renais: Hirochima mon amour*, Paris, PUF, 1994.

Carruggi, Noelle, *Marguerite Duras; Une expérience intérieure: "le gommage de l'être en faveur du tout"*, New York, P. Lang, 1995.

Cerasi, Claire, *Une lecture de L'Amour de Marguerite Duras: du rythme au sens*, Paris, Lettres Modernes, 1991.

Cohen, Susan D., *Woman and discourse in the fiction of Marguerite Duras: love, legends, language*, Amherst, University of Massachusettes Press, 1993.

David, Michel, Marguerite Duras, *Une écriture de la jouissance; Psychanalyse de l'ériture*, Paris, Desclée de Brouwer, 1996.

Guers-Villate Yvonne, *Continuité, Discontinuité de l'oeuvre durassienne*, Bruxelles, Université de Bruxelles, 1985.

Hill, Leslie, *Marguerite Duras: apocalyptic desires*, London, New York, Routlege, 1993.

Hofmann, Carol, *Forgetting ans Marguerite Duras*, Niwot, Colo., University of Colorado, 1991.

L'Arc, n° 98, 1985: *"Marguerite Duras"*.

Lebelly, Frédérique, *Duras: ou le poids d'une plume*, Paris, Grasset, 1994.

MaNeece, Lucy Stone, *Art and politics in Duras' Indis cycle*, Gainesville, University Press of Florida, 1996.

Marguerite Duras (collectif), L'Albatros, 1979.

Micciollo, Henri, *Moderato Cantabile de Marguerite Duras*, Paris, Hachette, 1979.

Pierrot, Jean, *Marguerite Duras*, Paris, J. Corti, 1986.

Porte, Michelle, *Les lieux de Marguerite Duras*, Paris, Minuit, 1977.

Redhead, G. B., *Marguerite Duras: a thematic and technical study*, Boston Spa,

British Library.

Schuster, Marilyn R., *Marguerite Duras revisited*, New York, Twayne Publichers, 1993.

Selous, Trista, *The other Woman: feminisme and feminity in the work of Marguerite Duras*, New Haven, Yale Universiy Press, 1988.

Seylas, J,-L., *Les Romans de Marguerite Duras. Essai sur une thématique de la durée*, Minard, 1963.

Van de Biezenbos, Lia, *Fantasmes maternels dans l'oeuvre de Marguerite Duras: dialogue entre Duras et Freud*, Amsterdam, Rodopi, 1995.

Vircondelet, Alain, *Marguerite Duras ou le temps de détruire*, Seghers, 1972.

————, *Marguerite Duras*(Colloque du 23 au 30 juilet 1993), Paris, Ecriture, 1994.

————, *Duras biographie*, Paris, Ed. F. Bourin, 1991.

————, *Pour Duras*, Paris, Calmann Lévy, 1995.

————, *Marguerite Duras: vérité et légendes*(photographies inédites), Paris, Ed. du Chêne, 1996.

Willis, Sharon, *Marguerite Duras: writing on the body*, Urbana, University of Illinois Press, 1987.

Wilson, Emma, *Sexuality and the reading encounter: identity and desire in Proust, Duras, Tournier and Cixous*, New York, Oxford University Press, 1996.

클로드 올리에

Fieschi, J.-A., "Aventures du récit. Entretien avec Claude Ollier", *La Nouvelle Critique*, XLII, mars 1973.

Issac, Marie-Odette, *Le Destin mythique. Analyse du récit dans le roman de Claude Ollier: "La Mise en scène"*, thèse de maîtrise présentée à l'Univrsité de Paris VII en 1971.

Sub-Stance, n° XIII, 1976.

로베르 팽제

Bas de casse, n° 2, 1980: "*Autour de Pinget*".

Critique, n° 485, Minuit, oct. 1987: "*Le Double jeu de Robert Pinget*".

Etudes littéraires, n° 3, Université Laval(Québec), hiver 1986-1987: "*Robert Pinget*".

La Chouette, hors série, University of London, 1991: "*Robert Pinget*".

Langue et Littérature, n° 12, 1984: "*Robert Pinget*".

Liéber, Jean-Claude, *Réalisme et fintion dans l'oeuvre de Robert Pinget*, Université de Paris IV, 1985.

Praeger, Michèle, *Les Romans de Robert Pinget. Une écriture des possible*, Lexington(Kentucky), French Forum Publishers, 1987.

Revue des Belles Lettres, n° 1, Genève, 1982: "*Robert Pinget*".

장 리카르두

Ricardou에 관한 bibliographie는 *Studies in 20th Century Literature*, vol.15, n° 2, summer 1991에 있음.

알랭 로브그리예

Allemand, Roger-Michel, *Alain Robbe-Grillet*, Seuil, 『Les Contemporains』.

───, *Duplications et duplicité dans les* 『*Romanesques*』 *d'Alain Robbe-Grillet*, Lettres modernes, 『Archives des Lettres modernes』, 1991.

───, *Imaginaire, écriture, lectures de Robbe-Grillet: d'un "Régicide" aux "Romanesque"*, Arcane-Beaunieux, 1991.

Alter, J., *La Vision du monde d'Alain Robbe-Grillet: Structures et significations*, Genève, Droz, 1966.

Bernal, Olga, *Alain Robbe-Grillet: Le roman de l'absence*, Gallimard, 1964.

Blumenberg., Richard M., *The Manipulation of Time and Space in the Novels of Robbe-Grillet and the Narrative Films of Alain Resnais, with Particular Reference to "Last Year at Marienbad"*, Ann Arbor, University of Michigan Press, Microfilm, 1970.

Brochier, Jean-Jacques, *Alain Robbe-Grillet. Qui suis-je?*, Lyon, La Manufac-ture, 1985.

Cali, Andrea, *Sémio-thématique du sexe chez Alain Robbe-Grillet*, Adriatica Ed. Salentica, 1982.

Château, Dominique et Jost, François, *Nouveau cinéma, nouvelle Sémiologie: essai d'analyse des films d'Alain Robbe-Grillet*, U.G.E. "10/18", 1979.

Chédid, Lamia, *Le thème de la ville dans l'oeuvre d'Alain Robbe-Grillet*, Universitè de Paris 4(thèse), 1989.

Choe, Ae-young, *Le voyeur à l'écoute*, PUF, 1996.

Choe, Hye-ran, *Discours romanesque et exploration des lacunes discursives: perspectives théoriques et études du nouveau roman*, Université de Paris 4(thèse), 1995.

Dalmas, André, *Dans le labyrinthe*, Paris, Mercure de France, 1959.

Dambska-Prokop, Ursula, *Quelques proposions d'analyse systaxique du français contemporain, en application aux romans d'Alain Robbe-Grillet*, Wroclaw, WudawnictoPolskiej akademii nauk, 1969.

Dhaenes, Jacques, *"la Maison de rendez-vous" de Robbe-Grillet. Pour une philogie sociologique*, Paris, Minard, coll. "Archives des lettres moderes", 1970.

Durozoi, Gérard, *Les Gommes: Analyse critique*, Paris, Hatier, 1973, "Profile d'une oeuvre".

Fortier, Paul. A., *Structures et communication dans "La jalousie" d'Alain Robbe-Grillet*, Naaman, 1981.

Gardies, André, *Alain Robbe-Grillet*, Seghers, "Cinéma d'auourd'hui", 1972.

280

Goulet, Alain, *Le Parcours moebien de l'écriture: "Le Voyeur" d'Alain Robbe-Grillet*, Lettres modernes, "Archives des Lettres modernes", 1982.

Jacopin, Paul, *Fonction romanesque de la dérision dans l'oeuvre d'Alain Robbe-Grillet*, thèse, Université de Bretagne occidentale, 1978.

Jaffe-Freem, Elly, *Alain Robbe-Grillet et la Peinture cubiste*, Amsterdam, Meulenhoff, 1966.

Laïk, Jocelyne, *Téchnique romanesques et cinématographiques dans sept romans d'Alain Robbe-Grillet*, Université de Paris 4 (Thèse), 1983.

Leenhardt, Jacques, *Lecture politique du roman, "La Jalousie" d'Alain Robbe-Grille*, Minuit, "Critique", 1973.

Lefèbvre Maurice-Jean; Alter, J., Alain Robbe-Grillet: *la Jalousie, la Nouvelle N.R.F.*, juillet 1970, pp.146-149.

Lissigui, Abdallah, *La représentation de l'espace dans l'oeuvre d'Alain Robbe-Grillet*, Université de Paris 3 (thèse), 1996.

Mathaiou, Dimitri, *Vide, absence et création: les travaux d'Alain Robbe-Grillet*, Université de Paris 7 (thèse), 1980.

Miall, Joseph-Désiré, *Ecriture et folie dans les romans d'Alain Robbe-Grillet et de Sony Labou Tansi*, Université de Paris 4 (thèse), 1995.

Micciollo, Henri, *La Jalousie d'Alain Robbe-Grillet*, Parks, Classiques Hachette, 1972.

Miesch, Jean, *Robbe-Grillet*, Éditions universitaires, 1965.

Morrissette, Bruce, *Les Romans de Robbe-Grillet*, Ed. de Minuit, "Arguments" n° 13, 1963. Éditions augmentées en 1965 et en 1971.

Nguyen, Nguyet-Anh, *L'esthétique du roman dans l'oeuvre d'Alain Robbe-Grillet*, Université de Paris 4 (thèse), 1977.

Obliques, n° 16-17, Borderie, oct. 11978: *"Robbe-Grillet"*.

Ollier, Claude, "Ce soir à Marienbad," N.R.F., octobre 1961, pp. 711-719;

novembre 1961, pp. 400-410.

Rault, Erwan, *Théorie et expérience romanesque chez Robbe-Greillet: "Le Voyeur"*, 1955, Paris, La Pensée Universelle, 1975.

Rim, Jong Joo, *La Distance dans "La Jalousie" d'A. Robbe-Grillet*, thèse, Université de Poitiers, 1984.

Robbe-Grillet: analyse, théorie (Acte du colloque de Cerisy-la-Salle), U.G.E., "10.18", 1976.

Simon, Véronique, *Alain Robbe-Grillet: les sables mouvants du texte*, Upsala University Library, 1998.

Steinerm Josef, *Lex jeux de l'écriture dans "topologie d'une cité fantome"*, d'Alain Robbe-Grillet, thèse, Lettre Zurich, 1979.

Stoltzfus, Ben F., *Alain Robbe-Grillet and the New French Novel*, Carbondale, Southern Illinois University Press, 1964.

Vareille, Jean-Claude, *Alain Robbe-Griller l'étrange*, Nizet, 1981.

————, *Alain Robbe-Grillet: une pratique de l'ambivalence, étude sur les ciné-romans de "L'Année dernière à Marienbad," 1961 et de L'Immortelle, 1963*, thèse pour le doctorat d'état, Paris, Université de Paris X-Nanterre, 1978.

Vidal, Jean-Pierre, *"La Jalousie" de Robbe-Grillet*, Paris, Classiques Hachette, 1973.

————, *Dans le labyrinthe*, Paris, Hachette, 1975.

나탈리 사로트

Allemand, André, *L'Oeuvre romanesque de Nathalie Sarraute*, Neuchâtel, La Baconnière, 1980.

Asso, Françoise, *Nathalie Sarraute: une écriture de l'effraction*, PUF, 1995.

Belaval et Cranacki, *Nathalie Sarraute*, Gallimard, 1965.

Besser, Gretcher R. *Nathalie Sarraute*, Boston, Twayne Publishers, 1979.

Boué, Rachel, *Nathalie Sarraute, la sensation en quête de parole*, L'Harmattan, 1997.

Calin, Françoise, *La vie retrouvée: étude de l'oeuvre romanesque de Nathalie Sarraute*, Minard, 1976.

Clayton, Alan G., *Nathalie Sarraute ou le tremblement de l'écriture*, Lettres modernes, 1989.

Cranacki, Mimica; Belaval, Yvon, *Nathalie Sarraute*, Paris, Gallimard, 1965.

Digraphe, n° 32, mars 1984: "Nathalie Sarraute".

Ferraris, Denis, *Les déterminations idéologiques du discours narratif dans l'oeuvre romanesque de Nathalie Sarraute*, Université de Paris 8 (thèse) 1978.

Foutrier, P., *La conscience en éclats: la critique de l'identité personnelle dans les romans de Nathalie Sarraute*, Université de Paris 7 (thèse), 1998.

Jaccard, Jean-Luc, *Nathalie Sarrute*, Zürich, Juris-Verlag, 1967.

L'Arc, n° 95, 1984: "Nathalie Sarraute".

Levinsky Ruth, *Between Dream and Reality. A study of Sarraute and Fedor Dostoievsky*, Ann Arbor, University Microfilm, 1970. Thèse de doctorat.

Magazine littéraire, n° 196, juin 1983.

Micha, René, *Nathalie Sarraute*, Éditions Universitaires, 1966.

Minogue, Valérie (éd.), *Autour de Nathalie Sarraute* (actes du colloque international de Cerisy-la-Salle), Les Belles Lettres, 1995.

Moota Botelho, Francisco, *Nathalie Sarraute: dépossession et constitution du soi: la structuration narcissique du sujet d'écriture*, Université de Paris 7 (thèse), 1990.

Newman, anthony S., *Une poésie des discours: essai sur les romans de Nathalie Sarraute*, Droz, 1976.

Pierrot, Jean, *Nathalie Sarraute*, José Corti, 1990.

Raffy, Sabine, *Sarraute romantière: espaces intimes*, P. Lang.

Raffy, Sabine (éd), Autour de Nathalie Sarraute (Actes du colloque de Cerisy-la-Salle), Annales littéraires de l'Université de Besançon, n° 580, 1995.

Rykner, Arnaud, *Nathalie Sarraute*, Seuil, "Les Contemporains", 1991.

Saporta, Marc, *Nathalie Sarraute*, Ed. Le Jas, 1984.

Temple, Ruth Z., Nathalie Sarraute, New York, London, Columbia University Press, 1968.

Tison-Braun, Micheline, *Nathalie Sarraute ou la Recherche de l'authenticité*, Gallimard, 1971.

Verniere-Plank, Laure, *Nathalie Sarraute: tradition et "modernité" d'une oeuvre contemporaine*, Ann harbor, University of Michigan Press, Microfilm, 1967, Thèse de doctorat.

Watson-Williams, Helen, *The novels of Nathalie Sarraute, towards an aesthetic*, Amsterdam, Rodopi, 1981.

Wunderli-Müller, C., *Le Thème du masque et les bandlités dans l'oeuvre de Nathalie Sarruate*, Zürich, Juris-Verlag, 1970.

클로드 시몽

Alexandre, Didier, *Le corps dans les romans de Claude Simon: introduction à la lecture du paysage simonien*, Universitá de Paris 4(thèse).

————, *Claude Simon*, Marval, 1991.

————, *Le magma et l'horizon: essai sur la Route des Flandres de Claude Simon*, Klincksieck, 1997.

Andrès, Bernard, *Profils du personnage chez Claude Simon*, Minuit, 1993.

Berger, Yves, "l'Enfer du temps", *N.R.F.*, janvier 1961, pp. 95~109.

Bertrand, Michel, *Langue romanesque et parole scripturale: essai sur Claude Simon*, PUF, 1987.

Blanc, Anne-Lise, *Les figures de l'autre dans l'oeuvre romanesque de Claude Simon*, Université de Paris 3(thèse), 1995.

Bonhomme, Bèatrice, Michel, Erman(Ed.), *Claude Simon: La route des Flandres;*